MICK SCHULZ
MS Mord –
Tödliches Nordlicht

MICK SCHULZ
MS Mord – Tödliches Nordlicht

Kriminalroman

SPANNUNG

GMEINER

Bisherige Veröffentlichungen im Gmeiner-Verlag:
Nenn es Schicksal (2018), MS Mord (2018)

Immer informiert

Spannung pur – mit unserem Newsletter informieren wir Sie
regelmäßig über Wissenswertes aus unserer Bücherwelt.

Gefällt mir!

Facebook: @Gmeiner.Verlag
Instagram: @gmeinerverlag
Twitter: @GmeinerVerlag

Besuchen Sie uns im Internet:
www.gmeiner-verlag.de

© 2019 – Gmeiner-Verlag GmbH
Im Ehnried 5, 88605 Meßkirch
Telefon 0 75 75 / 20 95 - 0
info@gmeiner-verlag.de
Alle Rechte vorbehalten
1. Auflage 2019

Lektorat: Sven Lang
Herstellung: Mirjam Hecht
Umschlaggestaltung: U.O.R.G. Lutz Eberle, Stuttgart
unter Verwendung eines Fotos von: © GunnarE / stock.adobe.com
und © V. Belov / shutterstock.com
Druck: GGP Media GmbH, Pößneck
Printed in Germany
ISBN 978-3-8392-2525-7

Der Freundschaft von Deutschland und Norwegen
gewidmet

Man träumt nicht mehr so schön, wenn man erwachsen ist.
Knut Hamsun

Ein Raunen ging durch den vollbesetzten Saal des Royal Seagarden Restaurants an Bord der Norwegian Legend, hie und da unterbrochen von einem unbeschwerten Lacher. Allein er wusste, dass es sich bei diesem Captains Dinner um eine Henkersmahlzeit handelte. Für all jene, die hier ohne schlechtes Gewissen zechten, war die Zeit gekommen, ihre gerechte Strafe entgegenzunehmen, wenn sie auch nur symbolisch für alle büßten, die sie verdient hatten.

Seine Hände vibrierten vor Anspannung, er hatte alles unter Kontrolle. Nach der Vorbereitungszeit von zwei Jahren und drei Monaten konnte er vollauf zufrieden sein mit dem, was sie geleistet hatten: das Einschleusen der V-Männer in die Servicecrew, minutiöse Planung, die natürlich er von Anfang an übernommen hatte, nicht zuletzt die Installation der Sprengsätze, an den Bordkameras und der Security vorbei. Lautlos und unsichtbar, so hatten sie gearbeitet.

»Liebe Gäste. Als Kapitän dieser wahren Königin der Kreuzfahrtschiffe freue ich mich, Sie auch im Namen der Crew zu unserem traditionellen Dinner ganz herzlich begrüßen zu dürfen. Das sagenumwobene Nordkap liegt hinter uns, und wir alle dürfen zuversichtlich sein, dass das Polarlicht noch in dieser Nacht über dem Schiff erscheinen wird. Erheben Sie also Ihr Glas und stoßen mit mir auf diese unvergleichliche Reise an.«

Ihm gegenüber saß eine Matrone mit voluminösem Busen und maskenhaft geschminktem Gesicht. Umrahmt von einer starken Duftaura und silbrig glitzernder Stola, wirkte sie wie das Klischee einer alternden Operndiva. Er mied es, in ihr Gesicht zu sehen, um zu verhindern, dass sie sich zum Small Talk animiert fühlte. Schließlich musste er sich auf das konzentrieren, worauf er so lange hingearbeitet hatte. Aber auch seine Tischnachbarin war anscheinend abgelenkt, starrte wie gebannt auf ein älteres Pärchen an einem der Nachbartische.

Die Gläser klirrten, alle prosteten sich zu. Er stieß mit der Diva an, auch wenn er das prickelnde, klebrige Zeug noch nie gemocht hatte. Er musste es tun, um nicht aufzufallen. Oft lag es an solchen Kleinigkeiten, ob große Unternehmen am Ende scheiterten oder nicht. Und noch etwas stand ihm klar vor Augen: Er trank nicht nur auf das Gelingen der Aktion, nicht nur auf das spektakulärste Ausrufezeichen, das je für den Umweltschutz gesetzt worden wäre, er stieß auch auf seinen eigenen Untergang an. Auch er würde nicht mehr existieren, nachdem er die Nummer gewählt hätte, die nur für diesen Zweck in seinem Handy eingespeichert war. Ein unbeschreibliches Gefühl von Stolz umfing ihn.

Er war bereit, den höchsten Preis zu zahlen, den ein Aktivist zahlen konnte. Für die anderen bestand eine geringe Überlebenschance, vorausgesetzt, die Crew konnte die Rettungsboote zu Wasser lassen. Allerdings hatte er die Kollegen in Sicherheit gewogen, damit ihm keiner von der Fahne ging. Die wenigsten waren reif genug einzusehen, dass sich das Leben nur lohnte, wenn man bereit war, für ein Ziel in den Tod zu gehen …

Das Geschirr des letzten Gangs wurde abgeräumt. Was

jetzt folgte, wusste er genau: Die Saalbeleuchtung würde gedimmt, aus dem Hintergrund tauchten die mit Speiseeis beladenen Köche auf, zögen bei plärrendem Radetzky-Marsch an den rhythmisch klatschenden Gästen vorbei und teilten zu guter Letzt die Portionen aus.

Aber so weit würde es heute nicht kommen. Unmittelbar nach Einsetzen des Marschs würde er mit einem Druck auf den grünen Button seines Handys das größte Inferno auslösen, das die Menschheit bis dato erlebt hatte. Vielleicht bemerkten sie es nicht einmal, klatschten sich selbst ins Jenseits, die Detonationen um sie herum für ein Feuerwerk haltend, das ihnen die Reisegesellschaft als Überraschung bescherte ...

»Ein wirklich festlicher Abend, nicht wahr? Da kann man sich nicht beschweren«, wandte sich plötzlich sein Gegenüber an ihn.

Sein Blick war an der Stirn der Diva haften geblieben, auf der sich kleine Schweißperlen gebildet hatten. Etwas stimmte nicht mit ihr, dachte er wieder, aber es war natürlich unhöflich von ihm gewesen, sie so anzustarren. »Ja, ganz meine Meinung ...«

Sie tat es mit einem knappen Lächeln ab, schien wie er nicht an weiterer Konversation interessiert. Warum wurde es nicht dunkel im Saal? Einige Gäste schauten sich bereits neugierig um, als könnten sie den Grund von den Wänden ablesen. Jetzt tauchte ein Uniformierter auf. Ein Mann von der Security? Mit entschlossenem Gesichtsausdruck kam er auf ihren Tisch zu. – Bisher war doch alles wie erwartet verlaufen, einen Maulwurf unter ihnen konnte er mit Sicherheit ausschließen. Oder hatten sie die beiden am Ende doch gefunden?

Der Uniformierte blickte ihn an, legte einen Schritt zu und ging an ihrem Tisch vorbei. Er flüsterte dem Kapitän etwas ins Ohr, worauf dieser sich noch einmal erhob: »Meine Damen und Herren, soeben ist mir gemeldet worden, dass sich der Nebel verzogen hat, beste Voraussetzungen für das Polarlicht. Wir erwarten Sie nach dem Dessert also auf Deck zwölf, von dort haben Sie einen grandiosen Blick. Aber ziehen Sie sich bitte warm an.«

Applaus und Begeisterungsrufe brandeten auf. Wie konnte er nur so die Nerven verlieren, war sein letzter Gedanke. In diesem Augenblick wurde das Licht gedimmt. Gleich würde die Marschmusik einsetzen. Einige der Gäste erhoben sich von ihren Plätzen und zückten ihre Handys, um die bunte Show festzuhalten. Niemandem fiel auf, dass auch er sich erhob und sein Handy aus der Tasche zog …

BERGEN, NORWEGEN – SECHS TAGE ZUVOR

GROSSE ERWARTUNGEN
1

Der Flieger war pünktlich gelandet. Sie brauchte sich nicht weiter um das Gepäck zu kümmern, es würde direkt in die Abfertigungshalle am Kai gebracht, damit man die Zeit bis zur Einschiffung nützen und in Bergen die ein oder andere Sehenswürdigkeit genießen könne. So stand es im Prospekt, und Margo Sebald nutzte die Zeit. Nach einem Shrimps-Snack mit Prosecco auf dem Fischmarkt ließ sie sich von der Fløibahn in wenigen Minuten auf die Aussichtsplattform katapultieren, wo ein eisiger Wind wehte. Aber sie musste sich ohnehin an die klirrenden Temperaturen gewöhnen, immerhin ging diese Reise in die Arktis. Und hier war längst Winter im Gegensatz zu Hildesheim. Das einzigartige Panorama ließ sie das allerdings schnell vergessen. Unter ihr erstreckte sich der glitzernde Hafen der alten Handelsstadt, der Himmel war frei bis auf eine Kette kleiner weißer Wolken am Horizont, und die Sonne verwandelte die schneebedeckte Landschaft in eine Traumwelt …

Ein Reisebeginn wie im Bilderbuch, wenn sich da nicht

immer die Erinnerung aufdrängte. Kaum mehr als ein Jahr lag zwischen jetzt und ihrer ersten Kreuzfahrt, als sie mit George durch das historische Kaufmannsviertel von Bergen gezogen war und er nicht genug von den alten Fassaden auf sein Tablett bannen konnte. Er hatte es mühelos geschafft, sie von sich selbst abzulenken und ihr Hoffnung gemacht, deshalb saß die Enttäuschung besonders tief. Eigentlich durfte sie George nicht einmal böse sein, denn er hatte ihr in letzter Minute das Leben gerettet, aber das war ein anderer Krimi …

Nach den nervenaufreibenden Erlebnissen auf ihrer ersten Kreuzfahrt wollten George und sie sich so bald wie möglich wiedersehen. Eine solide Sache, hatte Margo gedacht, auch wenn es nicht die große Liebe war. Immerhin hatte er unbestreitbare Vorzüge, war ein blendend aussehender, reifer Mann, der eine Frau rücksichtsvoll behandelte und sie vielleicht nicht enttäuschen würde. Doch bereits das war ein Irrtum. George schrieb ihr nach dem ersten Treffen, das vor ihrer Haustür mit einem keuschen Wangenkuss geendet hatte, einen handschriftlichen Brief – wenigstens bewies er noch einmal Stil. Darin stand, dass er zu seiner Frau zurückgefunden hätte. Einer Frau, die ihn angeblich in einer für ihn so harten und trostlosen Zeit, nämlich als er dem Spiel verfallen war, im Stich gelassen hatte. – Nein, sie hatte kein Verständnis! Warum sollte immer sie Verständnis haben, wenn man ihr etwas wegnahm?

Nie hätte Margo geglaubt, dass sie schon so bald wieder bei Stubben, ihrem herzallerliebsten Analytiker, landen würde. Und Stubben hatte ihr nach einem halben Jahr Einzeltherapie geraten: »Vergiss endlich diesen George,

Margo! Neue Chance, neues Glück. Das Nordlicht wird dir den Weg weisen.«

*

Das verschwenderische Sonnenlicht kam Gerlinde Kämmerling für diese Jahreszeit nahezu unwirklich vor. Da war Hamburgs grauer Novemberhimmel weitaus reeller. Sie wandte sich ab von der ausladenden Glasfront, ließ ihren Blick über den Livingroom der Senior-de-luxe-Suite schweifen, die sich am Bug der Norwegian Legend befand. Von dem, was in dieser Klasse üblicherweise geboten wurde, schien nichts zu fehlen. Am Wichtigsten war – und sie hatte es Griesmann, ihrem Bürovorstand, gleich als Erstes in Auftrag gegeben –, dass ihr ein gediegener Schreibtisch und Internet zur Verfügung standen. Die Zentrale war angewiesen, täglich die neuesten Zahlen und Entwicklungen zu übermitteln.

»Warum vergisst du nicht einfach die Firma, Gerlinde? Du solltest endlich einmal abschalten und entspannen«, hatte er gemeint, Seele baumeln lassen und so weiter. Dabei war ihm anscheinend gar nicht aufgefallen, dass durchklingen könnte, wie froh alle waren, sie für einige Zeit loszuwerden. Bei Hartmut wusste sie allerdings, dass er es ehrlich meinte. Er war seit über dreißig Jahren für die Firma tätig und hatte sich bis zu ihrem Faktotum hochgearbeitet.

Nein, Gerlinde hatte die Reise zum Nordkap natürlich nicht gebucht, um sich zu erholen. Sie hatte sich ihr Leben lang nie erholt. Wozu auch? Um ihre Position zu schwächen? Wer den anderen den Rücken zeigte, weckte unnötige Machtgelüste. Sie hatte sie gebucht, um sich mit diesem jungen Mann – der Generation der Zukunft – zu einigen, diesem angeblichen Wirtschaftsgenie, das Verantwortung bei Babykiss übernehmen sollte, ohne die geringste Ahnung davon zu haben, wie man ein ausgewachsenes Familienunternehmen leitete. Ihr brach der Schweiß aus, wenn sie nur daran dachte.

Was sollte sie bis zum Sicherheitscheck bloß anfangen? Darauf, dass sie sich langweilen könnte, war sie nicht vorbereitet, und die Koffer ausgepackt hatte sie bereits. Die meisten Männer hatten es da einfacher, begaben sich in die nächstbeste Bar, griffen zu einem Drink, schwatzten dummes Zeug mit einem, der sich gerade anbot, und schwammen in ihrem Ego. Stundenlang konnten sie das, ohne sich auch nur eine Minute zu langweilen. Ihr verstorbener Alfred gehörte auch dieser Sorte an. In seinem ganzen Leben hatte er nur zweimal etwas Sinnvolles fertiggebracht: Er hatte das Geld seines Vaters in eine Firma für Kinderartikel investiert, und er hatte sie geheiratet. Nach ihrer Hochzeit bis zu seinem Ende hatte er sich allerdings nur aufgeblasen, den großen Unternehmer gemimt und die anderen die Arbeit machen lassen. Bereits nach zwei Jahren standen sie kurz vor der Pleite. Erst der neue Firmenname Babykiss und der Werbeträger, das küssende Baby, zogen bei der Kundschaft. Aus dem wenig seetüchtigen Kahn mit dem Namen »Alles fürs Kind«, den ihr Mann in die Ehe gebracht hatte, hatte sie den Ozeankreuzer Babykiss gemacht. Und jetzt stand Babykiss kurz davor, ein Konzern zu werden, das Label war mittlerweile ein Sympathieträger, der überall funktionierte. In den Fachblättern schrieben sie den Erfolg allerdings vor allem dem Geschick der Marketingabteilung zu und stellten sie gern als Dinosaurier dar. Als wäre sie nicht die Chefin, die in allen Abteilungen ein wichtiges Wort mitzureden hätte. Die meisten erfolgreichen deutschen Unternehmen waren Traditionsunternehmen. Was wären sie ohne die Erfahrenen, die das Überleben im Haifischbecken von der Pike auf gelernt hatten?

Es klopfte an der Tür. »Darf ich eintreten, Großmutter?«

»Diesen Wunsch kann ich dir erfüllen«, antwortete Gerlinde und seufzte.

✳

Unleugbar imposant, diese Hochseekolosse, vor allem wenn man davorstand und nicht einmal halb so hoch wie ein Buchstabe der Rumpfbeschriftung an Backbord war. Der Kreuzfahrttourismus boomte trotz Titanic und Costa Concordia, dem Unglückspott, der eineinhalb Jahre wie ein toter Wal im Mittelmeer gelegen hatte …

Für einen Moment ließ ihn dieser Gedanke stutzen, dann wurde er weiter über die Edelstahlbrücke in den unteren Schiffsbauch geschoben.

»Jonas Schreker?«, fragte ihn der Uniformierte an der Kontrollstation nach einem Blick auf seinen Monitor, und als er nickte, fügte er an: »Herzlich willkommen auf der Norwegian Legend.«

Sein Gepäck, ein einziger Koffer von etwas mehr als zwölf Kilo, sollte vor der Kajüte siebenundsechzig auf Deck drei bereits auf ihn warten. Die Gänge waren mit dicken Teppichböden ausgelegt, und als Jonas den schmalen Seitengang betrat, verstummten schlagartig alle Geräusche. Sein Koffer stand wie erwartet vor der siebenundsechzig. Die Magnetkarte ließ das Schloss in der Tür klacken. Blicke in die Kabine und die dazugehörige Nasszelle bestätigten, dass die Ausstattung völlig genügte. Ein Bullauge spendete ausreichend Tageslicht, auf einen Balkon hatte er verzichtet. Mit dem Aufzug war er schließlich in zwei, drei Minuten auf dem Aussichtsdeck und konnte sich den Fahrtwind um die Ohren wehen lassen, wenn er wollte.

Er dachte an Silke und Dani, schon den ganzen Morgen hatte er an sie gedacht, genau genommen seit er in Bonn das Haus verlassen hatte. Er dachte an sie, als wären Silke und er noch ein Paar und Dani, ihr Sohn ... Aber das war Vergangenheit, unwiederbringlich und nicht zu ändern, sinnlos also, sich immer wieder selbst zu verletzen. Außerdem verabscheute er Sentimentalität, sie benebelte das Hirn und machte aus einem Mann einen Waschlappen.

Er hatte Silke nicht gesagt, dass es nach Norwegen ging. Sie hatte ihn schon lange nicht mehr gefragt, wohin er reise. Wenn sie sich im Hausflur begegneten, nickten sie sich im besten Fall zu. Silke war grau geworden, und je mehr Grautöne sich in ihr Haar woben, desto mehr schwand auch diese rosige Frische aus ihrem Gesicht, die er an ihr so geliebt hatte. Vielleicht hatte er sie ja nur wegen dieser Maifrische geheiratet.

Die Enttäuschung und der schmerzvolle Verlust hatten ihnen beiden die Frische genommen. Es war zermürbend, jahrelang alles zu tun, um ein Ziel zu erreichen, und es immer und immer zu verfehlen. Aber diesmal stand er kurz davor, alles würde endlich einen Sinn haben. Und wenn es so weit wäre, erführe Silke auch, auf welche Reise er gegangen war, dafür hatte er gesorgt.

*

Der Gedanke, in einem edlen Café zu sitzen und bei einer süßen Kleinigkeit den atemberaubenden Ausblick über die Arktis genießen zu können, hatte Silvia fasziniert. Einer der Gründe, eine solche Reise zu buchen, nicht zu vergessen das geheimnisvoll unwirkliche Polarlicht. Waren nicht alle süchtig nach Licht, die ein einigermaßen friedliches bürgerliches Leben einmal gegen diesen Schlangenpfuhl eingetauscht hatten, den man »die Bühne« nannte?

»Prego, Signora, Kostprobe für Signora: Petit Four Schoko-Ananas mit hauchzarter Chili-Note ...«

Der Kellner war so süß wie die Törtchen, die er vor sie hinstellte. Sie hatte den Eindruck, dass er öfter als nötig an ihrem Tisch vorbeikam. Südländer liebten oft füllige Formen bei Frauen, jedenfalls verstanden sie es, Komplimente mit Blicken zu machen. Warum sollte sie es nicht genießen? Und warum ausgerechnet jetzt die Kalorien zählen? Nicht überall war Darmstadt. Sie dachte an die Szene in der Fußgängerzone im letzten Sommer zurück, als eine Frau mit dem Finger auf sie zeigte und ihre kleine Tochter lautstark ermahnte: »Hör auf zu quengeln, du bekommst kein zweites Eis! Oder willst du so aussehen wie die da?« – Die Kränkung saß immer noch tief, obwohl Silvia schon einiges erlebt hatte. Aber zum ersten Mal war sie vor einem Kind an den Pranger gestellt worden. Und wenn sie daran dachte, packte sie nicht nur das schlechte

Gewissen, es packte sie auch die Wut. Schließlich war sie ein Vorbild, eine »Erscheinung« gewesen, damals, als man sie noch »die Cantelli« nannte, wie eine Krone hatte sie diesen Namen getragen, und zwischen damals und heute lagen nur wenige Kilos ... jedenfalls nicht der Rede wert. Immerhin leitete sie jetzt als Gesangslehrerin ihr eigenes kleines Studio. War das etwa nichts? Ab und an bestand einer ihrer Schützlinge sogar die Aufnahmeprüfung zur Musikhochschule ...

Die Sonne ging unter und die Fenstergalerie spiegelte immer deutlicher das Innere des Cafés wider. Silvias schweifender Blick blieb an einer Mittfünfzigerin hängen, die in ihrem zu eng anliegenden Kleid wie ein aufgeblasener Luftballon wirkte, eine Kuchengabel in der fleischigen Hand und vor sich ein Schoko-Ananas-Törtchen.

»Herzlich willkommen, liebe Gäste, auf unserem Schiff, der Norwegian Legend, zu einer Reise in die Arktis, dem Sehnsuchtsort der besonderen Art, zu der wir in diesen Minuten von Bergen aus starten werden. Hier spricht Knut Pedersen, Ihr Kapitän von der Brücke. Die Norwegian Legend heißt nicht nur so, sie bietet auch legendäre Leistungen an Bord. Im Namen der Crew kann ich Ihnen deshalb versprechen: Wir werden alles tun, um Ihre Erwartungen zu erfüllen ...«

2

18.30 Uhr, noch früh am Abend. Das Royal Seagarden Restaurant war etwa zur Hälfte besetzt. Margo Sebald erinnerte das Design der Einrichtung an den Empire Stil, der eine gewisse Gediegenheit verströmte und das Selbstwertgefühl hob. Sie hielt sich an ein Glas halbtrockenen Rosé, verlor sich in den Melodien des Streichorchesters im Hintergrund. Filmtitel aus dem alten Hollywood, einen erkannte sie sofort: Moon River. Ihr stand Audrey Hepburn in »Frühstück bei Tiffany« vor Augen, pitschnass im strömenden Regen, als sie verzweifelt nach der Katze namens »Kater« zwischen den Mülltonnen suchte …

Auf die Weise ließ sich Margos Melancholie allerdings nicht vertreiben, dabei war sie am Nachmittag so gut aufgelegt gewesen. Aber wenn es Abend wurde … War nicht auch für sie längst der Zeitpunkt gekommen, sich eine Katze oder einen Hund anzuschaffen? Ein geduldiges, unkritisches Wesen, dem sie ihre Zärtlichkeiten aufdrängen konnte, das sie stürmisch begrüßte, wenn sie abends nach Hause kam, und ihr am Ende des Tages die Füße wärmte?

Der Kellner näherte sich ihrem Tisch. Sie hatte nicht mehr daran gedacht, dass es eine Vorspeise gab. »Gurken-Carpaccio mit Radieschen und Feta, guten Appetit, meine Dame.« Er lächelte sie an, ein schlanker junger Mann mit tiefschwarzem Haar und südeuropäischen Gesichtszügen.

Eine leise Scham durchströmte sie, als sie sich bei der Überlegung ertappte, in welchem Land er wohl geboren war. Denn sie dachte dabei an eine bestimmte Person: Joan, der in die Fänge der Schmugglermafia geraten war, dieser blendend aussehende Katalane von der Servicecrew auf der MS Mythos, dem Schiff ihrer ersten Kreuzfahrt. Sie wusste gar nicht mehr genau, wie sie in diese Geschichte hineingeraten war. Jedenfalls hatte sie am Ende geholfen, einen Schmugglerring zu zerschlagen. Jetzt verspürte sie allerdings nicht die geringste Lust, eine solche Entführung noch einmal zu erleben. Wie es Joan wohl seitdem ergangen war? Ob er die temperamentvolle Tänzerin aus der Showtruppe geheiratet hatte und mit ihr glücklich war? Sie wünschte es ihm.

Gib doch zu, dass du vor Neid platzt, wenn du daran denkst! Das hätte wenigstens Größe. Diese ganze Rettungsaktion ist nicht mehr als ein Alibi gewesen. Verknallt warst du bis über beide Ohren in diesen Joan und hast dich vor dir selbst mit deinem Mutterinstinkt herausgeredet. Als er wehrlos in deinen Armen lag … Wo waren da deine Augen? Und wo war deine Zunge, als du ihn beatmet hast? Jetzt spielt Margo Sebald die großherzige Gönnerin, obwohl du seine kleine Freundin am liebsten in einem Fjord ersäuft hättest. Wie verlogen kann man sein?

Es rieselte ihr eiskalt den Rücken hinunter. Und sie hatte geglaubt, dass sie *Anders* für immer besiegt hätte, diesen Dämon, diesen Troll in ihrem Kopf, der sie bei ihrer ersten Fahrt fast über die Reling gezogen hatte. Schlagartig wurde ihr bewusst, dass ihr ein weiteres Duell nicht erspart bliebe. Ausgang ungewiss …

✴

Nach dem Dinner hatte Gerlinde Kämmerling ihrem Enkel einen Besuch in der Jazzbar vorgeschlagen. Und Denir hatte eifrig zugestimmt. »Eine gute Idee, Großmutter«, hatte er erwidert. Jedes Mal, wenn sie das Wort »Großmutter« hörte, durchzuckte es sie. Die folgenden Stunden würden nicht leicht werden, denn während des Dinners hatte sich herausgestellt, dass sie nicht über Höflichkeiten hinauskamen. Ein Grund war sicherlich, dass sich jeder dem anderen zu nähern versuchte, ohne gleich einen kapitalen Fehler zu machen. Schließlich kannten sie sich so gut wie nicht.

Gerlinde hatte es abgelehnt, ihren Enkel zu sehen, auch wenn Roland, ihr Sohn und Denirs Vater, immer wieder versucht hatte, sie zusammenzubringen. Warum sollte sie Kontakt zu einem illegitimen Kind aufnehmen? Selbst als sie erfuhr, dass ihre Schwiegertochter Evelyn keine eigenen Kinder bekommen konnte, hatte sie gehofft, Roland würde einen Sohn adoptieren – was jedoch nicht erfolgt war. Für sie hatte sein illegitimer Sohn mit einer libanesischen Arbeiterin aus der Logistik-Abteilung keine familiäre Daseinsberechtigung. Das Produkt einer verantwortungslosen Selbstvergessenheit war er, nichts weiter, das hatte sie Roland vorgeworfen. Und der Streit um dieses Kind hatte ihr Verhältnis am Ende völlig zerstört.

Vielleicht waren ihre Ansichten nicht modern, ja, vielleicht engstirnig oder verknöchert. Roland war sogar so weit gegangen, sie als »rassistisch« zu bezeichnen, was sie schockiert hatte. Doch sie schämte sich nicht im Geringsten für ihre Ansichten. Wenn es ums Geld ging, schrien am Ende nur die nach Moral, die nichts abgekriegt hatten. Die anderen schwiegen wohlweislich, so war es immer. Das

Geld musste im Kreis derer bleiben, die damit umgehen konnten, sonst stellte es eine Gefahr für die Gesellschaft dar. Stimmte das etwa nicht?

»Unverkennbar Miles Davies. Bei seinen Trompetenmelodien könnte ich stundenlang träumen.« Denir schlürfte seinen Cocktail und machte ein derart zufriedenes Gesicht, dass man neidisch werden konnte. »Ich möchte dir noch einmal danken, Großmutter, dass du mich auf diese Reise eingeladen hast. Sie ist wunderbar. Und wir können uns jetzt endlich besser kennenlernen.«

An seinem 16. Geburtstag hatte ihn Roland unangemeldet in ihr Büro mitgenommen und vorgestellt. An dem Tag hatte Denir einen Schulpreis in Mathematik gewonnen. Ein aufgeschossener schwarzhaariger Junge mit Brille und großen braunen Rehaugen. Roland war in dem Alter auch plötzlich so aufgeschossen, sonst hatten die beiden keine erkennbaren Gemeinsamkeiten. In Mathe hatte Roland sogar Nachhilfe erhalten.

Als Denir achtzehn war, hatte sie ihm zum besten Abitur des Jahrgangs gratuliert. Seine Leistungen waren zweifellos herausragend, und sie wäre zu vielem bereit gewesen – war es immer noch –, wenn er sich etwa entschieden hätte, Medizin zu studieren. Aber dann, ausgerechnet auf einer Party der stramm konservativen Tecklenburgs, erklärte Roland ihr, was er eigentlich mit ihm vorhatte …

»Morgen sind wir schon in Ålesund«, machte Denir unverdrossen weiter Konversation. »Die berühmte Jugendstilstadt. Du liebst den Jugendstil doch so, nicht wahr, Großmutter?«

Ein Gedächtnis wie ein Buch. Sie selbst hatte vergessen, wann sie es ihm gesagt haben könnte – vielleicht kombinierte er auch einfach, weil er sie einmal in ihrer Jugendstilvilla in Winterhude besucht hatte, das letzte Mal zusammen mit seinem Vater. Denir war sicher nicht zu unterschätzen. Sein Name komme aus dem Aramäischen, hatte Griesmann ihr eines Tages gesagt, und bedeute: der Unglaubliche. Für sie war er eher »der Unheimliche«, denn er ließ sich durch ihre trockene Reserviertheit nicht eine Minute aus der Ruhe bringen. Ein undurchsichtiger und deshalb gefährlicher Gegner, oder war er tatsächlich so naiv zu glauben, sie habe ihm diese Reise nur geschenkt, um ihn näher kennenzulernen?

*

Vor dem Salatbüfett im Selfservice-Restaurant standen kaum hungrige Gäste, die meisten krönten ihre an den Theken zusammengestellten Mahlzeiten nur mit ein paar Tomatenscheiben oder Paprikastreifen, sodass Jonas Schreker nicht lange warten musste, bis er an der Reihe war. Er stellte sich einen Teller mit Weißkraut, Lollo rosso und Rucola zusammen, dazu etwas gehäckselte Karotten und grüne Bohnen. Vor nicht allzu langer Zeit hatte er aufgegeben zu überlegen, welche Pflanzenkost die verträglichste war, nicht nur für seinen Magen, sondern auch vor allem ökologisch betrachtet. Allein die Wassermengen, die in der Treibhausproduktion dafür verbraucht wurden, führten – ohne dass man die Erderwärmung als Faktor bemühen musste – in absehbarer Zeit zum Kollaps. Die Hälfte der Menschheit stand kurz davor zu verdursten und ahnte kaum etwas davon.

Er stellte sich am Getränkeautomaten an. Bevor er sich ein Glas Weißwein zapfte, fragte er den Kellner nach der Sorte. »Württemberger Riesling, mein Herr«, antwortete er mit einem leichten Akzent. Sie schauten sich kurz in die Augen, und Jonas erwiderte, halblaut, aber klar zu verstehen: »Deutscher Wein ist doch der beste.« Der Kellner nickte, dann trennten sie sich ohne ein weiteres Wort.

Jonas setzte sich an einen der freien Tische am Fenster und aß seinen Salat. Draußen war es schwarz und der Himmel bedeckt, kein Stern ließ sich blicken. Er fragte sich, wie er den Rest des Abends verbringen sollte. Auf die Begrüßung durch den Kapitän und die Vorstellung der Crew im großen Theater konnte er verzichten. Er liebäugelte mit der Jazzbar. Jazz hatte er immer gemocht, daran hatte sich nichts geändert. Und es war zu früh, um ins Bett zu gehen. Was halfen ihm schlaflose Nächte? Ein Whiskey oder zwei würden nicht schaden …

Das Credo seines alten Herrn kam ihm in den Sinn: »Du kannst nur erfolgreich sein, wenn du konsequent bist. Keine Schwäche zulassen, sich selbst und anderen gegenüber hart bleiben, allen Widerständen zum Trotz. Das ist das einzig wirksame Rezept für nachhaltigen Erfolg.« – Um ihm das mitzuteilen, hatte sein Vater ihn in sein Arbeitszimmer bestellt. Damals, als er vor dem Abitur diese Null-Bock-Phase durchgemacht hatte. Ein Schulterklopfen hätte ihm mehr gebracht. Immerhin hatte Jonas das Abi dann mit Ach und Krach geschafft, mehr aus Angst vor einer Demütigung.

Aber die Demütigung war ihm nicht erspart geblieben. Das jämmerliche Ergebnis war eines Golo Schrekers, Professor an der Rheinischen Friedrich-Wilhelms-Universität zu Bonn, nicht würdig. Er, sein Sohn, war dieses brillanten Vaters nicht würdig, der bis heute vom Fernsehen vor die Kamera geholt wurde, wenn es um die Einschätzung der aktuellen Weltpolitik ging. Auch wenn dieser Mann in seinem Leben keine einzige Entscheidung zum Wohle der Menschheit getroffen, geschweige denn umgesetzt hatte, denn dafür machte er sich nicht die Hände schmutzig. Da beschrieb er lieber den Weltuntergang und dozierte und dozierte …

Nie hatte Jonas gewagt, ihm seine Meinung ins Gesicht zu sagen. Professor Golo Schreker würde nur ein mitleidiges Lächeln für ihn übrighaben. »Du willst doch nicht ernsthaft dieses naive Argument anführen? Es braucht Denker ebenso wie Ausführende. Jeder an seinem Platz«, oder etwas Ähnliches würde sein Vater – wenn überhaupt – erwidern, um ihm seinen Platz unter den Halbgebildeten zu weisen.

Jonas folgte der Wendeltreppe, die zur Jazzbar hinabführte. Die Wände waren mit Natursteinattrappen verblendet und erweckten den Eindruck einer Kellerbar. Vielleicht der richtige Ort, ein Resümee zu ziehen. Es war längst an der Zeit, sich Gedanken über sein bisheriges Leben zu machen. »Einen Single-Malt-Whisky, bitte.«

»Welchen, Sir?«, fragte der Kellner, der vom Typ her gut zu einer Strandbar auf Tahiti gepasst hätte.

»Am liebsten einen schottischen.«

Prost, Vater, dachte Jonas, als er das Glas in die Hand nahm. Bereits beim ersten Schluck fühlte er die tiefe Genugtuung, eine Entscheidung getroffen zu haben, die selbst den Horizont eines Professor Schrekers bei Weitem überragte.

*

Die erste Nacht in einem fremden Bett war Silvia immer schon schwergefallen. Doch jetzt, nach der bunten Begrüßungsshow im großen Theater und zwei Cocktails mit Jamaika-Rum, fühlte sie sich schläfrig, und das sorgfältig aufgedeckte Bett kam ihr auch nicht mehr so schmal vor. Sie griff nach dem Schokoherz, das auf dem Kopfkissen lag, und schälte es aus dem pink glänzenden Silberpapier. Fast liebevoll, wie man sich um das Wohlbefinden der Passagiere kümmerte …

Das Theater war voll besetzt gewesen, ganz so wie zu ihren Zeiten. Doch für den frenetischen Applaus hatte sie sich verausgaben müssen, in der Oper gab es keine Mikros, die ein mattes Organ in eine voluminöse Stimme verwandelten, die Sänger mussten bekennen. Entweder man hatte oder man hatte nicht.

Silvia verteilte die Nachtcreme auf ihrem Gesicht, während sie den Nachrichten im eingeschalteten Fernseher zuhörte. In der Welt lief es nicht gut, nichts als Drohungen und Bomben, Katastrophen, Hunger und Tod. Die schlechten Anzeichen häuften sich, was sie darin bestätigte, ihre Urlaubskasse bis auf den letzten Cent geplündert zu haben. Wer konnte schon sagen, wie lange das alles noch gutgehen würde? Darum hatte sie beschlossen, wenigstens einige der Schönheiten zu genießen, die Europa zu bieten hatte, bevor es zu spät war.

Nachdem sie die Haare am Hinterkopf eingedreht hatte, schaltete sie den Fernseher aus, legte sich hin, und mit den Bildern von sonnenglänzenden Fjorden und schneebedeckten Felsengipfeln verlor sie das Bewusstsein.

Der Wecker zeigte 2.17 Uhr, als sie aus dem Schlaf fuhr. Es wunderte sie nicht. In der ersten Nacht außerhalb ihrer eigenen vier Wände spielte sich immer das Gleiche ab. Sie wachte plötzlich auf und wusste nicht, wo sie war. Wenn es ihr dann einfiel, beruhigten sich allmählich Herzschlag und Atmung, und bald darauf schlief sie wieder ein. Diesmal standen ihr jedoch Schweißperlen auf der Stirn und sie fühlte Hitzewellen hochsteigen. Es lag wohl an der hermetischen Abgeschlossenheit der Kabine, die ihr zu schaffen machte, ihr das Gefühl gab, zu wenig Luft atmen zu können, obwohl die Klimaanlage für ausreichend Frischluft sorgte. Sie setzte sich auf, rutschte aus dem Bett und öffnete die Tür zu dem kleinen Außenbalkon. Doch reflexartig warf sie die Tür zurück ins Schloss. Sie war auf dem Weg in die Arktis, fiel ihr schlagartig ein, und sie verstand ihren Leichtsinn selbst nicht, da konnte man nicht so einfach lüften, ohne Gefahr zu laufen, zu einer Eisfigur zu gefrieren. Aber gerade diese Eislandschaft faszinierte sie – und die gigantischen Lofoten. Wenn das Wetter mitspielte, würde es ein unvergessliches Erlebnis werden … Sie kroch zurück ins Bett und dimmte das Leselicht, das sie immer nachts eingeschaltet ließ.

3.56 Uhr. Sie meinte, durch ihren eigenen Schrei aufgewacht zu sein. Was hatte sie nur geträumt? Der Traum war in dem Moment abgerissen, als sie die grellroten Ziffern des Weckers zu lesen versucht hatte. Sie wusste nur noch, dass sie in einem Theater gewesen war und die Leute gejubelt hatten. Allerdings stand sie nicht auf der Bühne, sie saß im Publikum in einer der hinteren Reihen, um den Zuschauerraum am Ende der Show schneller verlassen zu können. Es war die Begrüßungsshow hier auf dem Schiff gewesen. Aber was, in Gottes Namen, hatte sie daran so aufgeregt?

Sie verließ erneut ihr Bett und wischte sich im Bad mit einem feuchten Frotteehandschuh über Stirn und Arme. Sie versuchte sich an etwas Auffälliges zu erinnern, das sie jedoch nicht weiter beschäftigt hatte, weil sie vom Geschehen auf der Bühne abgelenkt war.

Sie erinnerte sich nicht, doch als sie ihr Kissen aufschütteln wollte, stieß sie versehentlich ihren Band Kurzgeschichten an, der vom Nachtschrank rutschte. – Das ältere Paar in der Reihe vor ihr. »Meine Augentropfen, André. Vielleicht ist das Fläschchen unter deinen Sitz gerollt.« Als sich die Frau nach vorn beugte, hatte sich der Mann eingeschaltet: »Wir sehen später nach, Schatz, wenn die Show vorbei ist und das Licht angeht ...« Die Stimme des Mannes, die dann im Applaus untergegangen war, kannte Silvia, diese Stimme, die sie so viele Jahre nicht gehört hatte, die sie nie mehr hören *wollte* ...

DIE SCHÖNE AUS DEM FEUER
3

Der Blick von der Fenstergalerie des Selfservice-Restaurants auf die bildschöne Altstadt von Ålesund ließ Margo die unruhige Nacht, die hinter ihr lag, fast vergessen. Gegen fünf hatte ihr noch das Knacken von brennendem Holz in den Ohren gelegen und sie war völlig verschreckt aufgewacht. Das verheerende Feuer von 1904 hatte sie bis in den Schlaf verfolgt. Damals war innerhalb kurzer Zeit ganz Ålesund, das fast ausschließlich aus Holzhäusern bestand, bis auf die Grundmauern niedergebrannt.

»… danach gab es zum Glück viel Unterstützung, auch der deutsche Kaiser war großzügig, und schließlich bauten die besten Architekten Norwegens das unscheinbare Fischerstädtchen als Jugendstilschönheit wieder auf. Fantastisch, nicht?«

Nur ein Tisch trennte Margo von einem seltsamen Paar. Ein junger Mann redete auf eine ältere Dame ein, die seine Großmutter sein könnte, obwohl er mit seinem dunklen Teint und der Physiognomie nach eher aus dem Nahen Osten stammte. Auf dem mürrisch wirkenden, unverkennbar mitteleuropäischen Gesicht seines Gegenübers lag dagegen eine ungesunde gelbliche Blässe wie bei jemandem, der nicht viel an die frische Luft kam. Und noch etwas unterschied sie: Während der junge Mann offenbar bester Stimmung war und versuchte, die alte Dame anzustecken, wirkte sie kühl und abwartend, fast als lauerte sie auf eine Gelegenheit, ihm die gute Laune zu verderben. Die Spannung zwischen ihnen spürte Margo deutlich, anscheinend ging sie von der Dame aus. Irgendetwas stimmte nicht mit den beiden …

Margo dachte an Stubben und seinen Leib-und-Magen-Spruch: »Je tiefer du deine Nase in die Angelegenheiten anderer Leute steckst, desto weniger hast du Zeit, dich mit deinen eigenen Problemen zu beschäftigen.« Seiner Meinung nach die effektivste Methode, sich selbst zu entkommen. »Die menschliche Irrationalität ist eine unheilbare Krankheit. Du kannst sie nur ertragen, wenn du ihr mit Irrationalität begegnest.«

Stubbens Logik hatte Margo von Anfang an imponiert, und sie vertraute darauf, auch wenn es beim letzten Mal verdammt eng für sie ausgegangen war. Ihre Gedanken kreisten bereits darum, wie sie es einrichten könnte, mit dem seltsamen Paar scheinbar zufällig ins Gespräch zu kommen. Doch zu spät. Die alte Dame machte ein Zeichen, sich erheben zu wollen, der junge Mann sprang auf und schob in alter Kavaliersmanier ihren Stuhl zurück.

Das Paar verschwand aus ihrem Gesichtsfeld. Margo trank einen Schluck von ihrem frisch gepressten Orangensaft, dabei drifteten ihre Gedanken ab, als der Tisch der beiden wieder neu belegt wurde von einem einzelnen, hochgewachsenen Mann …

*

»An diesem Pier macht auch die QM2 fest, wenn sie Ålesund anläuft«, sagte Denir und wies mit der Hand ins Tal, wo der riesige Leib der Norwegian Legend in der gleißenden Sonne funkelte.

Griesmann hätte ihr jetzt diskret zugeflüstert, was QM2 bedeutete, aber der war in Hamburg. Nie waren die Leute da, wenn man sie brauchte. Und Gerlinde musste sich von ihrem altklugen Enkel die Welt erklären lassen. Sie nickte, schließlich konnte es sich ja nur um ein Schiff handeln.

»Du weißt doch, die Queen Mary 2 …«

»Natürlich, Denir, ich weiß …« Durchaus subtil, wie er es anstellte, sie zu demütigen, sie ganz nebenbei als jemand hinstellte, der nicht mehr auf dem Laufenden war. Sie begriff es jedenfalls als Eröffnung eines weiteren Duells zwischen ihnen, an dessen Ende ein Sieger stehen musste. Der junge Mann, der zur Hälfte ihr Enkel war, hatte begonnen, seine Vorteile auszuspielen. Aber sie reichten nicht aus. Es durfte nie so weit kommen, dass der Konzern in die Hände von Leuten geriet, die nicht Blut für ihn geschwitzt, nicht Tag und Nacht für ihn gelitten hatten, die ihm nicht ihr Leben opfern würden …

»Wollen wir?«, fragte sie. Der norwegische Fahrer des Geländewagens, den sie für den Ausflug gemietet hatte, reagierte sofort und hielt ihr die Beifahrertür auf. Dann öffnete er den Fond für Denir. Eine Gelegenheit zurückzuschlagen, dachte Gerlinde, die sie nicht verpassen durfte. »Möchtest *du* nicht fahren, Denir? Sicher hast du die Karte vorher studiert. Ich verlasse mich ganz auf dich.«

Die Überraschung war gelungen. Fast kam ihr vor, als würden seine braunen Murmelaugen vor Schreck aus den Höhlen fallen. Er würde sich herausreden, sich eingestehen müssen, dass er seiner Großmutter diesmal nicht genügen konnte. Gerlinde wusste, dass er kaum Fahrpraxis hatte, und die Strecke entlang der Felsen war halsbrecherisch. Genüsslich beobachtete sie sein Mienenspiel. Doch die Angst, die sie darin zu erkennen geglaubt hatte, entspannte unversehens zu einem freudigen Lächeln. Jetzt war es an ihr, überrascht zu sein.

»Danke, Großmutter, es war immer schon mein Traum, in einem SUV diese atemberaubende Landschaft zu entdecken«, erwiderte er, stieg neben ihr ein, und während sie noch nach Worten rang, drehte er den Zündschlüssel um und gab Gas.

✳

Wie ein aufgeputztes Kabinett des Jugendstils wirkte diese Stadt auf ihn. Seit sie vom Öl reich geworden waren, pflegten die Norweger ihre Besitztümer mit nahezu spießiger Akribie. Es hatte etwas Irrwitziges, sich vorzustellen, dass die Vorfahren dieses biederen, auf sich selbst bedachten Volkes einmal der Schrecken der Meere gewesen waren, als blutrünstige Wikinger die englische Küste überfallen und den Mönchen von St. Cuthbert mit ihren Streitäxten die Schädel gespalten hatten. Wie die anderen Passagiere hatte sich Jonas Schreker von Bord der Norwegian Legend begeben. Das schöne Wetter – auch wenn es klirrend kalt war – lockte sie alle in die Stadt. Und der Kreuzfahrtkai lag so günstig, dass man von dort aus leicht zu Fuß die berühmte historische Apotheke erreichen konnte. Jonas war auch den Hafen entlanggeschlendert, vorbei an der Statue der Heringsfrau, die daran erinnerte, was Ålesund einmal gewesen war: ein Fischereihafen an einem Fjord, gesäumt von stinkenden Fabriken. Wie alle Küstenstädte Norwegens es gewesen waren, als noch der Hering das Land ernährte. Vielleicht war ja die Heringsfrau von Ålesund die kleine Meerjungfrau Norwegens.

Jonas saß vor einer Tasse Milchkaffee in einem Bistro, das denen einer amerikanischen Kette ähnelte. Wie Pilzgeflechte überwucherten diese Ketten den Erdball. Was waren schon die Wikinger gegen die Eroberungszüge der Marktkonzepte, gegen die erbarmungslosen Methoden des Kapitalismus? Und keine Alternativen in Sicht …

Er seufzte, aber Aufgeben war nicht Teil der Agenda. Auch wenn die Geschichte gezeigt hatte, dass keine politische Ideologie, sei sie noch so nützlich, jemals überzeugend umgesetzt worden war. Am Ende war es eine Glaubensfrage, ob es ein Mittel geben könnte, die Menschheit zur Vernunft zu bewegen. Und selbst wenn Jonas nie religiös gewesen war, weil er Religion als Wissenschaftler für unseriös hielt, war ihm doch klar geworden, dass die Menschheit, bevor sie sich retten ließ, Zeichen und Wunder erwartete. Er war bereit, ein Zeichen zu setzen …

Es gebe Menschen, von denen man *mehr* erwarten durfte, die *mehr* leisten konnten und die sich dieser Verantwortung zu stellen hätten. Einer der Sprüche seines Vaters. Damit hatte er nie gespart, soweit Jonas zurückdenken konnte. Und Mutter hatte diese heiligen Worte geradezu herausgefordert, wenn sie abends zu Tisch saßen und Vater seinen Bericht vom Schultag kommentierte. Auf ihrem Gesicht erschien dann dieser beseelte Ausdruck, als hätte sie gerade die Hostie empfangen. Sein Vater, das Orakel, Professor von unzweifelhaftem Wissen und unzweifelhafter Autorität. Wie im neunzehnten Jahrhundert hatte er sich gebärdet, und das in den verrückten Siebzigern. Und er, Jonas, hatte ihm alles geglaubt …

»Er heißt Udo.«

»Und Udo ist sicher ein guter Schüler«, erwiderte Vater, der ihn nach dem Namen seines Freundes gefragt hatte.

»Es geht so.«

In Wirklichkeit war Udo ein ziemlich schlechter Schüler, aber dafür konnte er andere Sachen gut, zum Beispiel Messerwerfen, und beim Fußball gewann immer die Mannschaft, in der Udo war.

»Du solltest in der Wahl deiner Kameraden kritischer sein, Jonas. Besser ist, wenn sie dir voraus sind, dann kannst du noch von ihnen lernen.«

Es war so gekommen, dass er Udo seinem Vater geopfert und schließlich allein in der Schulbank gesessen hatte, das arrogante Professorensöhnchen, dem niemand gut genug war. Aber er hatte es nicht Vater angerechnet, er hatte den Fehler bei sich gesucht und ohne es zu ahnen seine ganz persönliche Misere ins Rollen gebracht.

*

Den Ausflug rund um den Fjord mit der grandiosen Aussicht vom Aksla, dem Hausberg von Ålesund, auf die Stadt hatte Silvia schon zu Hause in ihrem Darmstädter Reisebüro gebucht. Die einzige Möglichkeit für sie, die Gegend kennenzulernen, auch wenn sie die Busfahrten beschwerlich fand. Immer dieses Gedränge beim Ein- und Aussteigen. Noch bevor man einen Schritt gelaufen war, stand man bereits in Schweiß. Glücklicherweise war der Bus nicht so voll gewesen und sie konnte einen Doppelsitz für sich allein beanspruchen, denn ein Taxi überstieg ihr Budget.

Am frühen Nachmittag, zurück auf dem Schiff, freute sie sich auf eine kleine Stärkung im Panorama-Café. Wie am Tag zuvor setzte sie sich ans Fenster und bestellte ein Gedeck mit Preiselbeerschnitte. Ob der gelungene Tag nicht auch einen kleinen Weinbrand wert sei?, fragte sie sich. Aber das hatte noch Zeit, schließlich blieben ihr fast zwei Stunden bis zum Abendbrot.

»Hat gefallen Ålesund, Signora?«, fragte der Kellner, als er zurück an ihrem Tisch war. Sein Lächeln ließ sie den Weinbrand glatt vergessen.

»Ja, die Stadt ist wirklich wunderschön.«

»Nicht so schön wie eine schöne Frau …« Fast zärtlich drapierte er den Kuchenteller, Tasse und Kaffeekanne im Rokoko-Design vor ihr auf dem Tisch, legte die zierliche Kuchengabel rechts neben den Teller. Schmeichelei, nichts als Schmeichelei, und doch genoss sie es, und anscheinend spürte er es …

Sie hatte den Traum der vergangenen Nacht schon fast vergessen, musste jetzt doch wieder daran denken. Hinterhältig diese Träume, zerrten rücksichtslos hervor, was man für erledigt hielt. Am Morgen war sie noch so irritiert und verängstigt gewesen, dass sie sich auf dem Weg zum Frühstück ständig umgeschaut hatte, um eine Begegnung mit diesem Mann zu vermeiden, den sie nie mehr sehen und dessen Stimme sie nie mehr hören wollte. Er war ihr weder auf dem Gang begegnet noch hatte er im Restaurant gesessen. Aber was hieß das schon?

Eine plötzliche Eingebung ließ Silvia den Kopf heben und einen kritischen Blick durch das Café schicken. Nein, er war nicht hier. – Jetzt ärgerte sie ihre Ängstlichkeit. Die Wahrscheinlichkeit, ihm noch einmal zu begegnen, wenn er es denn im Theater wirklich gewesen war, schien doch eher gering. Immerhin waren tausend Passagiere an Bord, oder zweitausend? Es gab vierzehn Decks und mindestens zehn Restaurants.

Erleichtert atmete sie aus, als ihr das kleine Namensschild an der Brust des Kellners ins Auge fiel. »Sie heißen Cantelli?«, fragte sie ihn. Ihre Stimme klang merkwürdig resonanzlos. Ob es nur Zufall oder ein unheilvolles Vorzeichen war, dass dieser Mann den gleichen Nachnamen trug, den sie sich damals selbst gegeben hatte in der Hoffnung auf eine große Karriere?

4

*Hast du noch nicht genug? Du solltest längst gelernt haben,
dass es den Typ Mann nie geben wird, den ihr Frauen euch
seit den Siebzigern in eurem Wunschdenken zusammen-
bastelt. Der eure psychopathische Gier nach Zärtlichkeiten
befriedigt und für jede Laune Verständnis aufbringt, der
seinen Trieb ordnungsgemäß bei euch anmelden, gleichzeitig aber spontan sein und eine animalische Ausstrahlung
haben soll. Dem er steht, wo und wann immer ihr es verlangt, und euch dann auf Knien anfleht, seinen Sperma-
druck erleichtern zu dürfen. Außerdem scheinst du völlig
vergessen zu haben, dass …*

»Sei still!«, schrie Margo. »Sei endlich still!« Sie presste die
zitternden Handflächen auf ihre Ohren, wohl wissend, dass
es nichts nützte. Die Stimme kam ja von innen, von dem ver-
fluchten Dämon in ihrem Kopf, den sie *Anders* nannte. Sie
riss die Tür zum Balkon ihrer Kabine auf. Nur einen flüchti-
gen Blick hatte sie heute Morgen riskiert, aber der hatte aus-
gereicht, Feuer zu fangen. Der Mann am Tisch gegenüber, als
sie gerade das Frühstück beenden wollte, hatte von einem auf
den anderen Augenblick alle freien Plätze in ihren Gedanken besetzt. Zuerst hatte sie sich dagegen gewehrt, aber sein
freundliches, ehrliches Lächeln hatte alle Widerstände in ihr
gebrochen … Warum sollte sie nicht zurücklächeln?

Ihre Hände zitterten noch. Aber nicht nur vor Erregung,
auch vor Kälte. Sie stand in einem Abendkleid, das eher für

gut beheizte Räume entworfen worden war, an der zugigen Reling, und unter ihr waberte das eisige Europäische Nordmeer. Jedenfalls weckte die Kälte in ihr die Geister, die man Lebensgeister nennt. Ja, wie jede Frau hatte sie das Recht, sich zu verlieben, selbst wenn ihr der Krebs den Teil der äußerlichen Geschlechtsmerkmale weggefressen hatte, der bei Männern Signalwirkung auslöste und den sie nur noch vortäuschen konnte. Auch ihr, Margo Sebald, Sekretärin aus Hildesheim, deren Leben bisher die meisten Wünsche offen gelassen hatte, konnte niemand das Träumen verbieten. Und dieser Mann, der einfach auf der Bildfläche erschienen war, groß und muskulös gewachsen, Mitte vierzig, ein Wikinger, wie er im Buche steht, hatte sie träumen lassen. Natürlich wusste sie nicht, ob er überhaupt Norweger war, er konnte auch Ire sein. Auch die trugen flammrote Vollbärte und hatten eine so anziehend samtige, milchweiße Haut. Sein Gesichtsausdruck war verschlossen, als läge seine Seele ganz tief dahinter verborgen, vergraben wie ein Schatz. Ein Schatz, den es lohnen würde zu heben, da war sie sicher.

»Wahrscheinlich hat er auf seine Frau gewartet, mit der er eine Schar Kinder hat, oder auf seine junge Freundin mit zwei gesunden runden Brüsten«, rief sie laut in die schwarze See hinaus und horchte auf den Widerhall in ihrem Kopf. Die Antwort des Dämons würde kaum auf sich warten lassen – doch *Anders* schwieg. Es war seine Art, plötzlich aufzutauchen, um sie zu verletzen und so unerwartet zu verschwinden, wie er gekommen war. Sie wusste wie immer nicht, wann ihr das nächste Mal drohte.

*

Der Livingroom der Suite wirkte größer durch die langen Schatten, die entstanden, wenn man auf die Deckenbeleuchtung verzichtete und nur die Stehlampe neben der Ledergarnitur einschaltete. Von ihrem Schreibtisch aus betrachtete Gerlinde Kämmerling die Drucke an den Wänden. Sie verstand nichts von Malerei, aber Turners bisweilen aufgewühlt dramatische Stimmungen auf See berührten sie. Sie nahm noch einen Schluck von dem zart perlenden Mineralwasser, davon musste man nicht aufstoßen, und es schmeckte weniger nichtssagend als das stille.

»Die neuen Geschmacksrichtungen kannst du probieren, wenn du wieder zurück bist«, sagte Griesmann von Hamburg aus direkt in ihr Ohr. Wie sie kannte er kein Zuhause, saß oft bis um neun oder noch länger vor seinem Computer in der Firma. Nach Feierabend, wenn sie allein im Büro waren und irgendwelche Produktvorschläge oder Werbekampagnen besprachen, duzten sie sich. Schließlich kannten sie sich seit über dreißig Jahren, Griesmann und sie. Hartmut und Gerlinde, die als Paar nie eine Chance hatten, weil sie beide verheiratet gewesen waren. Mit größter Vorsicht – verstohlen war das richtige Wort – hatten sie die wenigen lohnenden Momente ihrer Beziehung gelebt, bis der Reiz verflogen war. Doch das vielleicht Beste und Wertvollste zwischen ihnen war geblieben: Loyalität. Alle Intrigen gegen sie in diesem Laden, den sie auf den so harmlosen Namen Babykiss getauft hatte, spürte Hartmut auf und ließ sie ins Leere laufen. Das machte ihn unentbehrlich, und dafür hatte sie ihn gehalten, als Köpfe rollten, weil der Digitale Markt neue Spezialisten brauchte. »Ja«, erwiderte sie nur, denn die neuen Geschmacksrichtungen für Baby-Nahrungsergänzung interessierten sie gerade nicht.

»Und wie sieht es aus?« Das fragte er immer, wenn er wissen wollte, was in ihr vorging. Und meistens ließ sie es durchscheinen. Aber was Denir, ihren Enkel, betraf, waren sie unterschiedlicher Meinung. Hartmut hatte nie hinter dem Berg gehalten, dass ihm der Junge gefiel. Nicht nur wegen der hervorragenden Leistungen auf der Uni. Seine feine, besonnene Art imponierte ihm. Wie von Adel, hatte er einmal gemeint. Ein Mann, dem man bedenkenlos große Verantwortung anvertrauen könne.

»Wir hatten einen schönen Tag«, antwortete sie und starrte in Turners blutrote Abendsonne. »Zugegeben eine herrliche Gegend. Denir hat den Fahrer abgelöst und kannte sich aus, als wäre er an den Fjorden aufgewachsen …«

»Früher hätte man gesagt: ein Tausendsassa. Der Junge wird bestimmt mal ganz groß …«

»Er ist sehr jung«, erwiderte sie. Ihre Stimme klang etwas heiser, was daran liegen mochte, dass sie den ganzen Tag diese frostige Luft eingeatmet hatte.

»Jedenfalls finde ich es schön, dass ihr euch aufeinander zubewegt.«

Hartmut glaubte an das Gute in ihr, und in diesem Augenblick gestand sie sich ein, dass ihr das mindestens so wichtig war wie seine Loyalität. – Der Abend kam ihr in den Sinn, als Roland bei einem Sherry in ihrem Salon in Winterhude von seinem Seitensprung erzählt und fast wie nebenbei erwähnt hatte, dass ein Kind dabei herausgekommen war. Beinahe hätte sie der Schlag getroffen. Ein Skandal! Der Sohn der Firmenleitung schwängert eine Arbeiterin aus der Verpackungsabteilung – Logistik, wie das heute hieß –, noch dazu eine Ausländerin. Natürlich konnten sie es nicht lange verbergen: das Gerede, die Blicke, der Spott, allein vom Betriebsrat … Ein Festfressen für ihre Gegner. Nur Roland hatte das Ganze auf die leichte Schulter genommen. Es schien nahezu an ihm abzuperlen, was die Leute sagten. Hartmut hatte damals eisern zu ihr gehalten, ihren Ruf wie ein Löwe verteidigt. Seitdem war ihr Vertrauen zu ihm ungebrochen. In eine Sache hatte sie ihn allerdings nie eingeweiht. Sie war sicher, ihn zu verlieren, wenn sie es ihm eröffnete. Wenn er wüsste, was sie getan hatte.

✳

»Noch einen, Sir?«

Jonas nickte. Whiskey und die schwebende Musik im Hintergrund, die diese Bar mit einer galaktischen Sphäre umgaben, halfen ihm beim Überlegen, oder besser gesagt Loslassen. Er stellte sich die Welt unterhalb des Schiffsrumpfes vor, die endlose Düsternis der Unterwasserwelt. Eine lang gezogene Trompetenmelodie erinnerte an den Gesang eines weisen uralten Säugetiers, das unterhalb dieses stinkenden Pottes kreuzte und elegische schmerzliche Laute von sich gab, weil es das Ende der Welt ahnte.

»Guten Abend.« Ein schlanker, fast dünner junger Mann setzte sich in ausreichendem Abstand zu ihm an den Tresen. Ansonsten war die Jazzbar fast leer. Ein Rückzugsgebiet, wie es schien, für Leute, die in Ruhe ihren Gedanken nachgehen wollten.

»Einen Moskito, bitte«, bestellte der junge Mann. Ein Gesicht, das in den Nahen Osten passte, vielleicht aus dem Libanon? Möglicherweise ein gläubiger Moslem, was Jonas daraus schloss, dass er einen antialkoholischen Cocktail bestellt hatte. In dem Moment wandte sich der andere ihm zu. Die schwarze Brille und die feinen Züge wirkten intellektuell. Ihre Blicke trafen sich und innerhalb dieses Sekundenbruchteils wussten sie voneinander, dass sie sich nach einem Gespräch sehnten. Einem Gespräch mit jemandem, der verstand, nicht unbedingt mit einem Vertrauten, sogar ein Fremder würde sich eignen, nur verstehen musste er können. Aber in demselben Augenblick sah Jonas ein, dass dieses Gespräch zwischen ihnen nie stattfinden würde. In seiner Situation bedeutete es mehr als Leichtsinn, sich der Gefahr auszusetzen, zu viel zu reden. Sie waren eben hier, um ihre Gedanken schweigend dem Inhalt ihrer Gläser anzuvertrauen. Aber auch dieses Schweigen konnte einen ruinieren. Jonas dachte zurück, wie es bei ihm angefangen hatte.

»In der Tat enttäuschend«, stellte sein Vater fest, und allein wie er anschließend das Abi-Zeugnis auf seinen Schreibtisch gleiten ließ, drückte seine ganze Verachtung aus. Er fühlte sich diskreditiert, persönlich beleidigt, dass sein Sohn Jonas, dem er einen Namen von biblischer Größe gegeben hatte, alles andere als außergewöhnlich war. Dabei waren die Noten nicht wirklich schlecht, doch »befriedigend« war die erste Stufe des Versagens bei Professor Schreker und keine Note, sondern ein Zeugnis der eigenen Schwäche.

Später hatte sich Jonas immer gefragt, warum er ihm bei dieser Gelegenheit nicht die Meinung gesagt hatte. Was gab es zu befürchten? Nicht einmal eine Ohrfeige. Sein Vater hatte ihn nie angerührt. Er hatte ihn lediglich spüren lassen, dass er sich für ihn schämte, wenn etwas schiefgelaufen war.

»Scheiß doch auf deinen Alten, es ist vorbei«, hatte Mädchenschwarm Olaf eine Stunde später – schon ziemlich angetrunken – am Telefon zu ihm gesagt. »Komm einfach mit, wir machen einen drauf!« Der Dank dafür, dass er Olaf, den er im Stillen bewunderte, in der Bio-Klausur hatte abschreiben lassen. Biologie war so ziemlich das einzige Fach, das ihn wirklich interessiert hatte. Aber er war damals nicht mit Olaf und den anderen ausgegangen, er wollte nicht aus Mitleid mitgenommen werden. Er hatte in einem Supermarkt eine Flasche Wodka gekauft, sich in der Bonner Rheinaue unter eine Pappel gelegt und war am nächsten Morgen im Krankenhaus aufgewacht.

✳

Das Brillant-Collier in der Auslage eines der Schmuck- und Uhren-Shops hatte Silvia an ihre Rolle als Czárdásfürstin erinnert. Sie hatte es ausführlich in Augenschein genommen und dabei an ihre erste prachtvolle Premiere gedacht. Bis zum Schlafengehen war allerdings noch reichlich Zeit, worauf ihr der Einfall kam, noch in der Schiffsbibliothek vorbeizuschauen, die sich ganz in der Nähe der Einkaufspassage befand. Sie war froh, dass sie nicht weit zu gehen brauchte, das Gehen fiel ihr gerade besonders schwer. Während des Ausflugs waren die Innenseiten ihrer Oberschenkel wund gerieben, weil sie vergessen hatte, die Stellen vorher mit Vaseline einzureiben. Doch die Bibliothek lag nur einen Katzensprung entfernt und auf eine Bar, gleich nebenan, musste sie auch nicht verzichten.

Die Regale waren neben einer Reihe Taschenbuch-Bestsellern vor allem mit Reisebeschreibungen und Fotobüchern angefüllt. Sie griff nach einem Hochglanzband über die Lofoten, einem über königliche Hochzeiten und ließ sich damit auf einen bequemen Ledersessel nieder. Beim Kellner, der dafür von der Bar aus zu ihr herüberkam, bestellte sie einen Grand Marnier auf Eis.

Nichts war entspannender als bunte Bilder von Prinzen und Prinzessinnen. Auch die jüngste Hochzeit des Briten-Prinzen mit seiner amerikanischen Auserwählten war bereits abgelichtet. Umgeben von Heerscharen abgemagerter Frauen mit kuriosen Hüten. Silvia seufzte. Als sie auf der Bühne gestanden hatte, war sie leicht doppelt so schwer wie eines dieser Klappergestelle gewesen, und sie galt als weiblich, nicht etwa als rundlich oder üppig, geschweige denn mollig oder dick. Erst nachdem ihre Karriere zu Ende war, hatte sich auch das für sie geändert. Sie zuckte innerlich zusammen, wenn sie das Wort »fettleibig« in einem der Magazine beim Arzt las oder es in einer Gesundheitssendung im Fernsehen erwähnt wurde. Doch der eigentliche Schock kam, als der Arzt bei ihr zu hohen Blutdruck feststellte und das Wort »adipös« in diesem Zusammenhang fiel. Dieses Wort einer toten Sprache klang so herabwürdigend kalt und endgültig, als hätte man sie lebendig begraben.

Plötzlich standen ihr Tränen in den Augen, und während der Kellner den Likör servierte, tat sie, als wischte sie sich mit dem Taschentuch verschmierte Wimperntusche weg. Ein Mann hatte sie dahin gebracht, wo sie jetzt war. Aber hatte sie ihn nicht sogar dazu ermutigt? – Jedenfalls war es ungerecht, dass sie ganz allein dafür büßen musste, Tag für Tag …

Nach dem dritten Vorsingen lobte sie ihr Agent Semmelroth: »Ich glaube, Weißweiler hat angebissen. Er kann dich groß herausbringen, Silvia, wenn er will. Deine Stimme hat ihn jedenfalls überzeugt.«

Semmelroths letzter Satz wirkte wie eine Anspielung, aber sie dachte nicht weiter darüber nach. In dem Augenblick waren die Gedanken allein bei ihrem ersten Engagement, einem Solovertrag an einem namhaften Opernhaus.

Die Sekretärin im Vorzimmer zum Büro des Intendanten begrüßte sie mit einem irgendwie hintergründigen Lächeln. Doch sicher kam Silvia das nur so vor. Sie war völlig verwirrt und hatte vor lauter Aufregung eine Gänsehaut. Ein fester Vertrag winkte ihr, wenn dieses Gespräch gutging. Sie würde sich zurückhalten, versuchen, nicht zu viel und nicht zu wenig zu reden, um Weißweiler zu gefallen. Dann war ja noch Semmelroth an ihrer Seite, der würde ihr schon helfen. Wo er nur blieb? – Die Erfüllung ihres Traumes stand kurz bevor. Endlich würde alles einen Sinn ergeben. Und das viele Geld, das sie mühsam nebenbei verdient hatte, um die Gesangsstunden bezahlen zu können, wäre vergessen. Ihr Vater würde ihr endlich keine Vorwürfe mehr machen, und ihr Traum, eine große Diva zu werden wie die Callas … ja, wie die Callas wollte sie werden …

Das Telefon am Schreibtisch der Sekretärin blinkte. »Herr Weißweiler lässt bitten.«

GOTIK
5

Der nächste Morgen lag im Zwielicht, das Wetter war umgeschlagen, und eine dicke Dunstschicht bremste die Sonne aus. Die Norwegian Legend hatte in Trondheim festgemacht, und der Ausblick durch die Fenstergalerie des Büfett-Restaurants drückte auf Margos Stimmung: ein wie ausgestorben wirkender Hafen, fast gespenstisch mit seinen einförmigen und schmucklosen Häusern. In der vergangenen Nacht hatte sie kaum ein Auge zugetan. Sie verspürte nicht den geringsten Appetit auf das, was vor ihr auf dem Teller lag, stattdessen herrschte unbändige Sehnsucht nach einer Zigarette. Immer schon hatte sie die Raucher beneidet, die es verstanden, mit einem Glimmstängel sich und das, was um sie herum passierte, in Einklang zu bringen. Mit vierzehn hatte sie es probiert, aber als sie sich nach drei Zügen fast die Seele aus dem Leib gekotzt hatte, war es bei diesem einen Mal geblieben. Lediglich die Sehnsucht nach der Magie des blauen Dunstes trieb sie von Zeit zu Zeit um.

Ein kleiner Junge an einem der Nachbartische schlug unwillig mit der Gabel auf seinen Teller. Margo bewunderte die geduldige junge Mutter, wie sie versuchte, die Wut des Kleinen zu besänftigen. Eigene Kinder waren immer Margos Traum gewesen, aber den gewissen Punkt hatte sie längst überschritten ... Aus der Menschenmenge am Büfett löste sich ein groß gewachsener Mann und steuerte, Teller und Tasse in Händen, auf den Tisch zu, an dem die Mutter den Kleinen inzwischen tröstend in die Arme genommen hatte. Margo erkannte ihn sofort …

Sie hatte es geahnt, nein, gewusst. Natürlich hatte er Frau und Kind. Solche Männer waren nie frei, oder sie taugten nichts. In seinem Gesicht stand wieder diese Melancholie des Nordens, die einerseits etwas düster, andererseits vertrauensvoll und anziehend wirkte. Sicher war er ein schweigsamer Mann, der ergründet werden musste, dessen Qualitäten sich nicht gleich offenbarten, der aber zu seinem Wort stehen würde, auf den man bauen konnte, ja, Kathedralen konnte man auf diesem Typ von Mann bauen und würde nicht enttäuscht … Sie riss sich los von seinem Anblick. Gleich würde *Anders* wieder über sie herfallen. Und diesmal hatte er gute Gründe. Alles Kitsch und Klischee und sentimentale Spinnerei. Sie war wirklich unverbesserlich naiv, das ewige Mädchen, das jetzt an einer Zigarette saugen wollte, um im Gleichgewicht zu bleiben. Der Neid nagte mit scharfen Zähnen an ihr. Doch der Wikinger machte nicht Halt an dem Tisch, an dem die junge Frau und ihr kleiner Sohn saßen, er ging daran vorbei und näherte sich … Das Herz blieb ihr stehen. »Ist dieser Platz noch frei?«, fragte er sie.

✳

Wie erklärte sich bloß dieser unwiderstehliche Charme? Das hatte sich Gerlinde Kämmerling immer schon gefragt, wenn es sich um das Geheimnis des skandinavischen Designs drehte, egal ob es um Möbel, Autos oder

Kinderspielzeug ging. Vielleicht weil es so einfach und uneitel wirkte? Die genialsten Erfindungen hatten oft eines gemeinsam: verblüffende Einfachheit.

Die Gedanken kamen schnell wieder auf den Boden handfester Tatsachen zurück: Ihr gegenüber saß Denir und verschlang Unmengen von Rührei, als drohten die Hühner demnächst auszusterben. Zwischendurch griff seine große, spindeldürre Hand nach der Kaffeetasse. Ein seltsames Gefühl erfasste sie, während sie ihm dabei zuschaute. Er war zur Hälfte ihr Enkel, aber vor der anderen Hälfte ekelte sie sich. Gestern Abend war er noch ausgegangen, hatte ihr sogar verraten, wohin. In diese Jazzbar. Sie brauche sich keine Sorgen zu machen, hatte er gemeint. Als wäre es jemals so gewesen. Nein, sie machte sich keine Sorgen um ihn. Oder war dieses Menscheln Taktik? Vielleicht versuchte er auf diese Weise die Fronten zwischen ihnen aufzuweichen. Sie war sicher, dass er sich irgendwo und eines Tages durchsetzen würde, nur nicht bei Babykiss.

»Ich habe nachgedacht, Großmutter«, wandte er sich ihr zu, nachdem er den letzten Rest Ei mit Kaffee hinuntergespült hatte. »Willst du wissen, worüber?«

Nein, aber das wollte sie ihm so brüsk nicht sagen, außerdem wäre es taktisch unklug gewesen. Lieber täuschte sie ihm mit einem auffordernden Lächeln Interesse vor.

»Seit wir in Norwegen sind, platze ich vor neuen Ideen. Du willst doch groß in die Getränkebranche einsteigen. Dazu braucht man Highlights. Wir könnten für Babykiss einen neuen Energydrink kreieren. Ich weiß auch schon einen Namen: *Arktis-Power* ... Wie findest du das?«

Er klang euphorisch, dieser junge Heißsporn, als würde die Welt auf ihn warten. Glaubte er wirklich, er brauchte seine Vorschläge nur auszustreuen, und sie würde sich ihm vor Dankbarkeit an den Hals werfen? »Du kannst deine Ideen gerne zu Papier bringen«, erwiderte sie. »Ich reiche sie dann an die Entwicklungsabteilung weiter. Es gibt viele fähige Köpfe in diesem Unternehmen, und alle haben ihre eigenen Ideen, weißt du?« Sie lächelte wieder.

Er hob den Kopf und kreuzte ohne die geringste Befangenheit ihren Blick. Blitzte ihr da nicht für einen Sekundenbruchteil offene Kampfbereitschaft entgegen? Ein Schreck durchfuhr sie, ihr wurde plötzlich bewusst, dass es für sie gefährlich werden könnte, ihn weiter mit ihrem arroganten Spiel zu reizen. Bislang hatte ihre Menschenkenntnis bei ihm jedenfalls versagt. Sie fühlte sich nicht einmal in der Lage, sein Temperament verlässlich einzuschätzen. Denir blieb undurchschaubar und verdeckte seine Waffen, was ihn umso gefährlicher machte. Womöglich kannte er ihr Geheimnis und trat deshalb so sicher auf. Aber woher sollte er davon wissen? Jedenfalls hätte er sie dann in der Hand und könnte sie jederzeit vom Thron stoßen.

*

Sie hatten ihre schönen Zeiten gehabt, Silke und er, und er hatte sie begehrt. Im Traum waren Jonas ihre Brüste erschienen, diese süßen kleinen Dinger, die seine Wollust wie verrückt angeheizt hatten. Ja, glückliche Momente, auch im Bett.

Am Morgen war sein Kopfkissen feucht gewesen. Vielleicht hatte er auch nur geschwitzt. Die Heizung in seiner Kabine war viel zu hoch eingestellt.

Es hatte in ihrer beider Hände gelegen weiterzumachen, sich wieder aufzurappeln nach der Katastrophe. Aber sie hatten lieber diskutiert, wie man als aufgeklärte Linke eben diskutiert – am Ende nur noch Diskussionen um der Diskussion willen – und waren dann in sogenannter Freundschaft auseinandergegangen. Hatten sich sogar für so reif gehalten, in ein und demselben Haus wohnen zu können, ohne seelisch dabei zu krepieren. Jeder für sich mit den quälenden Erinnerungen.

Dabei war es geblieben. Sie wohnten immer noch in der Doppelhaushälfte, die sie sich damals in der Bonner Südstadt gekauft hatten. Jedem gehörte eine etwa gleichgroße Wohnung. Nur ein paar Schritte und eine Klingel trennten sie. Jederzeit hätten sie wieder neu anfangen können ... Und ausgerechnet jetzt, wo alles zu spät war, bekam er wieder Sehnsucht.

Der Alkohol hatte die Unordnung angerichtet, der Whiskey, den er in der Bar getrunken hatte, genau genommen waren es drei ... und noch den zum Abschied. Er konnte sich nicht mehr erklären, warum er die Zügel locker gelassen, wie die Sucht seinen Verstand ausgetrickst hatte. Selbstüberschätzung? Die berühmte Ausnahme von der Regel? – Und als er den Whiskey auf der Zunge geschmeckt hatte, war es bereits zu spät gewesen.

Jonas' Blick blieb in dem Novemberdunst stecken, der die Sicht aus einem der Backbordfenster des Royal Seagarden Restaurants abschnitt. Das Rumoren in seinem Schädel war unüberhörbare Warnung. Sein ganzes Geld und Wissen, fünfzehn Jahre Erfahrung hatte er in die Vorbereitungen investiert. Er *durfte* jetzt nicht schwach werden, sich schon gar nicht wegbeamen wie damals nach dem Abi, Ende der Achtziger …

»Das war knapp, junger Mann«, sagte der Arzt. Jonas hatte mit einer Standpauke gerechnet, die sich aber verzögern würde, weil sein Vater seit Tagen in Kapstadt an einem Kongress teilnahm und ihn seine Mutter vom Bettrand aus nur stumm vor Entsetzen anstarrte.

»Was glotzt du so?« Er wollte sie anschreien, aber er tat es nicht. In seinem Kopf war ein Wespennest, und jede Anstrengung rächte sich mit tausend Stichen. Und dann hatte er wieder Mitleid mit ihr. Auch wenn sie keinesfalls unschuldig war, nein, sie hatte ihn tausendmal an den Herrn Professor verraten. »Du kannst gehen, ich brauche dich nicht. Geh doch!« Aber auch das sagte er nicht.

Dann dämmerte ihm endlich, warum ihn seine Mutter so schockiert anstarrte, alle starrten ihn an: Sie dachten, dass er … dass er genug von allem hatte, und es stimmte, sogar reichlich genug. Er hatte die ganze Scheiße vergessen wollen. Den Herrn Professor, das große Vorbild, seinen läppischen Abi-Durchschnitt und so weiter … deshalb hatte er sich die Kante gegeben. Aber er hätte sich nie träumen lassen, dass ihn nur eine Flasche Wodka umbringen könnte … »Warum macht ihr nicht einfach die Fliege?« – Auch die Frage behielt er für sich. Auch wenn er sie alle hasste, besonders die Frau neben seinem Bett, die sich doch nur selbst leidtat, ihn, einen unfähigen Schwächling, geboren zu haben.

*

Trondheim hieß in alten Zeiten Nidaros, das hatte der Lektor von der Tourismusabteilung in der Vorankündigung erwähnt. Nidaros … ein poetischer Name voll Musik. In ihm klang das Großartige der Wikingerherrschaft nach, fand Silvia. Den gotischen Dom, wo angeblich alle sagenhaften Helden begraben waren, würde sie heute bei der Stadtrundfahrt besichtigen. Warum hatte eigentlich noch kein Komponist von Rang eine Wikinger-Oper geschrieben? Jedenfalls war ihr keine bekannt. Natürlich mit einer großen Partie für Sopran. Sie musste an ihre Sieglinde in der Walküre denken. »Eine blutjunge Wagner Debütantin«, stand im Feuilleton zu lesen, »begabt mit einer lyrischen und doch charaktervollen Stimme, nahezu ideal für diese Rolle.« Wendelin Grimm höchstselbst hatte sie als »eine Sängerpersönlichkeit von Ausstrahlung« bezeichnet, »eine Entdeckung, die wir dem Gespür unseres Intendanten André Weißweiler zu verdanken haben …«

Silvia ächzte. Der Schweiß brach ihr aus. Die orthopädischen Strümpfe machten wieder Probleme. Sie über die Krampfadern zu ziehen, war jeden Morgen ein schmerzvoller Kraftakt. Und sie abends, wenn sie an den geschwollenen Unterschenkeln klebten, wieder loszuwerden, nicht weniger. Allein diese Qual jeden Morgen, jeden Abend, Qualen, für die es keine Erleichterung gab, bestraften einen für alle Fehler, die man sich geleistet hatte. Sie sah es ja ein, dass sie Strafe verdiente, aber einer lief ungestraft mit seiner Schuld herum. Und ihr gnadenloses Gedächtnis spielte ihr wieder die Szene vor, die sie so gern ungeschehen machen würde …

Wieder stand der Sekretärin dieses ironische Lächeln auf dem Gesicht, als sie ihr die Tür zum Büro des Intendanten aufhielt. Vielleicht war sie damit schon auf die Welt gekommen. Der Velours-Teppichboden schluckte Silvias Schritte. Weißweiler beugte sich ganz versunken über zahlreiche Papiere, die seinen Schreibtisch bedeckten. Wie bei der ersten Begegnung trug er einen dunklen Anzug mit Weste, weißem Hemd und Seidenkrawatte. Ein Mann Mitte vierzig, durchschnittliche Größe, durchschnittliche Figur, Brillenträger. So gar nicht wie ein Bohemien. Da hob er den Kopf. Sein Gesichtsausdruck veränderte sich blitzschnell und entfaltete ungeahnten Charme.

»Setzen Sie sich doch bitte«, sagte er und bot ihr etwas zu trinken an. Sie nahmen auf der bequemen moosgrünen Ledergarnitur in der Nähe des Fensters Platz. »Herzlichen Glückwunsch, liebe Frau Radermacher. Ich freue mich, dass wir Sie für unser Haus gewinnen konnten.« Seine Stimme klang weich und vertrauenerweckend. Und er behandelte sie so gar nicht von oben herab, dabei war es allein seine Entscheidung, sie unter Vertrag zu nehmen. Ihre Wangen glühten.

»Wenn alles so läuft, wie ich es mir vorstelle, dann werden Sie hier Ihre ersten großen Chancen bekommen. Ich werde Sie auf Händen tragen …«

Im Handumdrehen hatte er es geschafft, ihr die Unsicherheit zu nehmen. Sie lächelte daraufhin ganz unbefangen, was ihn offenbar entzückte. »Ich werde alles tun, um Sie nicht zu enttäuschen, Herr Weißweiler«, erwiderte sie in aller Bescheidenheit. Seine Augen ließen sie nicht aus. Sie spürte, dass es nicht nur Freundlichkeit war, die er ihr entgegenbrachte, er schien sie wirklich zu mögen.

»Die Vertragsbedingungen regele ich mit Semmelroth. Sie werden Verständnis haben, dass ich Ihnen am Anfang noch keine Traumgage anbieten kann, ich komme Ihnen aber so weit wie möglich entgegen.« Er erhob sich, das Gespräch war beendet. Sie war etwas überrascht, dass es so schnell gegangen war, aber wenn das Ergebnis stimmte … Plötzlich stand er vor ihr, so nah, dass ihr Atem stockte und es ihr vorkam, als durchbohrte er ihre Seele mit seinem Blick. Er legte seine Hände um ihre Taille, sie rutschten hoch, höher, umfassten ihre Brüste. Sein Mund berührte ihre Lippen, er griff unter ihr Kleid.

»Nein, nicht … nicht so … nicht hier …« Sie wollte schreien.

»Psst! Nicht erschrecken. Ich mag Sie wirklich sehr, liebe Frau Radermacher, und wir werden uns sicher gut verstehen.« Seine Stimme klang wieder so weich und so vertrauenerweckend wie anfangs. Sie strich ihr Sommerkleid glatt. Auf Weißweilers Gesicht lag ein fast gütiges Lächeln. Nicht die Spur von Verlegenheit verriet ihn. Hatte sie sich das alles in ihrer Aufregung nur eingebildet? Oder ihm vielleicht unbewusst ein Signal gegeben? Er war ein leidenschaftlicher Mann, eine echte Künstlernatur. Auch war es ein Kompliment an sie. Sie konnte sich geschmeichelt fühlen, dass er sie begehrlich fand. Und der eine Gedanke stand über allen Zweifeln: Sie durfte Weißweiler nicht enttäuschen, wenn sie ihren ersten Solovertrag unterzeichnen wollte.

6

Margo legte den Kopf in den Nacken. War nicht das, was einen beeindruckte, auch gleichzeitig beängstigend, weil man sich kleiner davor machte, als man in Wirklichkeit war? Ihr Atem kondensierte in dem riesigen grauen Eisschrank des Nidarosdoms, in dem die Helden Norwegens für die Nachwelt aufbewahrt wurden. Was letztlich von ihnen noch übrig war und hinter den Grabplatten lag, wollte sie sich lieber nicht vorstellen. Weit weniger gruselig kam ihr da der Gedanke an den Helden vor, mit dem sie am Morgen gefrühstückt hatte …

»Ja, hier ist noch frei«, antwortete sie, wagte es aber nicht, ihn anzusehen. Wie ein Teenager hatte sie plötzlich Angst zu erröten, wenn sich ihre Blicke begegneten. Auf seinem Teller lag nichts weiter als ein Haufen Salat, den er Blatt für Blatt aufzuspießen begann. Er schien sie kaum zur Kenntnis zu nehmen, nahezu geistesabwesend starrte er auf seinen Teller. Wie sollte sie nur mit ihm ins Gespräch kommen, ohne dass es wie ein plumper Kontaktversuch wirkte? Doch anscheinend war er allein. Würde er sich sonst zu einer fremden Frau setzen?

»Kennen Sie Trondheim?« Wenn er Norweger war – und Margo ging fest davon aus –, dann würde er die Stadt natürlich kennen.

Sein mahlendes Kinn blieb in der Bewegung stehen. Gerade so lang, um mit einem schlichten »Ja« zu antworten. Offenbar verspürte er kein Bedürfnis, etwas hinzuzufügen, fand es nicht einmal unhöflich, weiter zu schweigen. Ein Wikinger eben, dachte Margo, aber ein wenig mitteilsamer dürfte er schon sein.

Der Berg Salat auf seinem Teller war abgetragen. Er nahm noch einen Schluck von seinem Kaffee. »Schauen Sie den Dom an«, sagte er dann völlig unerwartet mit diesem Akzent, den sie so unbeschreiblich fand. Dabei waren seine Augen plötzlich nur auf sie gerichtet, glänzten, als wäre er aus einer dunklen Höhle gekrochen und erblickte den ersten Mensch. »Und Bakklandet, dort gibt es viele alte Häuser, sehr schön, sehr schön …«

Sie hatte von dem Vorort gelesen, wo früher kleine Kaufleute und Handwerker ihre Holzhäuser errichtet hatten, die jetzt zu kleinen Schmuckstücken herausgeputzt worden waren. Die Rundfahrt, die sie gebucht hatte, enthielt auch den Besuch dieses Örtchens. Vielleicht würde er mitfahren? Er beugte sich ein wenig zu ihr herüber und lächelte. Ein liebenswürdiger Wikinger, dachte sie, man musste nur Geduld haben.

»Oh!« Nach dem kurzen Blick auf seine Armbanduhr verfiel sein Lächeln schlagartig und sein Gesicht nahm wieder den ernsten und unnahbaren Ausdruck an. Er tupfte noch einmal seinen Mund mit der Serviette ab, erhob sich von seinem Stuhl und hatte ihr schon fast den Rücken zugewandt, als ihm offenbar einfiel, was die Höflichkeit verlangte. Auf seinen Wangen erschien sogar ein leichter rötlicher Schimmer. »Verzeihung«, sagte er, suchte einen Augenblick nach Worten, »bis zum nächsten Mal«, und verschwand.

*

Gerlinde hatte nur einen Fuß auf ihren Balkon gesetzt und dabei die Lust auf eine Stadtbesichtigung verloren. Draußen war es düster und zugig. Heute zeigte ihnen der Norden die kalte Schulter. Sie hatte Denir eine Rundfahrt mit dem Taxi angeboten, um seinen nie enden wollenden Wissenshunger zu stillen. Aber er hatte verzichtet und sich ihrem Spaziergang über die Decks angeschlossen. Er würde darauf bestehen, ihr Gesellschaft zu leisten, hatte er gesagt und seither Konversation betrieben. Wenn sie geahnt hätte, wie anstrengend das werden würde … Augenblicklich spekulierte er über die Umsätze der Shopping Mall auf Deck fünf. *Alles*, was dieses Schiff betraf, nahm er zahlenmäßig auseinander. Sie war sich sicher, nach dem Urlaub könnte er den kompletten Geschäftsbetrieb der Reisegesellschaft übernehmen.

»Ich bewundere deine Vielseitigkeit, Denir. Babykiss wird dich sicher nicht zufriedenstellen, du bist für größere Aufgaben geschaffen. Ich will dich keineswegs in deiner Entwicklung bremsen, im Gegenteil …« Das war zumindest die halbe Wahrheit. Denir hatte nicht nur beste Diplome, er sprach auch sechs oder sieben Sprachen, die Konkurrenz würde sich um sein Superhirn reißen. Er würde Millionen verdienen und seinen Bossen Milliarden einbringen.

»Danke, Großmutter, ich weiß deine Hilfe zu schätzen. Natürlich habe ich sie auch verdient und nehme sie gerne an. Babykiss ist ein guter Anfang für mich, vor allem habe ich die Pflicht, das fortzusetzen, was Vater erreichen wollte. Ich habe ihn sehr bewundert, und du weißt ja selbst, wie fortschrittlich er in seinen Ansichten war.«

Äußerst wachsam und geschickt, dieser junge Mann, sobald man ihm den kleinen Finger reichte, ergriff er die ganze Hand. Hinter seiner vorgeschützten Bescheidenheit steckte ein erstaunlich entwickeltes Selbstbewusstsein. Für ihn war es also eine Selbstverständlichkeit, dass sie ihm den Weg ebnete. Offenbar hatte sie auch vergeblich gehofft, dass Rolands irrwitzige Pläne mit seinem Abgang ebenso gestorben wären. Doch noch lag es in ihrer Hand, den Konzern umzugestalten.

»Ich bin im Zweifel«, erwiderte sie, »ob dir die Branche wirklich zusagt. Auch wenn wir jetzt erweitern, geht es doch vor allem um Babyartikel. Man muss lieben, was man tut, um auf Dauer erfolgreich zu sein …«

»Oh, ich liebe Babys sehr. Ich möchte eines Tages eine Frau haben und fünf Kinder.«

Warum ausgerechnet fünf? Er überraschte sie immer wieder.

»Die Fünf ist eine wichtige Zahl, weißt du?«

»So?«

»Die fünf Sinne, die fünf Elemente … Auch im Islam ist die fünf heilig.«

Ein Tritt in den Magen. *Ihr* Babykiss, ein deutsches Traditionsunternehmen vom Islam unterwandert? Das war der sichere Untergang! Wenn sie gewusst hätte …

»Keine Sorge, Großmutter«, er lachte laut auf, als hätte er einen unwiderstehlichen Scherz gemacht, »ich bin nicht zum Islam übergetreten, aber ich bewundere den Koran sehr und bin für religiöse Toleranz, so wie Vater und so wie du, oder?«

»Natürlich«, blieb ihr nur zu sagen, während ein schadenfroher Zug um seine Lippen spielte.

*

Jonas kannte alles bis ins Detail, hatte die Schiffspläne organisiert und bis ins Letzte studiert, sogar den Radius, den die Überwachungskameras erfassten, kannte er genau. Das herauszufinden, war der wichtigste Teil der Vorbereitung gewesen. Anfangs hatte er es für unmöglich gehalten, das komplexe Sicherheitskonzept eines Kreuzfahrtschiffs dieser Größe zu knacken, aber am Ende war es leichter gewesen als gedacht. Natürlich waren alle zentralen Punkte indoor und outdoor mit entsprechenden Anlagen bestückt: Ein- und Ausgänge, Rezeption, die Shopping Mall, das Theater, die Restaurants und Bars. Ob die Kabinen der Passagiere über die Durchsageanlage ausspioniert werden konnten, war nicht eindeutig feststellbar, aber auch nicht ausgeschlossen, deshalb hatte er entschieden, dass keine ihrer kurzen Treffen oder Besprechungen in einer der Kabinen stattfinden sollte. Nicht einmal auf den öffentlichen Klos. Die waren erst vor dieser Fahrt mit der neuesten Überwachungstechnik ausgestattet worden, wie er noch rechtzeitig erfahren hatte.

Jetzt saß Jonas in einem der gut besetzten Bistros, und sein Schädel brummte immer noch. Die meisten Passagiere waren anscheinend an Bord geblieben. Kein Wunder bei dem Wetter. Er versenkte noch ein drittes Stück Zucker im Cappuccino. Seine Armbanduhr zeigte fast zwei Minuten über die verabredete Zeit hinaus. Ihm fiel der Spruch seines Vaters ein, den er damals für banal und unsäglich spießig gehalten hatte: ohne Disziplin kein Erfolg. Dann setzte sich ein Mann mit rotem Bart an den Nachbartisch …

Sie behielten ihn zwei weitere Tage im Krankenhaus auf dem Venusberg, um sicherzugehen, dass er nicht wieder Blödsinn machte, auch wenn er es nie vorhatte. Am Mittag nach der Entlassung zitierte ihn sein Vater, der den Kongress in Kapstadt vorzeitig beendet und sich umgehend in den Flieger gesetzt hatte, in sein Arbeitszimmer. Offensichtlich um nachzuholen, was er bisher versäumt hatte.

Minutenlang ließ er ihn vor dem Schreibtisch stehen, ohne ihn anzusprechen oder eines Blickes zu würdigen. Im Krankenhaus hatte Jonas sich geschworen, es einfach abzuschütteln, wenn sein Alter ihn zur Schnecke machen würde, aber an diesem Tag schaffte er es nicht, vielleicht würde er es nie schaffen.

»Was du dir dabei gedacht hast, weiß ich nicht, und dass du meinem Ruf damit schadest, scheint dir egal zu sein«, begann er in dem bekannten Tonfall. »Aber lass dir nicht noch einmal einfallen, deine Mutter so in Aufruhr zu versetzen.«

War da ein Beben in der Stimme? Der Herr Professor zeigte Gefühle? Doch es ging ja nicht um ihn, seinen Sohn, es ging um seine Frau. Sein Vater erhob sich von dem ledernen Lehrerthron, schritt zum Fenster und zeigte Jonas den Rücken. »Nicht einmal richtig besaufen kannst du dich.«

»Es tut mir leid. Ich wusste nicht, dass Wodka so stark ist. Es war falsch, aber ich hatte keine Erfahrung …«

»Du kannst jetzt gehen.«

Er wollte etwas erwidern, hatte sich die Worte zurechtgelegt und auswendig gelernt, aber er wagte nicht, sie auszusprechen, sie liefen nur in seinem Kopf ab: »Vielleicht wäre es dir lieber gewesen, wenn sie es nicht geschafft hätten, mich zurückzuholen, dann wärst du mich ohne großen Rufverlust losgeworden. Ein Jungenstreich mit tödlichem Ausgang. Ich bitte noch einmal um Entschuldigung: Es tut mir leid, dass ich wieder versagt habe und du noch warten musst.«

»Entschuldige, dass du warten musstest«, ließ Ingvar fast unsichtbar über die Lippen rutschen und gab dem Kellner mit der Hand ein Zeichen, der daraufhin seinen Tisch ansteuerte. »Einen Cappuccino, bitte.«

Der Kellner nickte und ging.

»Ich bin aufgehalten worden«, sagte Ingvar.

»Von einem der Sicherheitscrew?«, fragte Jonas.

»Nein …«

»Von wem dann? – Ich brauche nicht zu sagen, was zweieinhalb Minuten Verspätung bedeuten können«, zischte Jonas. Jeder hatte sich auf die Sekunde genau an die Verabredungen zu halten. Der Kellner kam zurück. Er stellte den Cappuccino vor Ingvar hin und blieb einen Augenblick neben dessen Tisch stehen.

»Am Nordkap werden wir getauft«, sagte Jonas mit fester Stimme, nicht zu laut, aber so, dass die beiden anderen ihn klar verstehen konnten. Der Kellner nickte und ging. Ingvar nahm einen Schluck aus der Tasse, nahm einen zweiten, erhob sich und verließ das Bistro in Richtung des Treppenhauses.

✳

Über dem Hauptportal der gotischen Kathedrale hing der Gekreuzigte, links und rechts und darüber setzten sich die Galerien der steinernen Heiligen fort. Jeder von ihnen hatte seinen festen Platz in der Reihe. Ein Nebelfetzen zog vorbei und verdeckte die Galerie für kurze Zeit. Als er sich auflöste, war plötzlich etwas anders. Ein Platz war leer. Einer der Heiligen fehlte in der Reihe. Silvia hatte ihn soeben noch gesehen. Aber kroch da nicht etwas entlang der grauen Mauer, flink wie eine Eidechse? Jetzt stieß es sich ab und landete auf dem Boden im Schnee. Silvia traute ihren Augen nicht, als es zu einer männlichen Gestalt in wehendem Gewand aufschoss, die in gemessenem Schritt auf sie zuhielt.

Es war der Heilige aus der Galerie. Sie erkannte ihn an dem göttlichen Strahlen, das seine verklärten Züge erhellte. Ihr Herz hämmerte. Doch je näher er kam, desto stärker veränderte er sich. Mit jedem Schritt verblasste die Milde auf seinen Gesichtszügen, die Wangen magerten ab, bis die Nase lang und spitz aus seinem Gesicht stach. Die Fratze einer Chimäre ließ sich allmählich erkennen. Silvia erstarrte vor Schreck. Anstelle des sanften Blicks aus seinen Augen trat ein geiles, lüsternes Leuchten, dass ihr Blut vor Abscheu in den Adern gefror. Als er dicht vor ihr stand und sie seinen fauligen Atem riechen konnte, erkannte sie ihn endlich. »Nein, fass mich nicht an!«, schrie sie. »Hilfe, Hilfe!« Sie rang nach Luft, versuchte, das Monstrum abzuwehren. Doch sie verlor den Halt, stürzte jäh in die Tiefe. Meter um Meter. Dann spürte sie einen Schlag gegen den Kopf, und alles war still …

Ein Traum, ein ekelhafter Traum. Als sie erwachte, fand sie sich auf dem Boden liegend wieder. Während des Mittagsschlafes musste sie vom Bett gerutscht und heruntergefallen sein. Eingezwängt zwischen Bett und

Schrank, konnte sie nicht vor und zurück. Und wieder erschienen die Bilder von damals …

Weißweiler geleitete sie am Arm aus seinem Büro, während er sie »seine Hoffnung« nannte und immer wieder die Chancen herausstrich, die in diesem kleinen, aber feinen Opernhaus auf sie warten würden. Selbst die Met in New York käme ganz von selbst auf sie zu, wenn sie sich hier in der deutschen Provinz gut vorbereite. Viele große Stars hätten an ähnlichen Häusern begonnen und dort ihr Fach gründlich gelernt. Sie schwieg wie betäubt von dem, was sie soeben erlebt hatte, und hing an seiner beschwörenden Stimme wie ein Fisch an der Angel. »Wir sehen uns schon Donnerstag nach der Besetzungsbesprechung«, verabschiedete er sich, bevor er hinter ihr die Tür schloss und sie mitten im Vorzimmer stehen ließ. Nur wenige Minuten in Weißweilers Büro und die Welt war eine andere als die, die sie am Morgen noch gekannt hatte.

Als sie überlegte, wie sie sich aus dieser prekären Lage befreien könnte, hörte sie ein Geräusch über sich.

»O Madam, was passieren?«

Himmel, wie peinlich. Silvias Büstenhalter und ihr Rock waren verrutscht, und sie konnte nichts dagegen tun, denn ihre Arme waren eingezwängt.

»Wir Schreie hören und kommen zu helfen«, sagte einer der beiden Asiaten, dem anderen stand vor Staunen der Mund offen wie ein Schleusentor.

Natürlich, natürlich, sie durfte froh sein, dass sie überhaupt jemand gehört hatte. Doch was würden die

Zeitungen schreiben? – »Zu viele Pfunde: Ehemalige Opernsängerin kommt ohne fremde Hilfe nicht auf die Beine« – Vielleicht würden sich die beiden, die sie gefunden hatten, bestechen lassen? Es war kein Geheimnis, dass man in der Servicecrew nicht reich werden konnte …

7

»… wünsche ich Ihnen einen unterhaltsamen Abend, nicht ohne auf den heutigen Wettbewerb im Happy Feet Club hinzuweisen. Ab 20.30 Uhr heißt es: Wer hält auf der Tanzfläche am längsten durch? Auf den Sieger wartet eine Überraschung. Viel Spaß mit Swing Rhythmen der goldenen Vierziger …«

Am Ende der Durchsage schwappte »In The Mood« an Margos Ohr. Eine Verführung, der sie sich kaum entziehen konnte. Den Hollywood-Klassiker mit James Stuart als Glenn Miller kannte sie seit ihrer Kindheit. Eines Sonntagnachmittags lief er im Fernsehen, und ihr Vater war eingeschlafen. Da hatte sie auf dem Teppich nur für James Stuart getanzt. Sie fand ihn so süß mit der Brille, die er in der Rolle trug. Damals hatte sie auf Brillenträger gestanden …

Das Dessert war diesmal eine Kreation aus dunkler und heller Mousse au Chocolat, darüber ein Gespinst aus hauchdünnen Fäden, die nach Himbeere schmeckten. – Warum eigentlich nicht? Gab es etwas, das dagegen sprach, in den Happy Feet Club zu gehen? Sie lebte doch nicht mehr zu Omas Zeiten, in denen es verpönt war, als Frau ohne Begleitung auszugehen. Und sie hatte seit über einem Jahr nicht mehr getanzt, das letzte Mal mit … Aber wozu sich die Laune verderben.

Ihr Blick fiel auf ein älteres Paar, er in englischem Tweed und sie in einem schlichten, aber edlen Designerkleid. Sie schwiegen sich an, kein einziges Wort tauschten sie aus. Wie fertig musste die Beziehung sein, dachte Margo, in dem Moment konnte sie sich von einer gewissen Schadenfreude nicht freisprechen. Anscheinend interessierte sich nicht nur sie für das Paar. Die Matrone, die in der Nähe der Empore saß, starrte die beiden an, als hätte sie der Blitz getroffen. Das Essen schien sie völlig vergessen zu haben.

Bis der Happy Feet Club öffnete, blieb Margo noch Zeit, sie schlenderte die Auslagen der Shopping Mall entlang. Im Winter waren die Möglichkeiten beschränkt. Es wurde schnell dunkel, und auf Deck konnte man es nur in Thermokleidung aushalten. Als sie die Bibliothek erreichte, kam ihr der Gedanke, es sich in einem der breiten Polstersessel bequem zu machen und zu schmökern. Es war gerade nichts los, sogar die begehrten Bildbände standen zur Verfügung. Ein Herr, der in der Nähe der Regale saß, hatte sich hinter der FAZ vergraben.

Sie entschied sich für einen Fotoband über Wale. Vielleicht würde sie diesen Riesen ja noch begegnen, jedenfalls hatte es der Kreuzfahrtdirektor angekündigt. Gerade hatte sie sich hingesetzt, als der Mann seine Zeitung zusammenlegte, sich erhob und zu ihr herüberkam. »Hei, kennen wir uns nicht?«

Und ob! Der Wikinger war's und lächelte sie an. »Sie interessieren sich für Wale?«

»Ja.« Es blieb ihr keine Zeit zum Nachdenken, er setzte sich, ohne zu fragen, neben sie. Und sie starrte ausgerechnet auf seine Lippen.

»Ich habe über Wale geforscht hier an der norwegischen Küste, wie sie leben und so weiter. Sie verstehen?«

»Wie interessant. Leider weiß ich kaum etwas über Wale. Sie sollen sehr schön singen …«

»Nicht nur singen, sie tanzen auch …«

»Wirklich?« Bestimmt machte er sich über sie lustig, aber sie hatte es nicht anders verdient.

»Ich erzähle Ihnen davon, wenn Sie versprechen, mit mir zu tanzen. Ich tanze vielleicht nicht so elegant wie ein Wal, aber dafür habe ich …«

»Happy Feet?«, fragte sie.

✳

Die Ankündigung der Tanzveranstaltung erinnerte Gerlinde an einen unvergesslichen Abend. Griesmann und sie – Hartmut und sie – nach dem ersten bahnbrechenden Abschluss für Babykiss. Ihr Mann Alfred hatte wieder Herzbeschwerden bekommen. Das passierte ihm in letzter Zeit öfter, wenn anstrengende Situationen bevorstanden, unter anderem auch, wenn er sich seinen ehelichen Pflichten stellen sollte. Aber wichtigen Vertragsverhandlungen war er bislang nie ferngeblieben. Sie solle Griesmann mitnehmen, hatte Alfred ihr aufgetragen. Er würde ihn bestens vertreten, habe schließlich alles vorbereitet und kenne alle Tricks, vor allem wisse er, wie weit sie gehen dürften.

Es lief sogar besser als gedacht. Am Ende hatten sie die Konkurrenz aus dem Feld geschlagen und würden die Produktion verdoppeln können. Nachdem sie mit Gerber, dem Vorstand der Kaufhauskette, im Vier Jahreszeiten auf die künftige Zusammenarbeit angestoßen hatten und ein Taxi auf sie wartete, flüsterte ihr Griesmann an der Garderobe zu: »Von mir aus, Frau Direktor, müsste der Abend noch nicht zu Ende sein …«

Eine Überraschung. Bisher hatte sie eher den Eindruck gehabt, er sei ein Leisetreter, dem das Entscheidende für eine Spitzenposition fehlte: Courage und Mut zum Risiko. Auch wenn sie gespürt hatte, dass er sich zu ihr hingezogen fühlte, hätte sie nie erwartet, dass er für ein Schäferstündchen Kopf und Kragen riskieren würde. Aber soeben bewies er das Gegenteil.

»Sie meinen, es könnte noch ein Höhepunkt folgen?«

Er hielt ihrem Blick stand, wurde nicht einmal rot. Sie stiegen beide in das Taxi, das sie an einen Ort brachte, einen Tanzklub, wo sie niemand kannte. Die halbe Nacht tanzten sie zu Benny Goodman, und die andere Hälfte … Es wurde die zärtlichste, die schönste Nacht, die sie jemals mit einem Mann verbracht hatte. Die Nacht, als Alfred in ihrer Villa in Blankenese einem Herzinfarkt erlag …

Denir war sie den Rest des Abends los. Auf dem Rundgang hatte er den Billardsalon entdeckt und war gleich Feuer und Flamme gewesen. Billard habe ihn schon immer fasziniert. Er frage sich, wie man es verhinderte, dass bei bewegter See die Kugeln auf den Spieltischen nicht von selbst ins Rollen kämen. »Warum siehst du dir die Tische nicht etwas näher an?«, hatte Gerlinde vorgeschlagen.

»Ich spiele auch gern Scrabble mit dir, Großmutter.«

»Vielleicht morgen. Ich bin etwas müde.«

»Dann wünsche ich dir eine gute Nacht.« Einen kurzen Moment kreuzten sich ihre Blicke. »Es wird nicht mehr lange dauern«, sagte er sanft, als wollte er ihr eine Sorge nehmen, »und ich bin so weit, dich im Vorstand von Babykiss abzulösen. Dann kannst du jeden Tag deinen verdienten Ruhestand genießen.« Darauf hatte er sie wieder auf die Stirn geküsst, wie ein artiger Enkel, der seiner Großmutter gefallen wollte …

Er war also jederzeit bereit, sie abzulösen. »Wann ich gehe, ist immer noch meine Sache!«, schnitt ihre Stimme durch den Salon der Suite. Sie erhob sich abrupt von dem Schreibtischstuhl und ging zum Fenster, dessen Panoramascheibe das Innere des Raumes bis ins Detail widerspiegelte. Offenbar hatte Denir bereits einen Plan, so selbstsicher, wie er auftrat. Noch war sie nicht wehrlos, aber wenn die Firmenanteile an Denir gingen, besäße er die Macht, sie aus ihrem eigenen Betrieb zu werfen. Rein formal könnte er es zumindest. Sie hatte gehofft, ihn zur Vernunft zu bringen, aber wie es aussah, war er uneinsichtig, hatte sich in den Kopf gesetzt, eine Führungsposition einzunehmen. Und nicht irgendeine, es sollte *ihre* sein. Sie wollte es nicht, nein, wirklich nicht, aber die Umstände würden sie zu etwas zwingen, das ihr zutiefst widerstrebte …

*

Jonas musste sich so unauffällig wie möglich verhalten, und am wenigsten fiel auf, das angebotene Sport- und Unterhaltungsprogramm zu bedienen. Allerdings waren die Shows nicht nach seinem Geschmack und die Fitness Arena total überlaufen. Blieb die Sportart, die ihn nach wie vor beeindruckte, weil sie artistische Geschicklichkeit mit strategischen Fähigkeiten verband.

21.05 Uhr. Einer der beiden Tische in dem kleinen Billardsalon war besetzt, über den anderen beugte sich ein junger Mann mit prüfendem Blick, als müsste er über das Billardtuch ein Gutachten anfertigen. Jonas erkannte ihn wieder. Es war der komische Vogel mit dem fernöstlichen Touch, der neben ihm am Tresen der Jazzbar gestanden und einen Moskito getrunken hatte. Wieder schien es, als trüge er die Klamotten seines Vaters auf. Die anthrazitfarbene Hose mit Bügelfalte schlackerte an seinen dünnen Beinen, der Pulli mit V-Ausschnitt in Weinrot hing an seinem langen schmalen Oberkörper wie eine Fahne bei Windstille, darunter trug er ein weißes Hemd und eine altmodische rot-blau gestreift Seidenkrawatte. Seine Ausstrahlung war die eines jungen Hochschulprofessors, genial verschroben. So wie der Gesteinsprofessor in »Is was Doc« aus den Siebzigern. Nur war er nicht Ryan O'Neal. Dieser junge Mann hatte eine viel zu ausgeprägte Nase, um gut auszusehen, außerdem fehlte ihm das Sixpack unter dem Pulli.

»Lust auf eine Partie?«, fragte Jonas. Zwei verwunderte Augen blickten ihn an. »Oder haben Sie mit dem Tisch etwas anderes vor?«

Der junge Mann lachte. »Nein, ich habe nur überlegt …«

»Die Kugeln kommen hier vorne heraus, wenn Sie sich das gefragt haben …«

»Nein, ich …«

»Also, was ist?«

»Ich würde sehr gern, aber mir fehlt jede Erfahrung, genau genommen habe ich bisher nie gespielt …«

»Sie sind also sozusagen über das Stadium des Billardtischbetrachtens nie hinausgekommen?«

Wieder lachte er dieses unbeschwerte Lachen.

»Höchste Zeit, das zu ändern!« In Jonas regte sich ein Gefühl von Neid auf den Mann vor ihm, der Ende zwanzig sein mochte. Wieder zog sie ihn unwiderstehlich an, diese jugendliche Heiterkeit, in der die noch ungebrochene Hoffnung mitschwang, dass am Ende der Tage alles gut werden würde …

Damals, als er mit dem Bio-Grundstudium begonnen hatte, war er schon morgens mit dem Gefühl aufgewacht, nicht dazuzugehören. Alle waren bester Laune, quollen über von dieser unerklärlichen Zuversicht. Alle wollten etwas, nur er nicht. Und er wusste auch warum: Weil es nichts gab, das den ganzen Aufwand wert gewesen wäre. Er fand es lächerlich, was die meisten wollten. Sie passten nicht zu ihm und er nicht zu ihnen. Und bald mieden sie ihn, den ewigen Depri, den kleinen Nihilisten, der sich jeden Abend die Kante gab und dessen Gesprächsstoff sich ausschließlich um die neuesten Untergangsszenarien drehte. Selbst hartgesottene Linke verzichteten nach anfänglichem Interesse lieber auf seine zynischen Kommentare. Dabei hatte er sie im Stillen beneidet, ihre Gier nach Leben mit einem Ziel, das ihnen wer auch immer eingehaucht hatte. Damals jedenfalls hatte er seine Bestimmung noch nicht gekannt.

»Ich heiße übrigens Heinrich«, sagte er zu dem jungen Mann, und das war nicht gelogen, denn Heinrich war sein zweiter Vorname, nach seinem Großvater väterlicherseits.

»Yousseff«, erwiderte der andere und streckte ihm die Rechte zur Begrüßung entgegen. Wahrscheinlich war es nicht sein richtiger Name, das schloss Jonas jedenfalls aus seinem kurzen Zögern. Auf diese Weise konnten sie wenigstens ungezwungen kommunizieren.

*

Nein, kein Traum. Die Stimme, die Augen: Es *war* André Weißweiler. Und Silvia hatte so gehofft, dass es beim ersten Mal nur Einbildung gewesen war. Wie hatte sie nur annehmen können, dass sie diesem Mann den Rest ihres Lebens nicht mehr begegnen würde? Sie hatte sterben wollen, als er plötzlich mit seiner Frau im Restaurant auftauchte.

Warum war sie in dem Augenblick nicht einfach tot umgefallen? Dann hätte sie vielleicht noch mit einer Schlagzeile in einem dieser Schmierblätter abtreten können, die sie zuerst rauf und dann runter geschrieben hatten: »Ehemalige Star-Sopranistin Silvia Cantelli während einer Kreuzfahrt in den ewigen Opernhimmel aufgefahren …«

Weißweiler hatte nicht einmal mit der Wimper gezuckt, als sich ihre Blicke trafen und ihr das Herz fast die Brust gesprengt hatte … »Ich grolle nicht, wenn das Herz auch bricht …« Nein, nein, *sie grollte*, und der Groll würde sie zweifellos umbringen, nicht sofort, allmählich, ganz langsam fraß er ihre Seele. Sie sollte leiden, und sie litt.

Wie an ihren Tisch gefesselt, war sie außerstande gewesen, sich zu bewegen. Als Weißweiler seiner Frau dann den Arm angeboten und mit ihr in schönster Eintracht das Royal Seagarden verlassen hatte, war sie wieder zu sich gekommen und hatte einen Hennessy bestellt. Nicht einmal *erkannt* hatte er sie, sosehr hatte sie das Leben gezeichnet, hatte *er* sie gezeichnet …

André Weißweilers Gesicht lag im Kissen, seine rechte Hand auf ihrer Brust, während sein nur bis zum Gesäß bedeckter Körper dieses eigenwillige Geruchsgemisch aus Deo und kaltem Zigarettenrauch verströmte, das sie vor wenigen Minuten in einen ihr bis dahin unbekannten Rausch versetzt hatte.

Ihr Kopf fühlte sich leer an, sie war für einen Moment unsicher, ob es richtig war, was sie getan hatte. Aber wenn sie machte, was er von ihr verlangte, konnte es nicht schlecht für sie sein, oder? Und es blieb ihr gar nichts anderes übrig, als ihm zu vertrauen. Von dem Gespräch in der Pizzeria hatte sie allerdings kaum ein Wort in Erinnerung. Nur dass André immer wieder von Verantwortung gesprochen hatte, die sie beide ihrem Talent gegenüber hätten. Sie könne sicher sein, dass er seinen Teil erfülle, auf seine Erfahrung und sein Wissen sei Verlass. Und dann war er poetisch geworden. *Ein* vereinigter Körper müssten sie werden mit einem gemeinsamen Verstand, einem gemeinsamen Herz und einer gemeinsamen Lunge, um zusammen denken, fühlen und atmen zu können …

»Ich hoffe, es war so schön für dich wie für mich.« Er zog seine Hand zurück und fuhr sich damit kurz durch das bereits dünn gewordene Haar. Dann setzte er sich auf und lächelte sie zufrieden an. Sie spürte die Hitze, die durch ihren Körper wallte. Ein Glücksgefühl und auch Stolz, denn nichts war in ihrem Leben jetzt wichtiger als dieser Mann und dass sie ihm geben konnte, was er von ihr erwartete.

»Ja«, antwortete sie mit fester Stimme. Sie blickte an die stuckverzierte Decke des Hotelzimmers, die wie ein verschnörkelter Himmel über ihr hing, und sah sich in den

Rollen, die Weißweiler ihr bereits für das zweite Jahr versprochen hatte, als Violetta in »La Traviata« und Antonia in »Hoffmanns Erzählungen« …

»Ich habe noch Termine. Lass dir Zeit, du brauchst später nur die Tür zuzuziehen. Es ist alles erledigt. Ab jetzt haben wir ein kleines Geheimnis, Silvia …«

»Ja«, hauchte sie.

Geheimnis, pah … Das ganze Haus wusste bereits zwei Tage später davon. Auch ohne dass sie sich verplappert hätte. Die Tinte unter ihrem ersten Vertrag war kaum trocken, da galt sie schon als das skrupellose Flittchen, das sich nach oben schlief und den Angestammten die Rollen wegschnappte.

Jetzt stand Silvia auf dem Balkon ihrer Kabine und hörte auf das Plätschern der Wellen. Die Luft war eisig, sie atmete schwer. Die Kälte hatte ihre Haut bereits gefühllos gemacht. Hier an Ort und Stelle wollte sie zur Säule gefrieren, zu einem Mahnmal der Dummheit. All ihr dummen Kühe auf dieser Welt, seht her, was aus einer wie mir geworden ist! Eine, die nicht begriffen hat, dass …

»Hey, was reitet denn Sie? Sind Sie wahnsinnig, bei *den* Temperaturen halb nackt hier draußen zu stehen!«

Warum kümmerten sich die Leute eigentlich immer erst um das Elend anderer, wenn es zu spät war?

POLARKREIS
8

Am nächsten Morgen wollte Margo gar nicht wach werden, sich weiter bei zärtlicher Swingmusik in seinen Armen wiegen. *Nils* war sein Name, Nils der Wikinger … ein Mädchentraum … Aber hatte sie nicht auch in ihrem Alter und nach zwei Krebsoperationen ein Recht auf Hoffnung?

»Die Antwort ist Ja, und ich bin niemandem Rechenschaft schuldig, verstehst du? Niemandem!«, rief sie gegen die Wand ihrer Kabine. Jeder sollte es hören, besonders *Anders* in ihrem Kopf, der bestimmt schon darauf lauerte, seine Unverschämtheiten loszuwerden. Aber der hinterhältige Mistkerl kam ja nur dann, wenn sie sich schwach fühlte.

Er war kein grandioser Tänzer, dieser Nils mit der milchweißen Haut und dem rot leuchtenden Backenbart, das hatte sich schnell herausgestellt. Vielmehr schienen ihre Füße die seinen magnetisch anzuziehen. Aber ihm waren dann so süße Entschuldigungen eingefallen …

»Es soll dich trösten, dass ich nicht so schwer bin wie ein Wal«, sagte er, als es wieder passierte.

Sie lachte. »Apropos Wal, du bist mir noch eine Erklärung schuldig.« Er hatte ihr gleich das Du angeboten. Bekanntermaßen waren die Skandinavier darin recht schnell und unkompliziert.

»Welche Erklärung?«

»Warum die Wale tanzen …«

»Es gibt viele Gründe, weshalb sie das tun. Oft ist es ein Spiel in der Gruppe, ein Familienspiel, so bringen sie zum Ausdruck, dass sie sich mögen und zusammengehören. Es ist auch ein Zeichen von Liebe …«

Er verstand etwas von diesen Meeresriesen und fühlte sich offenbar verbunden mit ihnen, denn er lächelte ganz eigentümlich, und sein Kopf schien voll mit Bildern und Gedanken. »Sie sind so wunderbar, diese Tiere …« In dem Moment wurden seine Augen feucht. »Allein für *sie* lohnt es sich zu sterben.«

»Ich finde, es lohnt sich noch mehr, für sie zu *leben*«, erwiderte Margo.

»Ja, du hast natürlich recht.« Der Anflug von Melancholie, der seine Heiterkeit überzogen hatte, verschwand wieder. Aber die bisherige Schwerelosigkeit zwischen ihnen wollte sich nicht mehr einstellen, und nach einem letzten Drink waren sie zu den Aufzügen geschlendert. Er hatte sich mit einer Umarmung von ihr verabschiedet, »Danke« in ihr Ohr geflüstert, »und ich entschuldige mich bei deinen Füßen.«

Ihr Gesicht verzog sich unwillkürlich zu einem Lächeln. Sie rutschte aus dem Bett und zog den Vorhang am Fenster beiseite. Der Nebel hatte sich aufgelöst, aber der Himmel blieb bedeckt und verriet nicht, was aus dem Tag werden sollte. Im Hintergrund brabbelte eine unverständliche Stimme. Margo hatte vor dem Schlafengehen die Lautstärke der Durchsage heruntergedreht.

»… überfahren wir in Kürze die Grenze zum Polarkreis bei sechsundsechzig Grad dreiunddreißig Minuten Nord. Wer das zum ersten Mal erlebt, den erwartet an Deck eine Überraschung …«

Die Taufe, sie musste sich beeilen, Nils hatte auch davon gesprochen. Es gab diesen Ritus, wenn man in den Kreis der Arktis eintrat, als würde man ein neues Leben beginnen …

✳

»Eine verrückte Zeremonie«, meinte Denir, als er sich zu ihr an den Tisch im Panorama-Café setzte. »Etwas für Leute, die nicht so leicht frieren.« Anscheinend hatte ihn das nicht abgeschreckt, daran teilzunehmen, aber seine Lippen waren immer noch blau und sein dünner Körper erschauerte hin und wieder, während er Gerlinde von einem kostümierten Neptun erzählte, der ihm mit einer Suppenkelle Eiswürfel in den Kragen geschaufelt habe. »Danach musste ich eine stinkende Suppe essen, die wie Fischblut aussah und auch so schmeckte.« Sein Gesicht nahm einen gequälten Ausdruck an. Alkohol hatte er auch getrunken, wie ihr seine Sektfahne verriet. Vielleicht war ihm nichts anderes übrig geblieben, um den widerlichen Geschmack der Blutsuppe loszuwerden. Ein Lachen platzte aus Gerlinde heraus. »Das ist eben nichts für Zimmerpflanzen«, sagte sie gut gelaunt, und sie hatte sich schlaugemacht, um vor ihm nicht noch einmal als Dummchen dazustehen. »Ursprünglich war es ein Ritual der Seeleute, eine Prüfung für harte Männer, wobei ihnen auch Erniedrigungen nicht erspart blieben.«

Denir hörte ihr aufmerksam zu. Als sie sich in die Augen sahen, sagte er: »Du lachst so schön, Großmutter, aber viel zu selten.«

Die Röte schoss in ihr Gesicht. Und wieder hatte er sie überrascht, mit einem banalen Satz ihre Seele berührt.

Wasser stieg in ihre Augen. Aus Verlegenheit, aus Wut, aus Rührung?

»Du solltest dich mehr amüsieren.« Er legte eine eisgekühlte Hand auf ihre kleine warme faltige, und auf seinem Gesicht tauchte wieder dieser besorgte Blick auf, den sie für schmierig hielt und absolut nicht leiden konnte.

»Vielleicht hast du recht«, erwiderte sie lakonisch und zog ihre Hand zurück. »Aber nicht jeden amüsiert dieser Mummenschanz. Mich interessieren eher die Gletscher und die Seeadler.« Sie hatte sich wieder gefangen. Sie hasste es, aus der Fassung zu geraten, und sie hasste Männer, die sie aus der Fassung brachten. Diejenigen, denen das gelungen war, hatten sie anschließend ausgenutzt und erniedrigt. Auch Alfred, ihr eigener Mann. Doch eines Tages war sie das Spiel leid gewesen und dazu übergegangen, einen nach dem anderen abzuservieren, der versuchte, sie über den Tisch zu ziehen.

Vielleicht war sie auch nur aus der Fassung geraten, weil Denir begann, sie an Roland zu erinnern. Talentiert, verträumt, trotzig und verspielt wie ein Kind und äußerst raffiniert, wenn es darum ging, sich die Gunst anderer zu sichern.

Es hatte eindeutig an Evelyn gelegen, Rolands Frau. Aber man durfte ihr keine Vorwürfe machen, dass sie keine Kinder gebären konnte. Von Anfang an war sie gesundheitlich angeschlagen gewesen und schließlich an der Nichtigkeit einer Grippe gestorben. Aber warum musste Roland … er hätte sich doch scheiden lassen können und mit einer zweiten gesunden deutschen Frau … Ihr säße jetzt ein ebenso fähiger erfolgshungriger Enkel gegenüber, den sie uneingeschränkt lieben, der nahtlos die Familientradition fortsetzen könnte. Stattdessen sah sie in die fragenden Augen eines jungen Mannes, in dessen Adern orientalisches Blut floss, der in einer Welt lebte, die sie nicht einschätzen konnte, und der versuchte, mit ihren Gefühlen zu spielen …

*

Sie konnten nicht mehr weit vom alten Handelsflecken Ørnes entfernt sein. Dort würden sie für einen halben Tag vor Anker gehen. Eine Wanderung zum Svartisen, den am niedrigsten gelegenen europäischen Gletscher, war im Ausflugsangebot, das Jonas angenommen hatte. Er wollte es unbedingt noch einmal sehen, dieses tiefe Blau des Gletschereises, dessen Strahlkraft unvergleichlich war.

An Bord ging soeben das übliche Touristenspektakel zu Ende. Jonas hatte diesen Youseff vom Aussichtsdeck aus beobachtet und ein Schmunzeln nicht unterdrücken können, als Neptun im blaugrünen Algenkostüm, assistiert von einem zotteligen Eisbären, auch an ihm den berüchtigten Akt vollzogen hatte. Vergnügtes Kreischen wie bei den anderen Täuflingen war die Folge gewesen. Auch Youseff setzte einen Schrei ab, laut und irgendwie erschütternd. Es klang wie ein echter Befreiungsschrei. Darauf dann wieder das unbeschwerte Lachen, das Jonas vom gestrigen Abend an ihm kannte. Zuerst hatte er Youseff wegen seines Lachens beneidet, dann aber festgestellt, dass der junge Mann gar nicht so locker war und froh darüber, mit jemandem ein zwangloses Gespräch führen zu können.

Auch wenn es Youseffs Stolz offenbar verletzte, noch ein Anfänger im Billard zu sein, schien er das Spiel im Laufe des

Abends immer mehr zu genießen. Vielleicht weil er keine Rolle spielen musste oder in diesen zwei Stunden kein Druck auf seinen Schultern lag. Jonas hatte nicht versucht, ihn auszufragen, damit hätte er jedes Vertrauen verspielt. Und seit gestern verspürte er den Wunsch, das Vertrauen des jungen Mannes zu gewinnen, auch wenn es sinnlos war. Niemand würde ihn daran hindern, sein Vorhaben durchzuziehen.

»Ein einziges Desaster.«

Wie die Bluthunde hatten die Prüfer seine Schwachstellen aufgespürt und waren gnadenlos darüber hergefallen. In wenigen Augenblicken war die angepeilte Zwei in unerreichbare Ferne gerückt …

Er saß an einem Tisch im Zwielicht der Kneipe, vier Bier und zwei Wodkas hinter sich, als er ihre Hand auf seinem Arm spürte. Die unausweichliche Frage war beantwortet, bevor sie sie gestellt hatte. Sein Ärger unbeschreiblich. Wie ein Idiot hatte er gebüffelt, um ein Examen hinzulegen, das sich sehen lassen konnte. Silke hätte mit vor Glück glänzenden Augen »Hui!« sagen sollen. Er wollte durchstarten und ihr zeigen, wie wichtig sie für sein Leben war. Und jetzt? – In dem Rennen um ihre gemeinsame Zukunft war er erst gar nicht aus dem Startblock gekommen. Sie kuschelte sich unter seine Mähne und küsste ihn zärtlich auf die Wange.

»Bist du durchgefallen?«, fragte sie kaum hörbar, und sein Mund bebte vor Wut.

»Nicht ganz, aber für mehr als eine Vier hat es nicht gereicht.«

»Du kannst doch wiederholen, Schatz.«

»Meinst du, das bringt etwas, wenn die gleichen Affen in der Kommission sitzen?«

»Warum bist du immer so …« Nichts schien Silke aus der Bahn werfen zu können. Aber sie hatte gut lachen, ihren Abschluss hatte sie mit Bestnote in der Tasche. Auf sie wartete die Assistenz im Institut, aber auf ihn … »Noch ein Bier!«

»Nein! Zwei Apfelschorlen, bitte«, rief sie entschieden hinterher.

Er sah sie verdutzt an. Auch der Wirt vor dem Zapfhahn zögerte.

»Du bist gar nicht so schlecht, wie du denkst«, sagte sie und lächelte dieses süße Grübchenlächeln, das ihn immer wieder aufbaute.

»Wieso?«

»In Zukunft wirst du nur noch Apfelschorle trinken, Papi.«

»Papi?«

»*Die* Prüfung hast du jedenfalls mit summa cum laude bestanden.«

»Du bist …?«

»Hier hast du's amtlich.« Sie hielt ihm die ärztliche Bescheinigung unter die Nase, gab ihm aber keine Zeit, sie zu lesen.

»Hast du nicht gehört?«, rief Jonas lachend in Richtung Theke: »Zwei Apfelschorlen, bitte. Wir haben etwas zu feiern.«

*

»Wer konnte denn von Anfang an nicht genug kriegen und wollte die schwersten Rollen am liebsten sofort singen? Jetzt jammerst du und suchst den Schuldigen für deine

gescheiterte Karriere überall, nur nicht bei dir selbst.«
André Weißweiler saß ihr gegenüber und funkelte sie
angriffslustig an, während vor Silvias Augen wieder die
Szene in seinem Büro ablief, wie er ihr zwischen die Beine
gefasst hatte, als wäre ihr Körper sein Besitz, über den er
frei verfügen konnte. Seitdem fühlte sie sich ausgeliefert
und für andere Männer verdorben. Das war die Wahrheit.
Weißweiler steckte in ihr wie ein Parasit, ein Bandwurm,
der seinen Wirt aushöhlt und erst von ihm ablässt, wenn
nichts mehr zu holen ist. Ein Rätsel, wie sie sich damals
einbilden konnte, ihn zu lieben. Unfassbar, dass sie ihn
sogar heiraten wollte. »Und in all den Jahren hat sich nicht
ein Mal dein Gewissen gemeldet? Dass du eine junge Sängerin ausgebeutet und ruiniert hast?«

»Die Bühne ist keine Spielwiese, Silvia. Jeder für sich
und einer gegen den anderen. Da sind die zehn Gebote
außer Kraft gesetzt. Krieg, vierundzwanzig Stunden am
Tag. Und wer schläft, stirbt im Schlaf …«

»Ja, so ist es wohl«, sagte sie und spürte, wie die aufgestaute Wut ihr Kraft gab. Mit der linken Hand umschloss
sie den Knauf des Messers, das sie unter dem Sitzkissen
ihres Stuhls bereitgelegt hatte. Mit der Linken griff sie
plötzlich über den Tisch und zog Weißweilers schreck-
verzerrte Fratze am Krawattenknoten zu sich herüber. »Ja,
die Bühne ist mörderisch. Und weil du es so gut weißt,
wirst du dich kaum wundern …« – Sie musste nur wenig
Druck anwenden, seine Kehle schnitt sich wie ein Rosi-
nenbrötchen. Das Blut spritzte hell heraus und rann über
ihre fleischige Hand. Ein Gefühl von Genugtuung durch-
flutete Silvia, sie fühlte sich gut, so unvergleichlich gut …

Ein Räuspern holte sie zurück, und sie realisierte, wo sie sich befand. Neben ihr wartete der Kellner mit einem Schild an der Brust, auf dem »Cantelli« stand ... dieser unglückselige Name. Aber er war nicht sein Künstlername, wie sie wusste, er hieß wirklich so. Mit Besorgnis las er in ihrem Gesicht. »Geht es Ihnen gut, Signora?«

Eben noch war es ihr gut gegangen. Eine unsagbare Befriedigung, den bestrafen zu können, der es wirklich verdiente. Obwohl es sich lediglich um eine Vorspiegelung ihrer überhitzten Fantasie gehandelt hatte, starrte sie auf ihre Hände, ob sie nicht doch blutverschmiert waren. Und es ging ihr wieder schlecht, denn ihr wurde bewusst, dass Weißweiler lebte, zweifellos, und solange es sich so verhielt, würde sie keine Seelenruhe finden.

Der Kellner setzte elegant den Weinbrand in einem kristallenen Schwenker vor sie hin. Sie nahm einen Schluck und fühlte sich etwas besser. Er war fürsorglich, dieser Mann. Warum war sie nicht Chorsängerin beim Rundfunk geworden, mit einem soliden Gehalt und unkündbar? Warum hatte sie nicht einen Mann wie Cantelli geheiratet, der ihr jeden Wunsch von den Lippen abgelesen und sie bescheiden glücklich gemacht hätte ...

9

Sie hatten es gewagt, die Schwelle zur Arktis zu übertreten. Ein Gefühl von Ehrfurcht packte Margo. »Bald werden wir auf die Lofoten treffen. Vielleicht bekommst du einen Schreck, wenn du sie das erste Mal siehst«, sagte Nils zu ihr und klang fast pathetisch. »Nicht ohne Grund heißt es Naturgewalten. Die Felsen sind wie eine Warnung: Wenn du diese Grenzen nicht achtest, scheinen sie zu sagen, vernichte ich dich mit allem, was dir wichtig ist.«

»Du hast großen Respekt vor der Natur ...«

»Ich bin Wissenschaftler, Biologe, weißt du? Wer soll Respekt haben, wenn nicht ich? Das Meer, die Millionen Jahre alten Landschaften, die Gletscher, die einzigartigen Tiere und Pflanzen. Ich würde dafür durchs Feuer gehen ...«

Er war bewundernswert, dieser Mann. Aber wieder driftete er in diese Melancholie ab wie gestern beim Tanzen. »Es ist wunderbar, dass du dich so einsetzt und dein Bestes für die Erhaltung der Natur gibst. Es sollte mehr Menschen von deiner Sorte geben ...«, versuchte sie ihn aufzuheitern, doch sein betroffener Blick ließ sie ihren Satz unterbrechen. »O entschuldige. Ich rede banales Zeug.«

»Nein, Margo, bestimmt nicht.« Wieder traten Tränen in seine Augen. »Es ist mein größter Wunsch, die Natur zu erhalten, aber ich und die anderen Naturschützer ...

Wir sind einfach nicht stark genug. Leider verstehen die meisten Menschen einfach nicht …«

Aus einem Filmbericht wusste sie, dass ganze Inseln aus Plastikmüll in den Ozeanen unterwegs waren. Plastic-Islands genannt. Und das schien niemanden besonders zu entsetzen, obwohl es keine deutlicheren Anzeichen dafür gab, dass die Biosysteme vor dem Kollaps standen. »Man müsste den vielen Ignoranten einmal krass vor Augen führen, dass es so nicht weitergeht«, erwiderte sie. In dem Augenblick starrte er auf seine Armbanduhr und wirkte auf einmal fahrig.

»Bitte entschuldige«, sagte er, »Ich habe noch etwas zu erledigen …« Er berührte sanft ihre Schulter, lächelte ihr noch einmal zu, bevor er sie ohne weitere Worte und mit schnellen Schritten verließ.

Dieses Schmachten im Blick. Du solltest dich sehen können. Die totale Selbstaufgabe. Von wegen: Ich bin eine starke Frau. Dein Leben besteht daraus, Männern hinterherzulaufen und dich zu erniedrigen. Deinen Verstand verschwendest du damit, den eigenen Stolz mit Lügengeschichten ruhigzustellen. Mit diesem Nils stimmt etwas nicht, das sieht doch jedes Kind …

Typisch *Anders*, aber er sollte sie nicht so einfach umhauen. »Er steckt vielleicht in einer Krise«, erwiderte sie halblaut und wandte sich der Reling zu. Der Wind zog stark auf Deck zwölf, von wo aus sie mit Nils dem Spektakel der symbolischen Taufe zugeschaut hatte. Sie spürte ihre Nase kaum noch. »Das kann selbst dem größten Idealisten passieren …«

Und was ist mit diesen dubiosen Terminen, die er immer vorschützt, wenn er plötzlich verschwindet?

»Ich habe mir nie etwas vorgemacht, wenn du das meinst. Er ist mindestens zehn Jahre jünger als ich, und ich bin nicht einmal Naturwissenschaftlerin, um ihn besser zu verstehen. Wir sind uns zufällig begegnet, und unsere Bekanntschaft beruht lediglich auf …« Worauf beruhte sie eigentlich? Auf Sympathie natürlich … darauf, dass man sich anziehend findet, und auf … War das nicht genug? Brauchte es weitere Gründe, warum man sich als Frau mit einem Mann zwanglos unterhielt, seine Nähe suchte? War das gleich hündische Unterwerfung? Mit welchem altmodischen Mist schlug sie sich eigentlich herum? Sie lebten doch nicht mehr in Zeiten von Jane Austen … Warum sollte es sie nicht geben, die erfüllte Liebe zwischen einer älteren Frau und einem jüngeren Mann, zwischen einer, die der Krebs nur halb gefressen hatte, und einem Wikinger, der gerade in einer Sinnkrise steckte? Vielleicht reichte dieser Flirt ein Leben lang oder nur bis zum Nordkap, na und?

Anders antwortete nicht. Es schien fast so, als habe sie diesmal das letzte Wort gehabt. Oder fand er einfach nur absurd, was sie dachte?

*

Die Winterwanderung hatte Gerlinde für sie beide gebucht, aber dann wollte sie sich nicht alle zehn Meter von Denir fragen lassen, ob es ihr gut gehe. Anfangs hatte sie es noch für wohlerzogene Fürsorge gehalten. Allmählich hegte sie jedoch den Verdacht, es könnte Zermürbungstaktik sein. Es wäre für ihn von Vorteil, sie wie eine gebrechliche Greisin aussehen zu lassen. Die junge Generation wartete nicht.

Gerade die dreißig überschritten, drängten sie skrupellos an die Spitze und waren mit allen Wassern gewaschen.

Nach dem Frühstück saßen sie noch im Royal Seagarden, als sie endlich wissen wollte, woran sie war. »Jeder junge Unternehmer verfolgt seine eigenen Ziele, das kann nicht anders sein …«, begann sie. Bevor sie in den nächsten Vorstandssitzungen Stellung gegen Denir beziehen würde, musste sie seine Vorhaben schließlich kennen. Sie hatte damals den Fehler begangen, Rolands Pläne nicht ernst zu nehmen, und erst zu spät begriffen, dass er auch gegen ihren Willen fest entschlossen war, sie umzusetzen. Der Fehler würde ihr nicht noch einmal unterlaufen. Hier und jetzt würde sie erfahren, ob Denir nicht nur Kapital und Rechte, sondern auch die Ideen von seinem Vater geerbt hatte.

»Natürlich, Großmutter, ich wollte immer schon mit dir darüber reden, aber …«

»Vielleicht ist gerade heute die Gelegenheit gekommen …«

Seine Gesichtsmuskeln strafften sich, er faltete seine Hände, legte sie auf die Tischplatte und wirkte hochkonzentriert. »Vielleicht denkst du, dass ich sanieren und anschließend so schnell wie möglich an die Chinesen verkaufen will …«

»Ist das nicht so?«

»Ganz und gar nicht! Ich will den Konzern neu ausrichten. Wir brauchen ein weltweites Netzwerk und müssen ausbauen. Aber nicht nur aus Profitgründen, es geht um alles, auch um die Mitarbeiter …«

Als ob es ihr nicht um die Mitarbeiter ging. Außerdem sorgten die Gewerkschaften schon dafür, dass die nicht zu kurz kamen. Verantwortung und Risiko trug immer noch die Leitung. Die Mitarbeiter arbeiteten hart – zweifellos –, aber den Kopf für alles hielt immer noch die Leitung hin, so war es, und so war es gut …

»Und wie hast du dir das genau vorgestellt?« Ihre Geduld war bereits jetzt ausreichend strapaziert, aber sie hatte damit angefangen, also musste sie ihn auch ausreden lassen.

»Babykiss hat riesiges Potenzial, wir müssen die Marke weltweit in den Köpfen verankern, wie Coca-Cola oder Google. Wie die anderen muss Babykiss ein Hype werden. Aber das Wichtigste ist der Unterschied: Dieser Konzern wird *für* die Menschen da sein, die dort arbeiten, und nicht umgekehrt. Der erste Konzern, der nicht ausbeuten kann, weil alle beteiligt sind, jeder wird fair behandelt, wenn er selbst fair bleibt …«

Sie konnte sich gerade noch zusammenreißen, um nicht laut aufzustöhnen. Spinnerei, schlimmer noch, als sie befürchtet hatte. Ein Deckmantel für den Sozialismus, und wo der hinführte, war allgemein bekannt. »Dein Vater hatte auch einen Hang zu linken Ideen. Die machen viel Lärm, wühlen die Menschen auf und dann scheitern sie bereits an denen, die sie eigentlich auf den Weg bringen wollten …«

»Ich verstehe dich, Großmutter, aber das ist keine linke Träumerei. Es sind progressive Konzepte, die ich bündeln möchte, um eine humane Arbeitswelt auf den Weg zu bringen, die den Namen auch verdient. Natürlich ist das nicht umsonst zu haben. Wir müssen auch finanziell bis an unsere Grenzen gehen, aber dann …«

Ein Blick auf die Uhr rettete sie. »Es ist spät, Denir,

der Bus wartet nicht. Du musst dich noch umziehen. Wir reden später weiter.«

Als er gegangen war, bestellte sie sich einen Cappuccino. Er war der Sohn seines Vaters, daran gab es keinen Zweifel mehr. Und wie Roland wollte er an die Firmenreserven, um irrwitzigen Träumen nachzujagen. Der Mann war mehr Gefahr als Segen, und die Verantwortung lag allein bei ihr, Babykiss vor dem Untergang zu bewahren.

∗

Der Svartisen lag vor ihnen, und wie ein ewiges Licht leuchtete das Blau aus der Tiefe des Gletschers. Ein Schatz, der unantastbar war. Aber nicht unzerstörbar, dachte Jonas. Mit dem offenen Mund der Bewunderung stand dieser Touristenpulk vor dem Phänomen und war doch außerstande zu erkennen, dass täglich jeder Einzelne von ihnen dazu beitrug, dieses Wunder unwiederbringlich zu vernichten.

Vielleicht war es wirklich so, dass die Menschen ihre Epoche hatten wie die Saurier. Und sie stand kurz vor dem Ende. Im Unterschied zu den Sauriern würde der Mensch allerdings nicht von einem Meteorit weggeblasen werden. Nein, ihm war das Privileg vorbehalten, sich selbst auszulöschen. Als Treppenwitz der Evolution stolperte er über seine eigene Überlegenheit.

Jonas hörte nicht zu, was der Reiseführer der Wandergruppe erzählte, die Fakten waren ihm ja bekannt, und auf die Anekdoten konnte er verzichten. Ihm fiel wieder der Satz ein, den irgendein Wissenschaftler gesagt hatte, der sehr verzweifelt gewesen sein musste: »Der Mensch ist nur eine missglückte Mutation, die in absehbarer Zeit von der Natur korrigiert wird.« – Er fand das absolut nicht zynisch, hielt es gerade für realistisch. Ganze Bibliotheken quollen über von dem Thema Umweltzerstörung. Die komplette geistige Welt hatte sich wund darüber diskutiert. Man wusste alles, war aber zu egoistisch, über die eigene Endlichkeit hinaus zu planen … Eigentlich hatte dieser Haufen kurzsichtiger Kretins nicht verdient, dass man ihn rettete. Die Menschen waren ihrer Helden gar nicht würdig, die bereit waren, für sie in den Tod zu gehen.

»Einfach unbeschreiblich, dieses Leuchten, man muss es gesehen haben …«

Jonas war froh, dass ihn jemand befreite. Diese Gedanken zu denken fühlte sich an, wie in einer offenen Wunde zu stochern. »Yousseff … Ja, unvergleichlich. Es passt zu dem anderen Licht, dem Polarlicht. Das wird auch nicht mehr lange auf sich warten lassen.« Der junge Mann hatte wohl eine gewisse Zuneigung zu ihm gefasst, denn er blieb bei ihm. Und obwohl Jonas nicht neugierig sein wollte, fragte er ihn jetzt: »Reisen Sie allein?«

»Nein, zusammen mit meiner Großmutter.«

»Großmutter? – Ich könnte mir vorstellen, dass es sich eher für Sie lohnte, einer süßen Frau unter dem Polarlicht das Ja-Wort zu entlocken …«

Der Junge lachte wieder dieses offene Lachen. »Leider nein, aber keine schlechte Idee. Ich werde hoffentlich schon bald darauf zurückkommen. Mein Vater ist gestorben, wissen Sie, und ich … es geht um meine Zukunft, und um die Zukunft von …«

Er hatte wohl bemerkt, dass er fast zu weit gegangen war. Aber so viel erahnte Jonas: Die Zukunft, um die es für Yousseff ging, war sicher nicht unbedeutend. Vielleicht wartete eine große Karriere auf ihn, wenn er diese Reise hinter sich hatte – *hinter sich hatte* … Jonas stockte der Atem.

»Mein vollständiger Name ist übrigens Denir Youssef«, sagte der junge Mann. Und er reichte ihm die Hand, wie jemandem, dem man die Freundschaft anbot.

*

»Verwirrung der Gefühle« war nicht nur ein berühmter Romantitel, es war auch der Zustand, unter dem Silvia litt und der nicht enden wollte. Zusammen mit diesem Phantom war sie auf einem Schiff eingesperrt und lief Gefahr, ihm jederzeit zu begegnen. Selbst wenn sie versuchte, ihm zu entkommen, indem sie an einem Ausflug teilnahm, *er* könnte im selben Bus sitzen …

Am sichersten erschien ihr noch das Panorama-Café, umsorgt von dem Kellner namens Cantelli, wenn sie nicht den ganzen Tag in ihrer Kabine sitzen wollte. Aber die innere Unruhe ließ sie nicht los, oft fühlte sie sich verängstigt und eingeschüchtert. Manchmal packte sie aber auch die Wut. André Weißweiler hatte sie nicht wiedererkannt. Allein das war bezeichnend. Skrupellos ignorierte er seine Opfer. Denn er war ein Verbrecher. Wer Schutzbefohlene ausbeutete und zerstörte, der gehörte ins Gefängnis …

»Signora gehen nicht zu Svartisen?«, vernahm sie den wohlklingenden Bariton des Kellners, der ihr von der Seite Kakao nachschenkte.

»Was ist Svartisen?« Sie hatte einmal einen finnischen Bassisten gekannt, der hieß Salminen, eine wunderbare Persönlichkeit, aber Svartisen?

»Der Gletscher, Signora.«

»Ach so, natürlich … Svartisen …« Sie schämte sich, sie hatte sich so viel vorgenommen. Sie wollte in dieser glitzernden Zauberlandschaft wandern, ihre Pfunde halbieren, wieder ein Mensch werden, etwas erleben, die Schrecken der Vergangenheit über Bord werfen, stattdessen holten sie diese wieder ein …

»Warum sind Sie allein?«, fragte der Kellner Cantelli, der in dem momentan wenig besetzten Café fast nichts zu tun hatte. Dennoch war sie einigermaßen erstaunt, dass er es wagte, einen Passagier privat anzusprechen. »Signora so amabile, so ammirevole … Ich kann nicht denken, dass allein muss reisen.«

Dieser Schmeichler. »Liebenswert« und »bewundernswert« hatte er sie genannt. Sie schaute ihm direkt in die Augen. Er war kein Lügner, vielleicht ein unverbesserlicher Charmeur, aber kein Lügner. Und er hatte schöne Hände, nicht zu stark behaart, mit schlanken Fingern und gepflegten Nägeln. Eine Sehnsucht kam in ihr auf, die sie für tot erklärt hatte, aber in deren Begleitung krochen Schatten aus ihren Erinnerungen …

Es war der Durchbruch. Nach diesem Triumph gab sie sich ihm in ihrer Garderobe hin, im Rausch und vor Glück, vor reinem Glück. »Du bist meine Traviata«, stöhnte er, »ganz allein *meine* Traviata.« Alles war in ihr, dieser Mann, die Bühne, das gleißende Licht, die Bravos … »Ich werde einen Star aus dir machen, Silvie, glaub mir, den größten Star nach …«

Sein Gesicht war gerötet vor Eifer und Leidenschaft, die

dünne Haarsträhne, die ihm sonst immer vor die Augen rutschte, klebte an seiner schwitzigen Stirn. Er schnappte nach Luft, als er in ihr gekommen war, doch seine Euphorie war ungebremst. Er schloss nicht einmal den Reißverschluss seiner Hose, griff nach der Flasche, die er mitgebracht hatte, und ließ den Korken knallen.

»Champagner ist gerade gut genug für den Anfang einer einzigartigen Karriere. Sie werden dich in Zukunft nur noch ›die Cantelli‹ nennen. Du bist die einzige Traviata, die würdig ist, so genannt zu werden. Verdi hätte dir die Füße geküsst, meine göttliche Silvie.« Er kniete vor sie hin und fragte plötzlich allen Ernstes: »Willst du meine Frau werden?«

10

Nils hatte den Bus im letzten Augenblick erreicht und sich in die erste Reihe gesetzt, um mit dem Reiseleiter ein Gespräch anzufangen. Während der Wanderung fachsimpelten sie immer noch. Margo schien es fast, als wollte Nils Abstand zwischen sie und ihn bringen. »Du bist verrückt!« – Nein, das sagte nicht *Anders*, ihr Dämon, das sagte sie sich selbst. Ja, verrückt, eifersüchtig zu sein! Sie kannte ihn schließlich kaum. Aber sie war machtlos dagegen …

»Damit kannst du bis in das blaue Herz des Gletschers sehen.« Plötzlich stand Nils neben ihr und hielt ihr ein Fernglas vor die Augen, offenbar von dem Reiseleiter ausgeborgt.

»Gibt es auch ein Fernglas, mit dem man in Menschenherzen sehen kann?«

»Niemand kann in unsere Herzen sehen, wenn wir nicht wollen«, antwortete er, und seine roten Bartenden bebten im Wind.

Ich will dir mein Herz öffnen, merkst du das denn nicht? Beinahe hätte Margo das Fernglas sinken lassen, um nur in seine Augen zu sehen …

Das Abendessen war angekündigt. Margo saß noch in ihrer Kabine vor dem Spiegel, der wie ein gerahmtes Bild über dem Sideboard hing, doch sie hatte nicht den Mut hineinzusehen, fürchtete einen hysterischen Anfall oder in einen Heulkrampf auszubrechen. Sie war so verliebt, verliebt in einen Mann, den sie nicht kannte, von dem sie nur wusste, dass er in Bergen lebte, Biologe und Single war, zumindest hatte er auf dem Rückweg zum Schiff angedeutet, dass er keine Familie habe und niemand zu Hause auf ihn warte. Sie wäre ihm beinahe um den Hals gefallen, als er es ihr einfach so ausplauderte. Doch dann hatte seine Lockerheit einen Verdacht in ihr geweckt. Vermutlich fühlte er nicht so wie sie. Nur deshalb redete er so offen ... ein kurzer Stich Enttäuschung, die er ihr aber nicht anmerken sollte. Sie durfte dieses dünne Band zwischen ihnen nicht mit Launen belasten, wenn es nicht reißen sollte. Am liebsten hätte sie das Unmögliche gewagt und seine Hand genommen ... Dir sieht man auf zehn Kilometer an, wie nötig du es hast ... Diesen Spruch oder einen ähnlichen hätte sie von *Anders* jetzt erwartet. Aber er schwieg, ihr Dämon hielt still ...

Um ihr Make-up zu beenden, wählte sie ein weiches Korallenrot für die Lippen, passend zum Kleid, denn sie hatte sich für das schwarz-rote Mailänder Modell entschieden, das ihrer Figur schmeichelte. Sie nahm allen Mut zusammen und riskierte den Blick in den Spiegel. Ihre Augen wirkten größer als sonst. Wenn man nicht gerade mit der Lupe prüfte, ging sie für Mitte vierzig durch, passend zu ihm, passend zu dem Abend. Denn nach der Wanderung war etwas geschehen, womit sie nicht gerechnet hatte. Er hatte ihre Hand festgehalten, sie angelächelt und gefragt, ob er sie zum Abendessen in die Kentucky-Steak-Factory einladen dürfe.

*

Die Gletscher-Landschaft musste laut Denirs Schilderung wirklich überwältigend sein. Als die Sonne am Nachmittag herausgekommen war, hatte Gerlinde lediglich auf dem Aussichtsdeck eine kleine Runde gedreht. Den traumhaften Blick von dort oben konnte sie aber nicht richtig genießen. Unaufhörlich hatten sie Gedanken verfolgt, was aus Babykiss werden sollte. Dass Denir nie das Ruder in die Hand bekommen durfte, stand für sie unwiderruflich fest.

»Ich habe mich einfach nicht danach gefühlt. Es war auch so verflucht kalt«, sagte sie am Handy zu Hartmut Griesmann, der sich wie gewohnt hinter seinem Schreibtisch in der Hamburger Firmenzentrale den Feierabend-Whiskey schmecken ließ.

»Jetzt hast du ihn eingeladen und verpasst die Gelegenheiten, mit ihm warm zu werden. Ich verstehe dich nicht, Gerlinde. Er versucht doch sicher sein Bestes. Und solange du die Zügel noch selbst in der Hand hältst, kannst du bestimmt mit seiner Unterstützung rechnen.«

»Woher willst du das wissen? Wer sagt dir, dass er nicht gefährliche, riskante Wege gehen will und dabei aufs Spiel setzt, was wir über Jahrzehnte aufgebaut haben?«

»Aber Gerlinde, er kann doch nicht von heute auf morgen machen, was er will. Er braucht allein schon eine Einarbeitungszeit von mindestens zwei, drei Jahren, um ernst genommen zu werden. Ich finde deine Panik langsam …«

»Sag nichts, was du später bereuen könntest!«, wies sie ihn zurecht, fiel dann aber wieder in den vertraulichen Ton zurück. »Er hat so merkwürdige Ideen. Wir hatten heute eine Unterhaltung darüber. Er will alle Mitarbeiter an der Firma beteiligen …« Eine Katastrophe, wenn sich Denir mit seinen Vorstellungen durchsetzte. Geldausgeben konnte schließlich jeder. Wenn der Topf dann leer war, zuckten sie nur mit den Schultern und schoben sich gegenseitig die Verantwortung dafür zu. Mit Versagern, die nicht wirtschaften konnten, waren die Straßen gepflastert.

»Das hast du sicher falsch verstanden, Gerlinde. Junge Leute haben nun einmal hochtrabende Ideen. War das nicht immer so? Darüber lässt sich reden, das lässt sich regeln. Kommt Zeit, kommt Rat. Das brauche ich dir doch nicht zu erklären …«

»Nein, das brauchst du nicht.« Aber sie wusste, was sie wusste. Sie spürte, dass sie auf Denir keinen Einfluss hatte, auch wenn er den Anschein erweckte, Einvernehmen mit ihr zu suchen. Wenn es darauf ankam, würde er für seine Interessen durch die Wand gehen.

Ihr fehlte einfach ein wirkungsvolles Druckmittel gegen ihn. Noch hatte er keine Entscheidungen zu treffen und war auch nicht erpressbar …

»Ich werde jetzt einen kleinen Spaziergang machen, Hartmut, dann schlafe ich besser«, beendete sie das Gespräch, auch wenn sie nichts dergleichen vorhatte. Ihr war etwas Besseres in den Sinn gekommen.

»Ich hoffe, du hast nichts dagegen, wenn ich noch im Billardsalon vorbeischaue?«, hatte sich Denir nach dem Dinner verabschiedet. Die nächsten zwei Stunden war er also beschäftigt. Zuerst kam es ihr unter ihrer Würde vor, aber dann fand sie nichts mehr dabei. In ihrer besonderen Situation hielt sie es sogar für berechtigt, sich Einblick in sein Leben zu verschaffen. Schließlich ging es um alles. Sie öffnete die Tür zu seinem Schlafzimmer. Auf dem Sideboard lag sein silbergrauer Laptop, die Wäsche zum Wechseln war sorgfältig über den Stuhl drapiert. Der graue

Anzug hing auf zwei Bügel verteilt am Kleiderschrank, die Hose exakt auf Falte gelegt. Seine Schuhe reihten sich entlang der Wand, eingeteilt in Winterschuhe und Laufschuhe. Das Zimmer eines Internatszöglings, der Ordnung gelernt hatte.

Was sollte sie hier finden? Vielleicht brisante Informationen im Laptop? Natürlich hatte er ein Passwort. Auf dem Nachtkasten standen zwei Fotos in Silberrahmen. Eines zeigte Denir Seite an Seite mit einer stämmigen, dunkelhäutigen Frau, Liebe und Stolz im Blick, vermutlich seine Mutter, der Gerlinde nie begegnet war. Das zweite war ein unscharfer Schnappschuss: Denir als Kind mit seinem Vater ausgelassen auf dem Spielplatz.

Gerlinde horchte in sich hinein. Nichts, da war nichts. Doch plötzlich ein Gefühl wie … Trauer. War es die Trauer darüber, dass ihr Herz nichts mehr sagte?

Es war sinnlos, weiterzusuchen, sie beschloss, sich zurückzuziehen. Als sie an der offenen Badezimmertür vorbeiging, fiel ihr auf, dass das Licht über dem Waschbecken brannte, eine Schachtel lag auf der Ablage, die ihr bekannt vorkam. Aber erst als sie längst vor dem Fernseher saß, fiel ihr ein, was es mit dieser Schachtel auf sich hatte.

✻

Dieser Denir stellte sich geschickt an beim Billard. Jonas hatte ihm zwei nicht ganz einfache Figuren gezeigt, und der junge Mann hatte Fingerspitzengefühl bewiesen. Aber jetzt wirkte er nervös und unkonzentriert. Er ärgerte sich über sich selbst, wenn er nicht so geschickt war, wie er sein wollte. Der typische Anfängerfehler.

»Nicht nur Ehrgeiz, man braucht vor allem Geduld beim Billard«, sagte Jonas und klopfte ihm kameradschaftlich auf die Schulter. »Ohne jede Hektik muss man den Lauf der Kugel berechnen – immer wieder mit dem Auge prüfen und das Gefühl für den Stoß entwickeln. Der Rest ist reine Formsache …«

»Natürlich, bitte entschuldigen Sie. Ich bin einfach nicht mehr bei der Sache.«

Auf Jonas machte er den Eindruck, als wollte er reden und wäre dennoch nicht sicher, ob er ihm das Vertrauen schenken sollte.

»Ich schlage eine Pause vor. Miles Davis?«

Denir lächelte dankbar. Jonas dachte an seinen Vater. Er hatte ihm nie auf die Schulter geklopft. Aber wozu sonst braucht man einen Vater? Es war ein seltsames Gefühl – nicht ohne Bitterkeit –, einem Unbekannten das zu geben, was man selbst nie bekommen und so vermisst hatte. Natürlich war da noch Silke, seine Frau, mit der er in ihren besten Zeiten über alles reden konnte … Aber für seinen Vater war Verständnis bis heute ein Fremdwort …

Unten in der Jazzbar spielte Live-Musik. Klavierspielen gehörte zu den Dingen, die Jonas immer schon lernen wollte. Ihm fiel auf, je mehr sich der Abstand zur Deadline verringerte, desto mehr trat von dem in sein Bewusstsein, was er sich früher einmal vorgenommen und nie angefangen hatte …

»Für Sie einen Single Malt?«, fragte Denir.

»Schon gut, ich …«

»Nein, ich lade Sie ein. Einen Single Malt und einen Moskito, bitte!«

Der Kellner nickte und ging zur Bar.

»Trinken Sie nie Alkohol?«, fragte Jonas.

Denir schüttelte den Kopf.

»Auch nicht, wenn Sie frustriert sind?«

»Dann erst recht nicht.«

»Ihre Großmutter liegt wohl schon im Bett?«

»Vielleicht, oder auch nicht. Sie ist nicht wie andere Großmütter, wissen Sie? Aber mit Sicherheit ist sie eine sehr starke Großmutter.«

»Und das macht Ihnen zu schaffen?«

Der junge Mann starrte ihn für einen Moment an, als überlegte er, das Gespräch nicht fortzusetzen. Doch dann: »Sie will nicht abtreten, verstehen Sie?«

Jonas schwieg. Hinter der Andeutung steckte vermutlich eine längere Geschichte, und die würde er nur erfahren, wenn er keine neugierigen Fragen stellte.

»Sie sperrt sich gegen neue Ideen und Konzepte und verhindert seit Jahren den Umbau ihrer Firma … Sie werden verstehen, dass ich Ihnen den Namen dieser Firma nicht verraten darf.«

Jonas nickte, er ging allerdings davon aus, dass es sich wohl kaum um einen Zehnmannbetrieb handelte.

»Wir müssen fusionieren und expandieren, um zu überleben. Und sie hat nur die Sorge, dass man ihre Arbeit ruiniert und sie in den Ruhestand schickt. Sie vertraut niemandem, auch mir nicht, obwohl ich alles versuche, sie zu gewinnen … Ich schätze sie wirklich, verstehen Sie?«

»Haben Sie es ihr so klar gesagt wie gerade mir? Haben Sie ihr gesagt, dass Sie sie respektieren und für sie durchs Feuer gehen würden?« – Ich liebe dich und ich würde alles für dich tun. Warum nur willst du mich nicht? Das war auch die Frage, die Jonas seinem Vater schon immer stellen wollte. Zu spät. Und die Tragik lag darin: Für diesen Jungen, dessen Leben gerade erst begonnen hatte, war es ebenfalls zu spät …

*

Auf einmal war da ein Glucksen. Offenbar kam es aus dem Bad. Vielleicht ein Rohrbruch? Der konnte schließlich überall vorkommen. Auch auf einem luxuriösen Kreuzfahrtschiff. Doch gleichzeitig gewahrte Silvia, dass sie langsam, aber unaufhaltsam an den Bettrand rutschte. Und das Bild von der mittelalterlichen Hafenbefestigung hing auf einmal schief. Ihr fiel nur eine Begründung ein: Das Schiff hatte Schlagseite … Aber das konnte nicht sein. Das passierte nur alle hundert Jahre. Als sie zur Kabinentür hinübersah, stellte sie fest, dass die sich gehoben hatte. Das Glucksen verstärkte sich, ein Plätschern kam hinzu. Jetzt knackste es im Lautsprecher über ihrem Kopf, die Stimme des Kapitäns versuchte sich gegen ein Knistern und Brummen durchzusetzen … »Bitte Ruhe bewahren! Es sind genügend Plätze in den Rettungsbooten vorhanden …« Wieder das Knacksen, die Stimme riss ab.

Silvia setzte sich auf, ihre Füße suchten nach den Schlappen … zuckten zurück vor dem eisigen Wasser. Das Schiff begann bereits vollzulaufen. Wie war das nur möglich? Sie hätte es doch spüren oder zumindest hören müssen, wenn sie mit einem Eisberg kollidiert wären wie die Titanic damals, oder wenn sie die Küste gerammt hätten …

Ihre Schlappen schwammen in der Nähe der Balkontür. Hilfe! Aber wer würde ihr schon helfen? Erfahrungsgemäß dachten die meisten Leute nur an sich selbst, wenn sie begriffen, dass es um Leben und Tod ging. Das Poltern auf dem Gang wurde immer lauter und übertönte ihren aufgewühlten Herzschlag. Was war zu tun? Sie erinnerte sich an die Sicherheitsübung: In der Not alles liegen lassen und sich sofort an der Sammelstelle einfinden. Es blieb ihr nur, sich der panischen Menge anzuschließen, wenn sie nicht in ihrer Kabine ertrinken wollte. Als sie barfuß die Garderobe erreichte, riss sie die Thermojacke vom Garderobenhaken und zog sie über das Nachthemd …

Der Gang vor ihrer Kabine war mit Menschen vollgestopft, die alle in die Richtung des Treppenhauses drängten.

»Die Aufzüge funktionieren nicht. Rette sich, wer kann!«, rief jemand von weit vorn.

Silvia trieb mit der Menge. Sie versuchte, das Gleichgewicht zu halten, um nicht niedergetrampelt zu werden. An der Seite lag ein kleiner lebloser Körper. »Mein Junge«, kreischte eine entsetzte Frauenstimme, »Hilft denn keiner meinem Jungen?«

Silvia meinte plötzlich, ihren Namen zu hören. Sie war ganz sicher, dass jemand in diesem Gewimmel ihren Namen gerufen hatte. Aber wer sollte es sein?

»Silvia!« Eine Männerstimme ganz in ihrer Nähe, kläglich, gebrochen. Der Mann musste am Ende sein. Sie entdeckte ihn. Er hielt sich krampfhaft am Treppengeländer fest, im Arm ein erschlafftes Bündel: André Weißweiler. »Ich bin verletzt, Silvia. Und meine Frau hat das Bewusstsein verloren. Wir müssen sie zum Arzt bringen, sonst wird sie es nicht überleben. Bitte hilf mir!«

»*Du* verlangst Hilfe? Ausgerechnet von mir? Gnadenlos hast du mich fallen lassen.«

»Habe ich nicht, und du weißt es. Allein deine Gier hat dich in den Abgrund gestürzt.«

Er versuchte, sie an der Jacke festzuhalten, aber sie riss sich los und wurde von der Menge weitergedrängt. Ja, André Weißweilers Ende stand bevor. Manchmal passen sie zusammen: die Rache und die gerechte Strafe. Vielleicht würde sie es selbst nicht überleben, aber …

»Du hast es nicht anders verdient, du weißt, dass du es verdient hast!«, schrie sie in seine Richtung.

»Madam?«

»Von mir hast du nichts mehr zu erwarten!«

»Madam, kann ich Ihnen helfen?«

»Bald wirst du vor deinem letzten Richter stehen, André Weißweiler, sehr bald schon …«

»Madam, bitte, lassen Sie mich los …«

Sie blickte in ein vor Schreck erstarrtes Gesicht, das Gesicht eines kleinen Mannes mit Mandelaugen. Wo waren all die Menschen geblieben? Der Gang war plötzlich leer, in fahles Licht getaucht, nicht die geringste Spur von einem Wassereinbruch. Kein Laut, niemand außer ihr und diesem kleinen Mann stand im Treppenhaus … Der drohende Untergang, die Szene mit Weißweiler … nichts als Täuschung.

»Ich will zurück in meine Kabine«, sagte sie, und ihre Stimme klang wie die der wahnsinnig gewordenen Lady Macbeth. Mit bebender Hand zog sie die Codecard aus der Jackentasche und reichte sie dem total eingeschüchterten Mann vom Service Personal. »Bitte bringen Sie mich zu meiner Kabine.«

LOFOTEN
11

Als Margo mitten in der Nacht aufwachte, glaubte sie, geträumt zu haben. Es war still und dunkel in ihrer Kabine. Doch dann gewahrte sie den atmenden Körper neben sich im Bett, und das Gefühl von Erfüllung und Dankbarkeit flutete wieder ihre Seele. Es war so – unfassbar, was sie erlebt hatte. Es gab keine Worte dafür.

Dieser einzige Glücksmoment sollte niemals enden. Sie wagte nicht, ihn anzurühren, sog nur den Duft ein, der plötzlich der Luft in ihrem Zimmer beigemischt war. Auch der Druck auf ihrer Brust war verschwunden, denn diesen Duft verband sie mit Freiheit. Als sie mit Nils die Tanzbar verlassen hatte, war sie noch in Verzweiflung geraten, weil sie nicht wusste, wie sie es ihm beibringen sollte, dass …

Sie hatte es sich so gewünscht, ja, gesehnt hatte sie sich danach, und jetzt, wo sie auf dem Weg in ihre Kabine waren, seine Hand die ihre zärtlich drückte und ihr Kopf auf seiner Schulter ruhte, wäre sie am liebsten ausgerissen.

»Ich will dich«, hatte er ihr beim Blues ins Ohr geflüstert. Für sie klang es weder zu direkt noch obszön, im Gegenteil, sie hatte es als das schönste Kompliment empfunden, das ein Mann ihr gemacht hatte, seit …

Sie hatte in seine Augen geschaut, überglücklich für einen Herzschlag, länger war die Frist nicht, die ihr die

Angst gegeben hatte. Was würde sein, wenn seine Finger unter ihrer Bluse suchten, was sie nicht mehr finden konnten: weiches, begehrenswertes Fleisch und zwei feste lüsterne Brustwarzen obenauf? Das wollte sie ihm doch alles schenken. *Er* war ein Geschenk für sie, und *sie* wollte … warum … warum nur?

Dann kamen sie in der Kabine an und flüsterten nur noch, obwohl niemand sie hören konnte, sie waren allein im Raum. Er zog sein Jackett aus, ganz selbstverständlich, sie traute sich nicht, sein Hemd aufzuknöpfen, sie hatte kein Recht dazu … Nur noch wenige Sekunden, dann würde es zerreißen, dieses Band zwischen ihnen. Tränen traten in ihre Augen …

»Warum weinst du?«, kam er ihr zuvor und zog ihre Arme zu sich. »Was stimmt nicht?«

»Ich bin nicht fair zu dir gewesen, Nils. Ich habe dir etwas verschwiegen …«

Er blieb ganz ruhig, nicht einmal neugierig schien er zu sein. »Vielleicht bin ich auch nicht ganz fair. Manchmal ist es fast unmöglich, fair zu sein.«

»Ich war einmal sehr krank …«

»Pst!« Er verschloss ihre Lippen mit dem Zeigefinger und begann, behutsam ihren Oberkörper zu entkleiden.

Sie spürte die Hitze in den Wangen, Scham kochte hoch, und doch war ihr Verlangen größer. Freude erfasste sie, denn er erschrak nicht über das, was er entblößte. Seine Hände ertasteten zärtlich die Landschaft ihrer Narben, seine Küsse und die Liebesarbeit seiner feuchten Zunge kühlten die Hitze in ihr. Es kitzelte, sie hörte ein helles, ein erlöstes Lachen aus ihrem Mund. Jetzt war sie an der Reihe und knöpfte sein Hemd auf, strich sanft über seine muskulöse, nur leicht behaarte Brust. Er streifte seine Hose ab, seinen Slip, und es war unverkennbar, dass er sie wollte, er wollte sie, wie sie war …

Ein fahles Licht durchzog den Raum. Sie musste wieder eingeschlafen sein. Der Platz neben ihr war jetzt leer. Nils war gegangen, offenbar wollte er sie nicht aufwecken. Das passte zu seiner rücksichtsvollen Art. Nur die zerdrückte Bettwäsche neben ihr bewies, dass sie sich diese Nacht nicht eingebildet hatte. Margo ergriff sein Kopfkissen, schmiegte es an ihre Wange, um seinen Geruch ganz nahe bei sich zu haben. Der Mann ihrer Träume war hier gewesen und sie hatten sich geliebt, sie hatten sich *wirklich* geliebt.

Sie erhob sich aus dem Bett, zog den Vorhang beiseite. Und es war, wie Nils vorhergesagt hatte: Ein Schreck durchfuhr sie, als vor ihr die gigantische Felsenkette der Lofoten plötzlich schroff in den Himmel ragte.

٭

Niemand konnte sich diesem Eindruck verschließen, er erfasste einen mit solcher Macht, dass alles vorher Erlebte nichtig erschien angesichts der Schaffenskraft der Natur. Gerlinde stand an der Reling auf dem Aussichtsdeck nahe dem massigen Schornstein, der ihr bisher imposant erschienen war. Doch jetzt wirkte selbst das große Schiff wie ein Miniaturspielzeug, und sie selbst, Gerlinde Kämmerling, Vorstandsvorsitzende und Miteignerin eines immerhin nicht unbedeutenden Unternehmens auf dem Sprung zum Weltkonzern, wie ein Zwerg im Land der Riesen. Wer und was war sie eigentlich? Sollte sie wirklich mit über siebzig noch einmal eingreifen? War es nicht weise einzusehen, dass der Lauf der Dinge nicht von ihr, sondern von der Gewalt bestimmt wurde, die auch diese Felsenungeheuer aus dem Meer gestampft hatte? Sollte sie es nicht besser den Jungen überlassen, dieser Gewalt etwas entgegenzusetzen?

»Also hier bist du. Ich habe dich gesucht.« Denir war so gekleidet, wie es diese Klimazone verlangte. Aber sie musste unwillkürlich lächeln, denn irgendwie wirkte er rührend in dieser Verpackung, sein längliches braunes Gesicht eingerahmt von einer pelzgefütterten Kapuze, die Hände versteckt in dicken Fäustlingen. Ein Kamel in der Arktis, dachte sie, ein Wüstenschiff mit Kurs auf die Lofoten.

»Schau mal! Wenn ich nicht irre ...« Er hob den rechten Arm und wies in den Morgendunst. Jetzt sah Gerlinde ihn auch, den Schatten eines Vogels, der in weitem Bogen über ihnen kreiste. »Es könnte ein Seeadler sein.«

»Und woran erkennst du das?«

»An der Größe natürlich, aber auch an den charakteristischen weißen Schwanzfedern.« Er lächelte sie an, und wieder suchte er in ihren Augen. In diesem Moment empfand sie nicht – wie sonst – eine gewisse Abscheu vor ihm. Zum ersten Mal betrachtete sie sein Wissen nicht als altkluge Bevormundung, sondern akzeptierte es als bereichernd. Sollte sie nicht doch auf Hartmut hören? Schließlich hatte sie es nie bereut, wenn sie seinem Rat gefolgt war. Doch im gleichen Augenblick widerstrebte etwas in ihr und warnte sie vor diesen Gedanken. Nichts als Alterssentimentalität, der sie keineswegs verfallen durfte, denn die war der Vorbote der Senilität.

Noch war sie Denir jedenfalls auf absehbare Zeit gewachsen: Seit gestern Abend wusste sie etwas, das sie bislang nicht in Betracht gezogen und ihr manche schlaflose Nacht beschert hatte. Nur weil Denir eine dunklere Hautfarbe besaß, war sie erst gestern darauf gestoßen. Natürlich trug er die Gene seines Vaters in sich und so auch die Veranlagung für die Krankheit, die Roland zu schaffen gemacht hatte und die er die letzten Jahre nicht ohne starke Medikamente überlebt hätte. Ohne seine Tabletten war jede körperliche Anstrengung ein Risiko für Roland gewesen und würde es für Denir sein. Wie weit die Krankheit bei ihrem Enkel fortgeschritten war, ließe sich jedenfalls bald feststellen, denn wahrscheinlich vermisste er seine Tabletten bereits.

*

Die Route entlang der norwegischen Küste bis zum Nordkap kannte Jonas gut, aber den Lofoten war er nie so nah gekommen. Ein Juwel. Wieder schwänzelten diese Gedanken wie bettelnde Hunde um ihn herum. Und er wusste, dass er ihnen nicht nachgeben durfte, sonst würde er die Gewalt über seinen Plan verlieren. Es war und blieb so: Um diese Schönheiten zu erhalten, musste er zerstören. Eine rein pragmatische Abwägung: Wenige opfern, um das Ganze schützen und erhalten zu können …

Sie lagen vor Stamsund, diesem Fischerdorf, das gegen die Bedrohung von Tausenden Tonnen grauem Granit und Vulkangestein im Hintergrund winzig und gleichzeitig mutig wirkte. Und doch gab es Frieden zwischen den Giganten und dem Däumling. Vorbildlich, dachte Jonas,

und ihm fiel der junge Industrielle ein, der seine Großmutter von sich überzeugen wollte. Er wünschte Denir,
dass es ihm heute noch gelänge, dann könnten die beiden
den Ausflug zu den Seeadlern einvernehmlich genießen,
schließlich blieb ihnen nicht mehr viel Zeit.

10.03 Uhr. Während er unten in der Nähe der Rezeption
die Schiffszeitung studierte, verspürte er plötzlich ein Verlangen, das um diese Tageszeit sogar in seiner schlimmsten Phase ungewöhnlich gewesen wäre: Er spürte das Verlangen nach Rotwein. Vielleicht weil sich seine Gedanken
allmählich blutrot färbten, oder weil viele der Fassaden
am Hafenkai traditionell im Farbton von Walblut gestrichen waren?

Er hatte selbst mitangesehen, wie der blutverschmierte
kleine Körper ans grelle Licht des Kreißsaals gezerrt worden war. Ein verknautschtes Wesen mit glühend rotem
Kopf hatte Silke, seine Frau, geboren: ihren gemeinsamen Sohn, der seine Wut darüber, dass man seine Plazen-
ta-Idylle ungebeten beendet hatte, durch quäkende Pro-
testlaute kundtat. Aber er war gesund, und Silke hatte
den Kampf überlebt. Für sie war es alles andere als leicht
gewesen.

Aber das war nicht das einzige Glück. Zwei Tage darauf fand Jonas eine Stelle als Sekretär einer Umweltorga-
nisation und machte bei einer Öko-Partei mit. So hatten
sie endlich Geld und kamen gut über den Monat. Silke litt
noch eine Zeit lang unter Anämie und Schwächezuständen.

Das erste Mal konnte Jonas stolz auf sein Leben sein.
Der kleine Schreihals war sein Sohn, und er wollte ihm
etwas geben, das ihm sein eigener Vater, der geniale Profes-

sor, nie hatte geben können: Zuwendung und Liebe. Der kleine Daniel sollte sich auf seinen Vater verlassen können, besonders wenn er enttäuscht wäre und an sich zweifelte. Sein Sohn sollte es nicht nötig haben, sich aus Frust in der Rheinaue besinnungslos zu betrinken. Sein Vater würde ihm zuhören, ihm unter die Arme greifen, gerade dann, wenn es für ihn nicht so gut lief.

Die Erinnerung an Dani tat weh und würde ihn nie mehr loslassen. Er sah auf die Uhr. In fünf Minuten hatte er sich mit Ingvar in der Gletscherbar verabredet. Gestern Abend hatte er ihn mit dieser Frau beobachtet, wie sie im Steakhouse zusammen gegessen hatten und dann im Tanzklub verschwunden waren. Er konnte sich denken, wie der Rest der Nacht abgelaufen war. Ingvar war sein wichtigster Mitarbeiter, und er hatte nicht den geringsten Grund, ihm zu misstrauen. Sie kannten sich, sie mochten sich, sie schwammen auf einer Welle. Bisher konnten sie sich absolut aufeinander verlassen. Aber diesmal trugen sie das höchste Risiko. Das geringste Fehlverhalten konnte alles ins Wanken bringen. Es war seine Aufgabe, Ingvar an dessen Pflichten zu erinnern.

*

Den Rest der Nacht hatte Silvia wie in einem Dämmerzustand verbracht. Nachdem der Asiate von der Servicecrew sie zu ihrer Kabine begleitet, die Tür geöffnet und sich mehrfach vergewissert hatte, dass er nicht mehr für sie tun konnte, hatte er sie sich selbst überlassen. Worauf sie kraftlos auf ihr Bett gesunken und liegen geblieben war. Der ängstliche Blick dieses Mannes haftete noch in ihrem Gedächtnis, als wäre sie ein Monstrum, das jederzeit die Kontrolle über sich verlieren könnte. Vielleicht war sie das auch: monströs.

Bis kurz vor elf am Morgen hatte sie mit offenen Augen auf ihrem Bett gelegen, weil sie sich selbst nicht mehr traute. Die Befürchtung, es könnte wieder passieren, dass sie einschlief und sich Traum und Wirklichkeit verwischte, hatte sie wachgehalten.

Es fiel ihr alles so unsagbar schwer. Jede Bewegung glich einem Martyrium. Sie wusste jetzt, wie sich ein Wal fühlen musste, der in seichtem Wasser gestrandet war, ohne Orientierung und hoffnungslos, weil ihn ein falsches Signal in die Irre geführt hatte.

Sie schleppte sich ins Bad und drehte den Duschhahn auf – zögerte. Es war nicht das, was sie wollte, sie wollte zurück ins Bett, sich unter der Decke verkriechen und nie mehr aufstehen. Doch sie hatte sich so sehr vorgenommen, diese Kreuzfahrt zu genießen … Wäre ihr nur nicht dieser unverzeihliche Fehler unterlaufen: Sie war allein gefahren. Eine wirklich gute Freundin hatte sie eigentlich nicht, einige Bekannte wie die ehemalige Souffleuse Dora, die ihre Nähe suchte, weil sie sie von früher her bewunderte. Meistens ging ihr Dora auf die Nerven. Doch hier an Bord hätte sie deren unaufhörliches Geschwätz gerettet. Sie zumindest von diesem Albtraum abgelenkt, der immer mehr ihren Verstand kontrollierte.

Silvia kam nur einer in den Sinn, mit dem sie ein paar Worte wechseln könnte, wenn sie nicht platzen wollte. Ein einfacher Mann, der sie kaum verstehen würde, er kannte ja ihre Geschichte nicht. Aber sie traute ihm zu, dass er ahnte, wie es um sie bestellt war. Schon das würde sie ein Stück beruhigen. Jedenfalls hatte sie keine andere Wahl.

»Darf ich Sie etwas fragen, Herr Cantelli?«, sprach sie ihn an, nachdem er den Espresso serviert hatte. Augenblicklich nahmen die Gesichtszüge des Kellners einen ernsthaften Ausdruck an. Er schien sich zu konzentrieren, als gäbe es nichts Wichtigeres für ihn auf der Welt, als ihr diese Frage zu beantworten.

»Stellen Sie sich vor«, wagte sich Silvia ermutigt heraus, »Sie würden auf einer Schiffsreise einem alten Feind begegnen, dem Sie zu verdanken haben, dass Sie im Leben niemals mehr glücklich sein könnten …«

»Oh, che drammatico, Signora …«

Er schien die Tragweite der Geschichte zu erahnen, noch bevor sie alles erzählt hatte. Endlich ein Mensch, der sie zu verstehen versuchte, auch wenn es nur ein Mann war, dachte Silvia. »Allein seine Gegenwart würde Sie an den Rand der Verzweiflung bringen«, fuhr sie fort. »Und das Schlimmste: Sie müssten befürchten, ihm jederzeit zu begegnen, denn das Schiff ist groß, aber nicht *so* groß …«

Cantelli wurde sichtlich nervös. Seine Wangen erröteten, so schien ihn die Geschichte mitzunehmen, und er setzte das kleine ovale Tablett mit dem Geschirr auf dem Tisch ab. Offenbar spürte er auch die Verantwortung, die jetzt auf ihm lastete, dieses Problem lösen zu müssen, wenn er die Gunst der Dame nicht verspielen wollte.

»Schwierige Situation, Signora, problema intimo. Ich kann nur lösen, wenn Sie Giovanni zu mir sagen.« Er lächelte listig, »Mein Name Giovanni Arturo Cantelli«, und verbeugte sich, diesmal nicht wie ein Kellner, sondern wie ein Herr, der sich einer Dame vorstellte, nicht aufdringlich, aber bestimmt. Silvia nickte anerkennend und lächelte ebenfalls.

Giovanni Arturo Cantelli tippte mit dem Zeigefinger an die Unterlippe und dachte nach. Ein Gast an einem anderen Tisch machte ihm Zeichen, doch er ließ keine Störung zu. Dann hellte sich sein Gesicht auf. »Giovanni hat Lösung, Signora.« Er machte eine Pause wie ein Vortragskünstler, der die Spannung hochtreiben wollte. »Müssen lernen, Feind ins Auge zu blicken. Nix Emotion, no, no! Blicken eiskalt und sagen: Non mi batterei! Du wirst mich nicht besiegen!«

Sie hatte diesen Mann von Anfang an für verständnisvoll gehalten, aber jetzt imponierte er ihr. Ein einfacher Kellner und so weise. »Sie sind ein guter Psychologe, Giovanni«, lobte sie. »Ich danke Ihnen für diesen Rat.«

Er verbeugte sich knapp, straffte dann in der Art seinen Oberkörper, wie Männer es tun, die soeben einen Sieg davongetragen haben. Es stimmte, sie war einfach zu emotional: himmelhoch jauchzend, zu Tode betrübt. Cool musste sie bleiben, sich zusammenreißen, endlich erwachsen werden ... Und damit konnte sie gleich anfangen, denn er war plötzlich wieder da: André Weißweiler betrat soeben Arm in Arm mit seiner Frau das Panorama-Café.

12

Vor über tausend Jahren hatten sie hier bereits Feste gefeiert. Der Häuptlingshof in Borg bewies, dass die Wikinger nicht nur blutrünstige Krieger waren. Sie verstanden auch zu leben. Irgendwann aber gab der Häuptling mit den buschigen Augenbrauen das Langhaus auf und überließ es seinem Schicksal, bis es Wissenschaftler vor erst fünfunddreißig Jahren aus seinem Dornröschenschlaf wiedererweckten.

So wie Nils sie wiedererweckt hatte. Wenn Margo an ihn dachte, schlug ihr Herz laut und sie hatte wilde Vorstellungen. Jetzt gerade stellte sie sich vor, nackt mit ihm unter einem der dicken, flauschigen Felle zu liegen, die in diesem Museum ausgestellt waren, und wie sie sich nur ihren Körpern und ihren Gefühlen hingaben. Und auf einmal fand sie das, was der Reiseführer über die Lofoten gesagt hatte, sie seien Inseln der Liebe, gar nicht mehr kitschig. Vielmehr war es die reine Wahrheit: Auf dem Weg hierhin hatte sie sich verliebt. Nils hatte zwar keine buschigen Augenbrauen, aber einen roten Bart, und er war *ihr* Häuptling.

Offensichtlich hatte der Häuptling jedoch verschlafen und war dann aus dem Takt geraten. Bereits beim Frühstück war ihr aufgefallen, dass sie sich für heute nicht verabredet hatten. Natürlich war sie davon ausgegangen, dass er an der Fahrt zum Wikingerhof teilnehmen würde. Hatten sie es nicht im Steakhouse kurz erwähnt?

»Hier sehen Sie, wie der Stockfisch gelagert wurde, mit dem die Wikinger einen Teil ihres Reichtums erlangten. Sie waren in vielem fortschrittlich, vor allem wussten sie, wie man die schnellsten Schiffe baute.« Der Reiseleiter kam auf sie zu, und die Gruppe scharte sich um ihn. Margo wusste bereits einiges über die Wikinger, mehr als über Nils, fiel ihr auf. Worüber hatten sie eigentlich die ganze Zeit geredet? Aber das war es ja gerade, was sie verband, ein gewisses Schweigen, dem anderen seine ganz eigene Gedankenwelt zu gönnen. Es wäre natürlich einfacher, sich mit ihm zu verabreden, wenn sie seine Kabinennummer wüsste. Aber gestern Nacht waren sie schließlich beschäftigt gewesen. Und er kannte ihre Kabinennummer.

Sicher wartete er schon an Bord auf sie. Später könnten sie ein verträumtes Dinner einnehmen und dann … folgte wieder ein hinreißender Abend. Allein seine Berührungen genügten ihr, seine Hände auf ihrem Körper, seine Fingerspitzen, die leise über ihre Haut fuhren, jeden Zentimeter liebkosend, und erst seine Küsse … jeder einzelne ein Geschenk. Wenn dann im Anschluss an diese Liebesnacht die Welt explodieren würde, hätte sie in ihrem Leben nichts verpasst.

∗

Ein jäher Schrei gellte von oben herab, der den Passagieren des kleinen Kutters, der in der aufgewühlten See schaukelte, durch Mark und Bein ging. Kurz darauf stieß ein Adler aus den Lüften, fuhr seine spitzen Krallen aus und schlug sie zielgenau, ohne den Flug zu unterbrechen, in den fetten Happen, den ihm einer der Seeleute von Bord aus zugeworfen hatte. Dann verschwand er mit starken Flügelschlägen unter dem Gewicht der Beute hinter der nahen Felsenwand.

Nicht umsonst war der Adler im Bundeswappen der Deutschen zu finden, dachte Gerlinde. Eiserner Wille, Kraft, ein scharfes Auge und dazu eine ausgeklügelte Technik. Diese Eigenschaften musste man vorweisen können, wenn man einen Konzern erfolgreich leiten wollte. Sie selbst hatte lernen müssen, diese Qualitäten zu entwickeln und Rückschläge zu ertragen. Beim Geschäft kam es darauf an, den richtigen Augenblick zu erkennen und zu nutzen, gnadenlos zuzustoßen, den Vorteil dann mit den Krallen festzuhalten und ihn abzuschleppen …

»Wenn du eines Tages dem Konzern vorstehen willst, musst du sein wie dieser Adler«, sagte sie zu Denir, der den Himmel mit dem Feldstecher absuchte. Einige Möwen flatterten kreischend um sie herum und schnappten sich von der Wasseroberfläche, was der Adler nicht beachtet hatte. »Ansonsten wirst du dich immer mit anderen um die Reste zanken müssen.«

Denir ließ den Feldstecher sinken und rückte neben sie auf die Holzbank im Windschatten der kleinen Schiffsbrücke. »Es wird ein neues Zeitalter anbrechen, Großmutter. Alle sollen Gewinner sein. In dem neuen Konzern wird jeder an seinem Platz sein Bestes geben, weil er weiß warum …«

Sie sah ihn an und schüttelte nur den Kopf. »Du träumst, Denir. Du wirst deine Feinde nicht zählen können. Alle treibt nur die Angst um ihre eigenen Pfründe an. Vielleicht heucheln sie am Anfang noch Beifall, aber sobald sie bemerken, dass sie ihre Macht teilen sollen, werden sie dir die Augen aushacken …«

Warum sagte sie das? Sie selbst gehörte doch dazu. Wollte *sie* etwa teilen, Macht abgeben? Schließlich war er ihr Enkel, ob sie wollte oder nicht. Und war es nicht für sie beide besser, ihn vom Unsinn seiner Ideen zu überzeugen, als gleich brutalen Ernst zu machen? – Sie dachte an die Tablettenschachtel in ihrer Handtasche. Seine Uhr tickte bereits, doch es war noch nicht zu spät. Er bestimmte, wie es ausgehen würde. Wenn er sich überzeugen ließ, käme er davon, wenn nicht …

Hatte Griesmann nicht gesagt, man könne über alles reden? – Nun, das wollte sie. Sie versuchte es jedenfalls. Sie schaute in Denirs Gesicht, das ihr leicht gerötet erschien, aber das konnte auch von der beißenden Kälte herrühren. Über ihnen schrillte erneut ein greller Ruf. Ein weiterer Adler kündigte sich an.

*

21.13 Uhr im Billardsalon.

»Und was heißt das konkret?«, fragte Jonas. Was Denir von sich gab, klang wie die Phrasen aus einem dieser Bücher mit linken Tendenzen, die sich lediglich dazu eigneten, Scheindiskussionen zu entfachen und am Leben zu halten. Die Wirklichkeit sah bekanntlich anders aus. In dieser Gesellschaft bewegte sich nichts ohne Zwang. Das hatte er selbst leidvoll erfahren müssen.

Die schwarze Acht lag vor ihm, und er würde sie nur im steilen Winkel versenken können. Dazu setzte er vor dem Stoß den Queue immer wieder neu an, veränderte die Position, überlegte, prüfte … Zugegeben, er genoss es, von dem jungen Mann bewundert zu werden, und er gab sich die größte Mühe, möglichst versiert und elegant zu wirken.

»Ich nenne Ihnen gerne Beispiele für zukunftsweisende, effiziente Arbeitsgestaltung, die nachweislich eine Motivationssteigerung der Arbeitnehmer bewirkt.« Denir ließ sich offenbar nicht einschüchtern, ein Jungunternehmer mit Perspektive. Er war ganz in seinem Element. »Diese Neuerungen gibt es längst, sie werden nur nicht durchgesetzt, weil die Führungsebenen lieber an dem bewährten Prinzip der Ausbeutung festhalten …«

Bei seinem letzten Satz schwang durchaus Verachtung mit. »Und wie sehen diese Neuerungen aus?«, fragte Jonas. Im gleichen Moment patzte er. Die Kugeln spritzten ziellos auseinander. Er hatte die weiße Kugel mit zu viel Effet gespielt, sodass die Acht nicht in die Tasche lief.

Denirs Chance. Er versuchte, sich seine Genugtuung darüber nicht anmerken zu lassen. Er legte die Kreide aus der Hand, trat an den Tisch und suchte die beste Position. »Ich stelle mir Firmeneinheiten vor, die das ganze Leben einschließen. Arbeiten, wohnen, essen, erholen und revitalisieren, alles in einem Areal. Angeschlossene Sportstätten und Wohnungen zu bezahlbaren Preisen, für Mitarbeiter aller Ebenen versteht sich. Hauptverkehrsmittel ist das Fahrrad, zumindest was die Arbeit betrifft. Auf diese Weise sinkt die Umweltbelastung signifikant, und die Kosten für Arbeitgeber *und* Arbeitnehmer halbieren sich nahezu …«

Jonas hatte auch davon gehört, dass neue Konzepte ausgetestet wurden. Ging Zukunft etwa auch mit Vernunft und Einsicht? Könnte es tatsächlich eine belastbare Alternative zur Neidgesellschaft geben? – Er spürte, wie etwas auf seinen Magen drückte. Hatte er nicht auch einmal daran geglaubt? Hatten die Jahre seinen Idealismus völlig abgetötet? – Oder war es ein weiteres Mal so: nichts als schöner Schein, mit dem einige Wenige noch größeren Reibach machten?

»Natürlich gibt es das alles nicht kostenlos …« Denir hatte die richtige Stellung gefunden, setzte an und lochte souverän ein. Ein leises Lächeln um den Mund verriet seine kindliche Freude an dem gelungenen Coup.

»Aber Ihre Frau Großmutter denkt nicht im Traum daran, diese Ideen ernst zu nehmen und zu investieren, stimmt's?«, sagte Jonas.

Denir nickte.

Daniel sollte wissen, dass er der Sohn war, den Jonas sich gewünscht hatte. Er ließ keine Gelegenheit aus, ihm zu zeigen oder zu sagen, dass er ihn liebe, dass er jederzeit mit allem, was ihn bedrücke, zu ihm kommen könne. Das sei nicht nur Gerede, das sei auch so gemeint. Natürlich interessierte sich Jonas auch dafür, was in der Schule passierte. Dani war nicht gerade der Star, besonders in Mathe lief es überhaupt nicht. Wenn er eine Vier nach Hause brachte, war Jonas damit zufrieden, und wenn es wieder einmal eine Fünf hagelte, klopfte er Dani auf die Schulter und versicherte ihm, dass er, sein Vater, hinter ihm stehe. Wenn er etwas auf dem Herzen habe, solle er zu ihm kommen, das sei sein voller Ernst. Schließlich sei ein Vater für seinen Sohn da.

Jonas verstand nicht, wenn Silke dagegen Einwände vorbrachte. Nicht selten gab es Streit. »Es kann Dani doch nur aufbauen, wenn er weiß, dass wir hinter ihm stehen. Mein Vater …«

»Ich weiß, ich weiß, *dein* Vater hat sich nicht um dich gekümmert und du willst es besser machen, aber …«

Es war nicht zu übersehen. Dani zog sich zurück, die Schule war eine einzige Katastrophe. Und Jonas' Angebot, ihm aus Schwierigkeiten herauszuhelfen, nahm er lieber nicht in Anspruch. Vielmehr suchte Jonas ihn auf, wenn er das Gefühl hatte, Dani läge etwas auf der Seele. »Ich wäre froh gewesen, wenn mein Vater einmal gesagt hätte: Jonas, komm zu mir, wenn du Sorgen hast. Wir finden gemeinsam eine Lösung. – Und das soll auf einmal falsch sein?«, erwiderte er frustriert.

»Ich finde es doch auch toll, wie du dich um Dani kümmerst …«

»Jedenfalls soll Dani nicht eines Tages sagen müssen: Wenn es mir schlecht ging, hat mich mein Vater im Stich gelassen.«

Dani wurde krank, hatte Fieberanfälle und wirkte ständig antriebslos und schwach. Es fanden sich keine organischen Ursachen.

»Dieses Krankheitsbild«, diagnostizierte schließlich der Chefarzt von der Klinik auf dem Venusberg, »kann als körperliche Abwehrreaktion gegen zu hohen Stress auftreten. Etwa wenn ein Kind überfordert wird …«

Sein durchdringender Blick traf Jonas wie ein Schlag, während Silke den Kopf senkte und schwieg. Das musste wohl ein Irrtum sein. Stressfieber aus Überforderung? Und das, obwohl sie Dani wegen der Schule nie Vorwürfe machten und er mit jedem Problem, aber auch wirklich mit jedem, zu ihnen kommen konnte? Er gab doch wirklich alles als Vater, und dann das?

*

Um halb zehn war es Nacht, und die Schatten der Vergangenheit krochen aus ihren Verstecken. Silvia saß in ihrem Bett, das Kopfkissen im Rücken. Der Fernseher lief, aber ohne Ton. Die bewegten Bilder halfen ihr, sich nicht so allein zu fühlen. Besser noch, wenn Giovanni an ihrer Seite wäre. Ohne ein Wort zu verlieren, er sollte nur da sein, und wenn sie ihn ängstlich anblickte, dieses zuversichtliche Lächeln verströmen, das würde ihr schon genügen. »Sei nicht albern!«, hätte ihr Vater dazu gesagt. Aber Vater gab es nicht mehr.

Wieder stand ihr vor Augen, was am Morgen abgelaufen war. Giovanni hatte sie soeben beruhigt, als ... Die Luft hatte es ihr abgeschnürt. André Weißweiler betrat das Panorama-Café mit affektiert hochgerecktem Kinn und diesem vor Eigenliebe stinkenden Gehabe wie auf einer seiner Premierenfeiern. Giovanni hatte sie sorgenvoll angesehen, überflüssig anzudeuten, dass dieser Mann der Feind war, um den sich ihr Gespräch gedreht hatte. Doch der Vorsatz, diesem Feind eiskalt ins Auge zu blicken, verblasste zur lächerlichen Theorie. Die Gegenwart dieses Mannes würde sie immer wieder aus der Fassung bringen ...

Bilder eines Hochzeitspaares im Fernsehen fesselten Silvias Aufmerksamkeit: der charmante rothaarige Prinz mit seiner Frau, der ehemaligen Schauspielerin, in einer Wiederholung. Mit Tränen in den Augen kam Silvia sein

Gelübde in den Sinn: »… mit meinem Körper ehre ich
dich …«

»Willst du meine Frau werden?«, hatte er sie nach der Premiere auf Knien gefragt. Doch bevor sie antworten konnte,
klopfte es heftig an der Tür ihrer Garderobe, die Gratu-
lanten waren nicht mehr aufzuhalten …

Sie genoss den Rummel um ihre Person. Nach dem
Empfang ließ sie sich noch von André in ein Hotel ent-
führen. Wieder schwor er ihr ganz theatralisch die wahre
Liebe: »Vor *dir* habe ich keine Frau wirklich begehrt.« Er
war fordernd und besitzergreifend … Aber warum sollte
sie daran zweifeln, dass sie wirklich seine große Liebe war?
Gab er nicht alles, um sie zu überzeugen?

»Du musst nur Ja sagen. Das wäre der Himmel für mich
und der Beginn der glücklichsten Zeit unseres Lebens …«
Seine Stimme hallte noch in ihren Ohren, nachdem er sie
verlassen hatte. Warum sollte sie *nicht* Ja sagen? Was konnte
sie mehr erwarten, als an der Seite eines solchen Mannes
zu leben, der ihr zur Weltkarriere verhelfen wollte? Selbst
der Altersunterschied störte sie nicht, er war ein stattli-
cher Mann, und seine Liebe war voller Kraft wie ein aus-
brechender Vulkan …

Am nächsten Morgen, als sie unter der Dusche stand und
der Wasserstrahl ihren Körper streichelte, dachte sie erneut
über Andrés Antrag nach. Jede andere würde sie beneiden.
Sie konnte ihn einfach nicht zurückweisen. Und sie hörte
sich dieses Ja aussprechen mit glockenheller Stimme. Über-
irdisch dieser Moment, er hielt ihre Hand, steckte ihr den
funkelnden Ring an und lächelte dieses verwegene Lächeln,
mit dem er bei ihr immer leichtes Spiel gehabt hatte …

Dann kleidete sie sich bewusst langsam an. Die kleine Silvia Radermacher, der ihr Vater nur Verkäuferin zugetraut hatte, würde Frau Intendant werden und auf der Bühne in allen Partien glänzen, die das Fach zu bieten hatte.

Als sie die Zimmertür hinter sich zuzog, fiel ihr auf, dass das in die Jahre gekommene Hotel nicht die feinste Adresse war, auch wenn man nicht sagen konnte, dass es sich um eine Absteige handelte. Natürlich hätte sie sich für diesen romantischen, wenn nicht den romantischsten Augenblick im Leben einer Frau einen idyllischeren Ort gewünscht.

Auf dem Weg in die Stadtmitte setzte sie sich in eine Konditorei, bestellte sich einen Kaffee und Croissants. Der Tag nach der Premiere war für sie frei, und sie würde ihn genießen. Neugierig warf sie einen Blick in die Tageszeitung. Im Kulturteil stand bereits eine Lobeshymne auf sie mit Foto. Im Gesellschaftsteil war André abgebildet, Arm in Arm mit einer fremden Frau. Darunter: »Wird in Kürze vor dem Traualtar stehen: Intendant André Weißweiler will seiner großen Liebe endlich das Ja-Wort geben …«

13

Margo wachte bereits zum zweiten Mal in dieser Nacht auf. Sogar im Traum zerbrach sie sich den Kopf, auf welche Weise sie Nils verletzt haben könnte, und versuchte, jeden Satz ihrer Unterhaltungen zurückzuholen. Aber sie hatten kaum geredet, geliebt hatten sie sich mit aller Freizügigkeit und Intensität. Sie erinnerte sich nicht an so etwas wie ein Missverständnis zwischen ihnen. Dass er am Morgen verschwunden war, ohne sich zu verabschieden, hatte sie für Rücksichtnahme gehalten. Aber weshalb hatte er sich danach nicht mehr gemeldet? Wie vom Erdboden verschluckt schien er. Auch das Abendessen hatte sie allein eingenommen und bei jedem Gast, der das Royal Seagarden betrat, aufgeblickt, in der Hoffnung, es wäre Nils. Vielleicht hatte er schlimme Nachrichten erhalten? Sie wusste ja fast nichts über ihn. Wenn keine Frau oder Freundin, hatte er vermutlich doch Verwandte, Eltern, Geschwister. Vielleicht war er auch geschieden und hatte Kinder. Aber er brauchte nur zum Telefon zu greifen, um es ihr mitzuteilen. Oder war es für ihn doch das gewesen, was sie insgeheim befürchtete: ein One-Night-Stand, der bereits am nächsten Morgen sein Verfallsdatum überschritten hatte?

Kein gesunder Mann erträgt es auf Dauer, morgens neben einer Ruine aufzuwachen. Mitleid reicht eben nicht. Das ist es, was dein Wikinger-Häuptling begriffen hat. Sei doch froh, dass er gar nicht erst versucht, es dir zu erklären, um dich nicht zu verletzen. Er hat sich zurückgezogen, das sagt genug.

Anders. Margo hatte ihn über ihr Glück völlig vergessen. Aber es gab ihn noch, und natürlich suchte sich dieses Scheusal ihren schwächsten Moment aus, um aus dem Schatten zu treten. »Wir haben uns geliebt, und er hat es genossen«, sagte sie laut in die Dunkelheit. »Außerdem habe ich gespürt, dass er mich wollte.«

Ich weiß, ich war ja dabei. Aber auch Männer haben ihre Tricks. Die Fantasie lässt so manchen Baum wachsen.

Sie knipste die Nachttischlampe an, ihr Blick streifte das zweite Bett, verweilte an der Stelle, wo er gelegen hatte. Jetzt war die Decke glatt gestrichen und das Kissen aufgeschüttelt. Tränen. »Nein!«, vernahm sie ihre trotzige Stimme. Er hatte es nicht vorgetäuscht. Warum sollte er auch? Er könnte jede haben, die er wollte. Aber er hatte sie ausgesucht …

»Es wird sich klären, verstehst du?« *Anders* antwortete nicht. Margo rutschte vom Bett und öffnete die Minibar. Doch dann zog sie zurück, wollte keinen Alkohol trinken, wollte *Anders* nicht obsiegen lassen. Beim Frühstück würde sie Ausschau nach ihm halten, sich in die Nähe des Vital-Büfetts setzen. Nils bevorzugte Naturkost zum Frühstück, und die gab es nur dort in Hülle und Fülle. Es war allerdings auch möglich, dass er das Schiff schon früh verlassen würde. Die Lofoten, die Inseln der Liebe, lagen hinter ihnen, und in der Morgendämmerung liefen sie Tromsø an, die Hauptstadt der Arktis. Womöglich würde sie ihn nie wiedersehen …

*

Gerlinde fuhr entlang einer riesigen Felswand, ihr Haar zerzauste im Wind, das Wasser spritzte, aber sie vernahm seine Geräusche nicht, auch nicht das Kreischen der Möwen und das Dröhnen der Brandung gegen das blank geleckte, silbergraue Granitgestein. Diese wunderliche Stille lenkte Gerlindes Aufmerksamkeit gänzlich auf die Felswand. In Urzeiten war sie von Eismassen geschliffen worden und erinnerte sie an … an einen überdimensionalen Grabstein.

Gerlinde befand sich an Deck eines kleinen Küstenschiffs. Ein Seemann warf Fischreste über Bord, um die die Möwen sich zankten. Sie schaute ihnen zu, aber sie hörte sie nicht. Plötzlich machte der Seemann Zeichen und rief etwas. Auch seine Stimme war tonlos, sie sah nur, wie er die Arme schwenkte und mit der Rechten auf die Felsen deutete. Doch Gerlinde konnte nichts Bemerkenswertes entdecken. Dann auf einmal wurden an verschiedenen Stellen der Oberfläche Linien sichtbar, wie eingestanzt auf die maritime Felsplatte, und schienen die Gestalt eines von Hand geschriebenen Buchstabens anzunehmen. Gerlinde las ein H in einer Schreibweise, die an Sütterlin erinnerte, in der ihre Mutter geschrieben und die auch sie noch gelernt hatte … ein erstaunlicher Zufall, Gerlinde schmunzelte. Es folgte ein weiterer Buchstabe, der ein I sein könnte, darauf ein E und ein R. Sie wandte sich verwundert um und suchte nach dem Seemann, der verschwunden war. Das Wort »Hier« stand jetzt auf der Felstafel. Und die Fortsetzung folgte … Buchstabe für Buchstabe entzifferte sie … r u h t … Gespenstisch, welche Scherze sich der da oben ausdachte … e i n e … Ihr erster Eindruck schien sich zu bestätigen: Diese Gesteinsformation war ein gigantischer Grabstein inmitten der tosenden See, und seine Inschrift lautete: »Hier ruht eine …« Geräuschlos glitt der Kutter weiter entlang der Wand. Gerlinde reckte den Hals, um an der Fahnenstange vorbeisehen zu können, aber der Schriftzug schien sich nicht fortzusetzen. Also doch, reiner Zufall, nichts weiter als eine Laune der Natur, dachte sie und empfand Erleichterung … In dem Augenblick stanzte eine unsichtbare Hand einen weiteren Buchstaben in den Granit, den Anfang eines neuen Wortes, das mit dem Buchstaben M begann …

»Großmutter …?« Denir hatte die Tür zu seinem Schlafzimmer so schwungvoll aufgerissen, dass Gerlinde ein Luftzug streifte. Sie schreckte hoch, musste wohl eingenickt sein und war für einen Augenblick verwirrt. Der Buchstabe M stand ihr noch vor Augen, eingemeißelt in den Felsen. Und sie fragte sich …

»Oh, entschuldige, ich wollte dich nicht stören.« Er wirkte nervös.

Gerlinde musste nicht lange überlegen, sie wusste, warum. »Schon gut«, erwiderte sie und strich eine Haarsträhne aus ihrer Stirn, die sich durch den Luftzug gelöst hatte. »Ich war gerade in Gedanken … Suchst du etwas oder können wir frühstücken gehen?« Sie erhob sich aus dem Sessel, wieder fiel ihr die Haarsträhne ins Gesicht. Es wurde Zeit, den Friseur auf Deck zwölf aufzusuchen, dachte sie, aber vorher sollte sie sich besser anmelden, der Andrang war ziemlich groß.

»Ich suche meine Kopfschmerztabletten, eine kleine Schachtel. Hast du sie vielleicht gesehen?«

»Nein, aber wenn sie verloren gegangen sein sollte, frag einfach in der medizinischen Abteilung nach. Tabletten gegen Kopfschmerzen und Seekrankheit gehören sicher zur Standardausstattung.«

Natürlich befriedigte ihn ihre Antwort nicht. »Du hast recht, Großmutter«, verstellte er sich. »Ich werde nachher mit dem Arzt sprechen.«

Von wegen Kopfschmerzen. Er brauchte sein Herzmedikament, wollte aber nicht zugeben, dass er schwerkrank war, weil er ihr ansonsten ein starkes Argument gegen seinen Führungsanspruch in die Hand geben könnte. Denir war eben auch nur ein Karrierist. Aber sie würde ihn dazu zwingen, seine Schwäche einzugestehen. Wie sollte er auch ohne großen Aufwand an das Medikament kommen? Es war ein spezielles Präparat und weder an Bord noch in irgendeiner Apotheke vorrätig. Hinzu kam, dass sie nie länger als ein oder zwei Tage in einem Hafen blieben. Und sie befanden sich in der Arktis.

*

Sie hatten sich in der kleinen Frühstücksbar getroffen, und Ingvar kaute missmutig auf seinem Grünzeug herum. Jonas war mehr als sauer. »Hast du eine Ahnung, wie gefährlich das ist? *Ein* falsches Wort, ein Wort, von dem du nicht einmal denkst, dass es unser Projekt verraten könnte ...«

»Seit wann hast du Angst, dass ich zu viel reden könnte? Hast du nicht mal gesagt, kein Fisch würde so gut schweigen wie ich? – Wir haben kaum etwas geredet, diese Frau und ich, *sie* hat nicht gefragt, *ich* habe nicht gefragt, und keiner von uns musste antworten, verstehst du? Zwischen ihr und mir ging es um etwas anderes ... Und jetzt lass mich in Ruhe!«

»Dass wir uns richtig verstehen …«

»Ich verstehe dich richtig! Dein – *unser* Projekt ist ein Himmelfahrtskommando. Auch wir werden mit größter Wahrscheinlichkeit dabei draufgehen. Und da willst du mir verbieten, vorher noch einmal mit einer Frau zu schlafen?«

»Wir waren uns einig, dass wir alles für das *Eine* geben, daran muss ich dich doch nicht erinnern. Es darf einfach nicht auf den letzten Metern scheitern, verstehst du? Schon gar nicht wegen eines Ficks!« Er beugte sich über den Tisch und packte Ingvar am Kragen, wurde sich aber im gleichen Moment bewusst, dass sie auffallen oder von irgendeiner unbekannten Kamera erfasst werden könnten. Er setzte augenblicklich ein Grinsen auf, sein Griff lockerte sich, und er klopfte dem verdutzten Ingvar freundschaftlich auf die Schulter.

»Wo ist dein Vertrauen geblieben, Jonas?« Ingvar rückte seinen Kragen zurecht. »Ohne Vertrauen geht es nicht. Hast du selbst gesagt …«

Ja, er hatte es gesagt, und er verstand seinen alten Weggefährten. Jonas dachte an Silke, seine von ihm geschiedene Silke, die in den letzten Monaten nur noch bitter und vergrämt wirkte, wenn sie sich begegneten. Vielleicht war sie krank, sie sprachen ja nicht mehr miteinander. Jonas stellte sich vor, noch einmal mit ihr im Bett zu liegen. Ihr Körper würde ihm nichts mehr sagen, aber er wäre gerne zärtlich zu ihr, jede Berührung sollte »Danke« und »Entschuldigung« sagen …

»Ich habe gespürt, dass diese Frau Liebe braucht, verstehst du, und ich konnte sie ihr geben. Ich weiß nicht warum, aber in dieser Situation konnte und wollte ich sie ihr geben … Und ich habe mich gut dabei gefühlt. Ich habe sie wirklich geliebt in dem Moment …«

Jonas wusste, dass Ingvar Pech mit seiner Ehe gehabt hatte. Ingvar hatte ihm nie alles erzählt, nur Andeutungen gemacht. Offenbar hatte sich seine Frau vernachlässigt, nicht geliebt gefühlt, hatte Depressionen und so weiter. Als sie beide vor fast drei Jahren eine Kneipentour durch die Düsseldorfer Altstadt gemacht hatten, war Ingvar aus sich herausgegangen. »Es ist allein meine Schuld. Sie liebte mich. Ich hätte mich nur etwas mehr um sie kümmern müssen …« Die Geschichte, die dann folgte, war kurz. Angeblich wollte seine Frau nach längerer Zeit wieder einmal etwas von ihm, aber er hatte sich im Bett nur wortlos von ihr abgewandt und das Licht ausgeknipst. Am nächsten Morgen hing sie im Treppenhaus.

*

Silvia hatte sich heiß geduscht, so heiß, wie es ihr Körper gerade noch ertrug. Reinigen sollte sie das dampfende Wasser, und es sollte brennen, ihr wehtun, denn nur was wehtat, drang tief ins Bewusstsein und forderte den Willen heraus. Auf diese Weise hatte sie es geschafft, sich dem neuen Morgen zu stellen.

Jetzt saß sie im Royal Seagarden, und der Kellner brachte ihr Kaffee und eine kleine Auswahl von Brot und Aufschnitt. Sie lächelte, wenn es ihr auch nicht gerade leichtfiel, und versuchte, ihm ein paar Worte zu entlocken. Aber entweder verstand er sie nicht oder er war nicht dazu aufgelegt. Sein Blick gab ihr jedenfalls das Gefühl, die Frau eines englischen Kolonialherren zu sein, unnahbar und hart. Wie falsch er doch lag.

Ganz anders als Giovanni. Silvia vermisste ihn bereits, aber das Panorama-Café öffnete erst um zehn, bis dahin würde sie sich die Zeit wohl hier vertreiben müssen. Vor einem unliebsamen Wiedersehen mit einer gewissen Person hatte sie sich geschützt, sich so platziert, dass der Eingang des Restaurants in ihrem Rücken lag und sich zwischen ihr und dem großen Fenster kein weiterer Tisch befand.

Nicht nur andere machten einen zum Opfer, man machte sich auch selbst dazu, indem man sich wie eines verhielt. Diese Erkenntnis war ihr in den frühen Morgenstunden gekommen, als ein Schiff aus irgendeinem Grund seinen langen vibrierenden Ruf ausstieß. Einmal wach, hatte sie begonnen, den kommenden Tag zu planen, und nichts könnte sie davon abhalten, ihrem Plan auch zu folgen. Am frühen Nachmittag würde sie mit dem Bus an der Stadtrundfahrt teilnehmen. Sie hatten Tromsø erreicht.

In ihrem Kopf hörte sie den silbrigen Klang von unzähligen kleinen Messingglöckchen. Sie sah sich pelzvermummt in einem von Ponys gezogenen Schlitten sitzen, der über die weiten Schneefelder schoss, sie lachte laut und überglücklich. Es war die Szene aus »Doktor Schiwago«, der zu ihren Idolen gehörte. Als Mädchen hatte sie ihn zum ersten Mal gesehen und sich in diese Szene mit der blendenden Sonne, dem glitzernden Schnee und den silbrigen Glöckchen hineingewünscht. Es war die winterlich verzauberte Taiga gewesen. Und so ähnlich stellte sie sich die Arktis vor.

Es fühlte sich an, als hätte sie ein arktischer Sturm zu Eis erstarren lassen. Unglaublich, er heiratete eine andere, dabei war es nur Stunden her, als er vor ihr auf den Knien gelegen und sie angefleht hatte, seine Frau zu werden.

»Ich habe Zeitung gelesen«, sagte sie, als sie sich am nächsten Tag in der Opernkantine über den Weg liefen.

Er zog seine Küsschen-Show – zweimal links und rechts – wie immer mit einem Lächeln ab. Nicht die Spur von Schuldgefühl oder Verlegenheit. »Gut siehst du aus, mein Schatz«, flüsterte er ihr ins Ohr. »Wir sehen uns heute Abend?« Er wartete ihre Antwort nicht erst ab, sondern strebte Toni Barella zu, dem Regisseur der neuen Manon-Inszenierung.

Abends stand Silvia am Fenster des Hotelzimmers, blickte auf die regenglänzende Straße und wartete. Wie immer verspätete er sich. Sie kam sich benutzt vor und gedemütigt, und war trotzdem neugierig auf seine Erklärung. Empörung wallte immer wieder in ihr auf, aber wenn sie anfing nachzudenken, schlich sich ganz schnell Ängstlichkeit ein, denn sie hatte etwas zu verlieren.

»Hallo, mein Schatz, bitte entschuldige, dass du warten musstest, aber ich konnte das Gespräch nicht so einfach abbrechen. Du weißt ja, alle wollen vom Intendanten beachtet werden, sonst sind sie beleidigt …« Er griff nach ihr und drang mit seiner Zunge zwischen ihre geschlossenen Lippen, so selbstverständlich, als könnte ihm dieses Recht niemand nehmen. Verständlicherweise war sie zum Küssen nicht aufgelegt, stemmte sich gegen seine Schultern. Worauf er tatsächlich den Überraschten spielte. »Was hast du denn?«, sagten seine großen braunen Augen, als sei ihm völlig schleierhaft, was in ihr vorging.

»Ich erwarte eine Erklärung von dir. Du hast mich angelogen«, wollte sie ihm vorhalten. Aus ihrem Mund kam es jedoch etwas anders heraus: »Ich hasse dieses Zimmer. Ich komme mir vor wie eine …«

Er schaute sich um. »Du hast recht, Silvia, mein Liebling, wir werden ein besseres finden, eins mit einem liebevoll und kostbar ausgestatteten Schlafzimmer wie das der Marschallin im Rosenkavalier. Zufrieden?«

Doch so einfach wollte sie es ihm nicht machen. »Ich habe mich entschlossen, deinen Heiratsantrag anzunehmen.« Wohl oder übel musste er jetzt mit der Sprache herausrücken.

»Silvia, ich …«, druckste er, auf einmal der kleine Junge, der seinen Fehler eingestehen musste und verzweifelt versuchte, die Strafe möglichst kleinzuhalten. Doch sein Selbstbewusstsein kam schnell zurück. »Ich habe nicht gelogen. Du bist die große Liebe meines Lebens, und ich tue alles für dich. Heiraten ist das Wenigste. Was ist das schon? Wir können doch leicht auf diesen gesellschaftlichen Segen verzichten, du und ich, alles, was zählt, ist unsere einzigartige Liebe … Ja, es stimmt, vor dir war eine andere Frau und sie ist immer noch da, aber das kann uns doch nicht wirklich trennen. Das Leben geht manchmal verschlungene Wege …«

Schmierenkomödiant, dachte sie. Sie war jung, aber doch kein dummes Ding. Er wollte sie, aber nicht als Ehefrau, sondern als das, was man früher … »Ich soll also deine ewige Affäre sein?«

»Es gibt dafür viele Worte, aber was spielt das für eine Rolle?«

»Ich will einen Mann für mich allein, André …«

»*Ich* bin dein Mann fürs Leben, Silvia. Es ist nur nicht so einfach, mein Schatz. Aber wer hat gesagt, dass das Leben einfach sein soll? Es soll *schön* sein, und es wird wunderschön sein, denn ich lege alles in die Waagschale …«

Sie wollte es nicht, nein, so wollte sie es nicht, aber sie ließ es zu, dass er sie küsste, und verweigerte sich ihm nicht. Lieber halbes Glück, als kein Glück?

Natürlich konnte Margo nicht alle Ecken des Schiffes gleichzeitig absuchen. Wenn sich Nils vor ihr verstecken wollte, würde ihm das kaum schwerfallen. Es tat weh, sehr weh. Beim Frühstück setzte sie sich in eine Ecke des Selfservice-Restaurants, von wo aus sie das Vital-Büfett beobachten konnte, ohne dabei aufzufallen. Und während sie sich an eine Tasse Milchkaffee klammerte, betete sie im Stillen, Nils noch einmal sehen zu dürfen, nur um sicher zu sein, dass dieser Mann und ihre Nacht mit ihm kein Traum gewesen war. Sie konnte einfach nicht verstehen, weshalb er sie so plötzlich fallen gelassen hatte.

Respekt! Einfach meisterhaft, wie du es verstehst, dich unglücklich zu machen, Margo. Wie es dir gelingt, dich ständig selbst in aussichtslose Situationen zu bringen und hinterher aus allen Wolken zu fallen. Stellt sich mir allerdings die Frage, wie lange du es noch aushältst, diese Spiele weiter zu treiben, bei denen von Anfang an feststeht, dass du die Verliererin bist.

Sie hatte es geahnt. Er würde seinen Auftritt haben und rücksichtslos auf ihr herumtrampeln. Aber diesmal war es nicht wie sonst. Ein Recht stand ihr zu, das auch *Anders* ihr nicht streitig machen konnte: das Recht, so oft in ihr Unglück zu laufen, wie sie wollte. Und da war noch der Rat von Stubben, ihrem Analytiker: »Wenn er dir nächstens eine Frage stellt, die du nicht beantworten kannst, dann dreh den Spieß um und behaupte einfach das Gegenteil. Dann wird er dich in Ruhe lassen, um nicht dumm dazustehen.«

»Ich habe nur gewonnen. Die Nacht mit Nils war einmalig schön, daran änderst auch du nichts«, konterte sie trotzig. – Der Service-Mann, der gerade die frei gewordenen Nachbartische abdeckte, stutzte und drehte sich kurz nach ihr um, konzentrierte sich dann aber wieder auf seine Arbeit und hielt auch daran fest, als Margo anfing zu schluchzen.

Der Tag begann dunstig, und die Brücke über den Tromsøysund ragte wie ein abgezehrtes Gerippe vor ihr auf. Sie waren in Tromsø angekommen. Seit dem Frühstück hatte sie das Gefühl von Trostlosigkeit nicht mehr verlassen. Aber so konnte es nicht weitergehen. Sie musste sich zusammenreißen. Und es blieb ihr nur, alles auf null zurückzudrehen. Sie musste akzeptieren, dass es Begegnungen gab, die nicht länger dauerten als ein, zwei Stunden. Dann waren sie Vergangenheit, süße, schöne Vergangenheit, aber ohne jede Hoffnung auf Wiederkehr. Das Glück kam, wann es wollte, und teilte einem zu, was es für angemessen hielt. »Für eine Nacht voller Seligkeit« … O mein Gott, diese alte Schnulze. Aber sie, Margo Sebald, durfte nicht alles dafür hingeben.

Zwei Komfortbusse warteten an der Straße, und zwischen Schiffssteg und Bushaltestelle entwickelte sich urplötzlich ein Volksrennen, an dem alle Altersklassen teilnahmen.

»Keine Sorge, es ist Platz genug für alle, niemand wird zurückgelassen!«, rief die Reiseleiterin, während sich um ihren Mund ein spöttisches Lächeln abzeichnete. Offenbar kannte sie die Deutschen und ihre speziellen Ängste zur Genüge. Margo warf einen Blick zurück. Beim Verlassen des Schiffs waren ihr die zwei Wagen mit der Aufschrift »Politi« aufgefallen, die unter dem Vordach der Abfertigungshalle geparkt waren. In dem Augenblick gingen vier Uniformierte an Deck der Norwegian Legend. Wahrscheinlich eine der üblichen Kontrollen, ein Sicherheitscheck oder der Zoll, dachte Margo.

∗

Auch wenn sie in allen Küstenstädten Norwegens anzutreffen waren, schien es, als leuchteten die roten, gelben und blauen Fassaden der Altstadt von Tromsø besonders hell. Sogar eine Universität und Forschungsstation hatte ihren Sitz am Ort, und von hier aus starteten immer wieder Expeditionen in die Arktis. Eine moderne Stadt des Aufbruchs am Ende der Welt.

Gerlinde fühlte sich seltsam berührt, und die Frage, die sie in der Nacht hatte kaum schlafen lassen, malträtierte sie wieder: Was hatte sie zu erwarten? Wie sah ihre Zukunft aus? – Irgendeine ekelhafte Krankheit würde ihrem Körper den Garaus machen, und über dem kläglichen Rest dann ein Grabstein mit der Aufschrift: »Hier ruht eine M_...« Die Endstation eines Lebens, das durch einen Tunnel verlaufen war, immer dem Erfolg und dem Geld hinterher, im Glauben, besser zu sein als die anderen und den Platz an der Sonne verdient zu haben.

Sie hatte sich stets für ein Vorbild gehalten, Selbstzweifel waren verboten. Jetzt, in der Klarheit der Seeluft und angesichts der leuchtenden Fassaden, erkannte sie: Das Gegenteil war sie geworden. Sie hatte sich versündigt, auch wenn sie damals zutiefst davon überzeugt gewesen war, das einzig Mögliche zu tun, um das Unternehmen zu retten. Der Rest ihres unglücklichen Lebens würde versickern in dem Bemühen, ihr Geheimnis zu wahren und zu hoffen, dass nie ans Licht käme, was an dem Tag, als Roland starb, wirklich geschehen war.

Nachdem sie den Fußmarsch durch die verschneite Altstadt beendet hatten, überquerten sie jetzt mit dem Bus die elegant geschwungene Brücke, die die Tromsøinsel mit dem Festland verband.

»Die Eismeerkathedrale bietet ein einmaliges Highlight. Das Glasmosaik an der Ostseite ist eines der größten und schönsten in Europa.« Natürlich war Denir wieder einmal bestens informiert. Bereits die ganze Fahrt über degradierte er die Reiseleiterin zu seinem Echo. Gerlinde warf einen Blick in sein gerötetes Gesicht. Seine Augen glänzten wieder einmal vor Begeisterung über das, was sich außerhalb des überheizten Busses seinen gierigen Blicken bot.

War er nur deshalb so aufgekratzt? Sein Herz müsste doch längst verrücktspielen. Sie trug die Tabletten bei sich, in der Seitentasche ihrer Daunenjacke. Es war doch so einfach: Er brauchte nur einzugestehen, dass er die Krankheit hatte, dann waren die Fronten geklärt und der Kampf beendet. Sie käme ihm in vielen Dingen entgegen, wenn er ohne Weiteres einsehen würde, dass in diesen Zeiten niemand einen Schwerkranken als Entscheider verantworten könnte, weil es grob fahrlässig wäre. Es blieb nur zu regeln, was mit Rolands Firmenanteilen geschehen sollte.

Doch Denir schien bester Laune, und der Auslöser an seinem Fotoapparat stand nicht still. Es bot sich der freie Blick auf die Norwegian Legend, die wie ein schwimmendes Hotel fußläufig zum alten Stadtkern lag.

»Tromsø ist der ideale Platz für das Nordlicht, Großmutter. Ich hoffe, wir bekommen es auch zu sehen.«

»Natürlich, warum sollte es sich gerade vor uns verstecken«, erwiderte sie, und es klang fast wie ein Befehl.

»Aber du weißt schon, dass du ganz still sein musst, wenn es erscheint? – Nach einer alten Sage darfst du es nicht auf dich aufmerksam machen, sonst holt es dich …«

»Ich mache mir keine Sorgen, Denir. Der Himmel holt die Besten immer zuerst.«

*

»Ein falsches Wort genügt!«, hatte er Ingvar noch gewarnt. Jetzt war die Polizei an Bord, und das gleich mit vier Mann. Jonas' Kiefer mahlten vor Wut. Aber er mahnte sich zur Ruhe. Auf seine Leute konnte er sich absolut verlassen, hielt die Hände für sie ins Feuer. Auch für Ingvar. Für das Auftauchen der Politi musste es einen anderen Grund geben. Doch was war, wenn sie genauer hinschauten?

Die Sprengladungen waren jedenfalls noch nicht angebracht, um möglichst wenig Zeit zwischen Montage und Explosion vergehen zu lassen. Das Material war an Bord gut versteckt, wenn sie es allerdings darauf anlegten und Spürhunde einsetzten, vielleicht nicht gut genug. Die Handys konnten keinen Verdacht erregen, sie kommunizierten nicht darüber, nur eine Nummer verriet sie, aber die würde Jonas erst in letzter Sekunde aktivieren, nicht länger als einen Atemzug vor dem Showdown.

Er begann zu schnaufen, hatte sich überschätzt und das Tempo des Ergometers zu hoch eingestellt. Auch störten die mechanischen Geräusche und die banale Popmusik im Hintergrund des Fitnessraums seine Gedanken empfindlich. Der Schweiß rann. Er konnte nur hoffen, dass die beiden anderen, die im Service arbeiteten, nicht auch Fehler gemacht hatten. Genug! Er drückte »Stopp«, setzte die Füße neben die Pedale und rieb mit dem Handtuch über Stirn und Nacken. Als er auf dem Weg in die Umkleide war, machte eine hochgewachsene Gestalt außerhalb der Glasfront auf sich aufmerksam. Neben der Reklame für Proteindrinks stand Ingvar mit großen Augen, und seine knappe, aber energische Handbewegung sagte ihm, dass er ihn dringend sprechen musste …

Es war Mittag. Die Atmosphäre war dunstig und feucht, und der Hafen von Tromsø lag weit hinter ihnen. Das starke Schaukeln des Küstenmotorschiffs war für alle, die an dieser Wal-Safari teilnahmen, ungewohnt, denn auf der Norwegian Legend wurde einem kaum bewusst, dass man auf dem Meer schwamm. Dazu kam die eisige Brise. Obwohl er entsprechend gekleidet war, setzte Jonas die Kälte zu, er fühlte sich plötzlich abgespannt. Der Schreck vom Morgen steckte ihm noch in den Knochen, auch wenn Ingvar ihm bestätigt hatte, dass die Polizei lediglich die Personalien der Küchencrew überprüft habe wegen Verdacht auf illegale Beschäftigung.

»Wal, da bläst er!«

Jonas' Blicke jagten wie Suchboote über die spritzende Wasseroberfläche. Doch kein großer dunkler Schatten, keine breite tödliche Schwanzflosse, die sich winkend aus der See erhob. Stattdessen ein schalkhaftes Lachen. Denir, dieser Scherzbold. – Sie hatten sich wieder zusammengefunden. Der Junge war unermüdlich. Am Morgen hatte er bereits die Stadtrundfahrt mit seiner Großmutter gemacht, die sich jetzt ausruhte.

»Vorsicht, einige Naturschützer könnten das falsch verstehen«, erwiderte Jonas mit einem Schmunzeln, denn allein der Gedanke an Walfang war ihm zutiefst zuwider.

»Wieso? Im Roman geht es doch gut aus … für den Wal. Ahab ist das Böse, und sein Fanatismus treibt alle in den Tod.«

»Ja, im Roman …« Wenn sich die Natur nur ohne Hilfe von ihren Peinigern befreien könnte, so wie Moby Dick. Aber es gab zu viele Ahabs auf dieser Welt. Um die zu besiegen, musste man zum Äußersten greifen. Und ein Gedanke schlug bei Jonas ein, den er vorher verdrängt hatte: Er selbst opferte sich gern, aber warum diesen vielversprechenden jungen Mann, in dem das Blut von Morgen- und Abendland zusammenfloss, ein Hoffnungsträger, den er sich als Sohn wünschen würde?

»Du darfst eben nicht so schnell aufgeben. Wenn du dich dahinterklemmst, kommt am Ende wenigstens noch eine Vier dabei heraus, und dann werde ich mit Wagner sprechen …«, hatte er zu Dani gesagt und als Antwort bekommen: »Hör doch auf, Papa! Ich schaffe die Zehnte nicht, na und? Dann dauert es eben ein Jahr länger, oder ich hake das Abi ganz ab. Lass mich einfach in Ruhe.«

»Ich will ihm doch nur helfen, aber nicht einmal reden kann man mit ihm«, verteidigte er sich vor Silke. Immer wieder das Gleiche. Sein Sohn zeigte ihm die kalte Schulter, obwohl er alles tat, um … Frustrierend. Dabei lief es für ihn doch endlich einmal rund. Sie hatten gerade einen guten Kauf gemacht mit dem Haus, hatten auch eine günstige Finanzierung abgeschlossen, weil das vermietete Dachgeschoss zusätzlich etwas einbrachte. Er, Jonas Schreker, der Hochschulversager, war jetzt Hausbesitzer in der begehrten Bonner Südstadt. Der Weg dahin war nicht gerade einfach gewesen. Dani sollte es viel leichter haben. »Es ist mein Leben, ich kann so viele Prüfungen vergeigen, wie ich will!« – Wie konnte man nur so starrköpfig sein? Ohne Abi ging es nun mal nicht weiter, da blieben nur die untersten Ränge. Das musste doch auch Dani einsehen. Er war eigenwillig, schließlich war er sein Sohn, aber es gab Dinge, die lagen auf der Hand, daran kam auch er nicht vorbei.

✳

»… wie ein Palast aus übereinandergeschichteten Eisschollen. Dann dieses durchdringende Blau des Mosaiks und der kolossale Kronleuchter. – Unvergleichlich, wirklich unvergleichlich.« Silvia saß auf ihrem Lieblingsplatz gegenüber dem langen Fenster im Panorama-Café. Ab vier begann draußen der Abend, das Fenster wurde wieder zum überdimensionalen Spiegel und ließ das Café doppelt so groß erscheinen. Giovanni hatte ihr die Tageskreation des Konditors serviert – Petit Four mit roten Johannisbeeren und Möhre – und nahm mit Genugtuung zur Kenntnis, dass es ihr schmeckte. »Die Eismeerkathedrale qualcosa di speciale wie Oper in Sydney. Vielleicht nicht so bekannt, aber auch Cathedrale di Tromsø magnifico e fantastico …« Er beugte sich vor und goss ihr fürsorglich noch einen Schluck Kaffee ein. Dann verließ er sie, weil er sich auch um die Dame kümmern musste, die zwischenzeitlich gekommen war und unweit von ihr Platz genommen hatte. Als Silvia zu ihr hinüberschaute, erhöhte sich augenblicklich die Taktzahl ihres Herzschlags, diese Frau sah sie nicht zum ersten Mal.

»Signora, Espresso?«, fragte Giovanni die Frau.

»Nein danke, um diese Zeit nehme ich lieber einen Milchkaffee.«

»Und Signor?«

»Mein Mann wollte lieber rauchen und Zeitung lesen«, erwiderte sie.

»Natürlich, Signora, come desideri, wie Sie wünschen …«

Es war zweifellos die Frau, mit der André Weißweiler letztens hier erschienen war. Aber Silvia konnte nach wie vor nicht mit Gewissheit sagen, ob es sich um dieselbe handelte, die er damals geheiratet hatte, denn damals existierte diese Frau für sie schlichtweg nicht. Allerdings meinte sie jetzt, die verkniffene Mundpartie wiederzuerkennen. Aus der Nähe fiel ihr vor allem der zerknitterte Teint auf, den Tausend kleine Risse durchzogen. Silvia war weit davon entfernt, Gefühle für diese Frau zu entwickeln, aber ihre Ehe konnte nicht gerade ein Spaziergang gewesen sein.

Er habe sie zu seiner Hochzeit eingeladen, um ihr zu beweisen, wie nah sie ihm stehe und dass sie in seinem Leben einen herausragenden Platz einnehme. Aber Silvia kannte André jetzt besser, wäre nicht im Traum auf die Idee gekommen, ihn ernst zu nehmen und dort wirklich zu erscheinen. Für den bewussten Tag hatte sie eine musikalische Soloprobe ansetzen lassen und ging am frühen Nachmittag wie gewöhnlich in die Oper. Sie feilten an der Traviata, immer wieder Traviata. Und Silvia markierte die große Arie nicht, sie gab alles, bis sogar Micha, dem routinierten Mann am Klavier, die Tränen kamen. »Wunderbar, Silvia. Du bist noch jung, aber deine Stimme klingt schon so reif. Wie die Callas ...« Vielleicht wollte er sich nur beliebt machen in der Hoffnung, dass sie sich für ihn entschied, wenn sie einen Konzertbegleiter brauchte, aber gerade an diesem Tag konnte sie von seinen Schmeicheleien nicht genug bekommen. Sie setzte noch einmal ein paar Takte vor der Coda ein, als plötzlich jemand die Tür aufriss. Das Klavier verstummte mitten im Vorspiel.

»Silvia, ich muss dich unbedingt sprechen.«

»André ...?«

»Sofort bitte, ich habe nur wenig Zeit ...« Silvia warf Micha einen entschuldigenden Blick zu, eilte dann hinter André her, bis sich die gepolsterte Tür hinter ihr schloss, durch die nie ein Laut nach außen drang.

»Wo bist du, wenn ich dich brauche?«, schrie er außer sich, und sie wusste nicht, ob es Ernst oder Spiel war. Und als er so energisch auf sie zuschritt, hob sie die Arme vor das Gesicht, weil sie glaubte, dass er sie ... Könnte es wirklich sein, dass er sie schlagen wollte? Am Tag seiner Hochzeit? Sie verstand überhaupt nichts mehr ...

»Wenn ich eine andere heirate, heißt das noch lange nicht ...« Seine Stimme veränderte sich ganz plötzlich, klang weich und sehnsüchtig. Sie spürte seinen heißen Atem an ihren Wangen, während er sie zu der Ledercouch drängte. Nicht jetzt, nein! Aber ihr Widerstand war zu schwach. Sie gab ihm, was er brauchte, und dachte dabei ganz fest an die Traviata, immer an die Traviata.

»Wir haben Gäste, ich muss gehen«, sagte André anschließend und das in einem Tonfall, als hätte sie nach diesem Treffen verlangt am Tag seiner Hochzeit mit einer anderen ...

15

Margo hatte sich für die Abendshow im großen Theater des Kreuzfahrtriesen entschieden, um sich von den angeblich sensationellen Ballettnummern ablenken zu lassen. Das Publikum strömte herein. Der Sog, den die Veranstaltung ausübte, machte sich auf allen Gängen bemerkbar, riss einen mit, bis man am Ende in den von Stimmengewirr vibrierenden Theatersaal gespült wurde. Im vorderen Teil bei Reihe elf nahm Margo Platz neben einer Frau mit kurzen Fingern und wabernden Unterarmen, die sie an ihre ehemalige Haushaltshilfe erinnerte.

Vorhin hatte sie es bereits gespürt. Dieser Menschenauflauf überforderte sie heute. Aber immer noch besser, als vor Selbstmitleid triefend den Abend in der Kabine zu verbringen oder sich in eine Bar zu setzen. Vielleicht käme noch Pech dazu, irgendein Alleinreisender suchte sie sich als Opfer aus und trieb sie mit seiner öden Lebensgeschichte in den Wahnsinn.

Sie ließ den Tag Revue passieren. Sie hatte sich schlapp gefühlt und auf die Bergwanderung rund um Tromsø verzichtet, was sie jetzt bedauerte. Aber auch der Stadtrundgang und der Besuch der Kathedrale waren unvergleichlich gewesen … Für morgen hatte sie sich zur geführten Hundeschlittentour angemeldet, würde über die endlosen glitzernden Hochplateaus gleiten, knirschenden Schnee unter den Kufen, das euphorische Gejaule der Huskys in den Ohren, und die klare arktische Luft einatmen. Traumhaft, die Vorstellung, aber jemand fehlte, auf den sie nur schwer verzichten konnte …

Die kurze Szene am Morgen fiel ihr ein, als sie zufällig beobachtet hatte, wie die bewaffneten Männer an Bord gegangen waren. Eine Frage drängte sich ihr jetzt auf: Könnte es einen Zusammenhang mit Nils' plötzlichem Verschwinden geben? – Doch wohl eher ein Zufall. Aber vielleicht hatte sie Nils falsch eingeschätzt, sie kannte ihn doch kaum. Möglich, dass er gesucht wurde. Wie viele Menschen verschwanden, türmten, weil sie mit ihrem Leben nicht fertigwurden, und hinterließen Familie, Freunde, die sich Sorgen um sie machten. Oder er war … War Nils ein Krimineller? Nein, das hielt sie für ausgeschlossen. So weit konnte sie einfach nicht danebenliegen. Nils war ein charmanter, humorvoller und feinfühliger … Doch es nützte nichts, in ihrer Magengegend zog ein Gewitter auf. »Bitte entschuldigen Sie«, sagte sie zu der Frau mit den wabernden Unterarmen, »ich muss noch einmal raus.«

✳

»Vor allem die Orcas waren sensationell«, erzählte Denir ganz begeistert. »Erst sah es ziemlich hoffnungslos aus und wir befürchteten, dass sich kein einziger Wal zeigen würde. Aber dann, in einer kleinen Bucht, ragten gleich mehrere Schwerter aus dem Wasser. Wir haben uns ihnen auf zwei kleineren Schlauchbooten genähert, um sie nicht zu ängstigen und beim Fressen zu stören. Einfach atemberaubend zuzusehen, wie elegant sie dahingleiten. Und dann schwamm auf einmal eine Schule Schweinswale um uns herum, als wollten sie uns begrüßen. Du weißt doch, bei Walen …«

Gerlinde zog die rechte Augenbraue hoch. »Ich weiß, Denir …« Ihr war noch rechtzeitig eingefallen, dass »Schule« in dem Zusammenhang »Gruppe« meinte oder »Schwarm«, bevor sie sich wieder seine Belehrungen anhören müsste. Etwas tief in ihr drin freute sich mit ihm. Aber sie wusste nicht, ob es sich lohnte, dieses Etwas zu heben. Nur um danach eine Enttäuschung zu erleben.

»Aber das war noch nicht alles, Großmutter …«

Seine Augen strahlten vor Leidenschaft, sein ganzes Trachten war in diesem Moment darauf gerichtet, sie, seine Großmutter, von sich einzunehmen, sie mitzureißen, das spürte Gerlinde. Er buhlte um sie, wie er es kaum intensiver um ein hübsches Mädchen hätte tun können.

»Und du glaubst nicht, was dann passierte. – Nachdem uns die Orcas eine Weile neugierig beäugt hatten …«

»Na, und was?«

»Was meinst du?«

»Bin ich ein Walforscher?«

Er lachte. »Sie stemmten ihre Körper bis weit über die Köpfe hinaus aus dem Wasser und standen kerzengerade über den Wellen … allein das war reif für eine Zirkusnummer, aber dann …«

Anscheinend empfand er eine kindische Freude an seiner Abenteuererzählung, und sie konnte ein Schmunzeln nicht unterdrücken.

»Stell dir vor, dann begannen sie zu … *tanzen*.«

»Nein!«, sie verspürte Lust mitzuspielen.

»Sie drehten sich und schaukelten in den Wogen, wie ich es mir nie hätte vorstellen können, selbst unser Guide war begeistert. Wir seien Glückspilze, hat er gesagt …« Denirs Gesicht war rot angelaufen, überzogen von einem ungesunden Glanz. Sollte sie ihn fragen, wie es ihm gehe? Ob er seine Kopfschmerztabletten wiedergefunden habe? Es musste doch nicht zum Äußersten kommen, nicht noch einmal.

Am Morgen hatten sie noch gestritten, Roland und sie. Es sei an der Zeit, einen Wechsel an der Spitze herbeizuführen. Sie habe völlig antiquierte Vorstellungen, wie man ein Unternehmen führt. Der autoritäre Stil sei Vergangenheit, und wer daran festhalte, ein Ignorant, der wegmüsse. Das hatte er gesagt, Roland, ihr Sohn, zu seiner eigenen Mutter: Dass sie wegmüsse. Nach der Besprechung der Frühjahrs-Kollektion war er ihr dann ins Büro gefolgt und hatte sich unter Tränen entschuldigt. Nichts täte ihm mehr leid als dieser Zwischenfall. Er sei in Rage geraten und habe sich im Ton vergriffen, was man als Entschuldigung eben so sagt. Sie stritten ja nicht das erste Mal deswegen. Bislang hatte sie es als kreatives Ringen zwischen Führung und Nachfolge betrachtet, und schließlich war er ihr Sohn. Doch diesmal hatte es etwas in ihr bewirkt.

Am frühen Nachmittag erreichte sie der Anruf, dass Roland mit einem schweren Herzanfall in die Klinik gebracht und gleich operiert worden sei.

»Du kannst ruhig zu ihm fahren, ich erledige den Rest für heute«, sagte Griesmann zu ihr. Er bestellte ihr ein Taxi, und Gerlinde fuhr durch das verregnete Hamburg bis ans andere Ende der Stadt. Während sie aus dem Fenster starrte, fiel ihr auf, dass die Bäume ihre rostigen Blätter abwarfen. Herbst, das Schwache überlebte den Winter nicht.

Durch die Gänge des Krankenhauses schreitend, stand ihr wieder der Streit vor Augen, ihr Sohn mit wutverkrampftem Gesicht. »Die Kollektion ist bei Weitem nicht alles, Mutter. Wir müssen das Internetgeschäft vorantreiben. Es passiert gerade ein Umbruch, wenn wir nicht mitziehen, sind wir ganz schnell weg vom Fenster.«

Am Ende eines langen Korridors betrat sie einen grell beleuchteten, kahlen Raum, der stark nach Krankenzimmer roch. Vor ihr lag ein lebloser Körper, verbunden mit Schläuchen und verschiedenen medizinischen Gerätschaften. Ihr Sohn, ein Wrack. Am Morgen wollte er sie noch an der Spitze von Babykiss verdrängen.

*

Als Jonas nach dem Abendessen, das für ihn nur aus etwas Fisch – die Kostprobe von arktischem Saibling war das Einzige, was seinen Appetit anregte –, einer Scheibe frischem Baguette und einem Glas Riesling bestanden hatte, in seiner Kabine auf Deck drei anlangte, zitterte er am ganzen Leib. Das Unwohlsein am Nachmittag hatte sich zu einem echten Schüttelfrost ausgewachsen, und er hatte beschlossen, diesmal auf den Billardabend mit Denir Yousseff zu verzichten, was er bedauerte. Denn dieser Junge lenkte ihn von seinen quälenden Gedanken ab.

Er zog den Pullover aus. Die Unterwäsche war durchgeschwitzt. Seine Stirn fühlte sich wärmer an als sonst. Anzeichen von Fieber? Er würde doch nicht krank werden, ausgerechnet jetzt? Immer wenn er sich in seinem

Leben etwas Wichtiges vornahm, etwas *wirklich* Wichtiges, kam irgendetwas dazwischen, das sich zum unüberwindbaren Hindernis entwickelte.

Er zog sich nackt aus und stellte sich unter die heiße Dusche. Die Hitze wirkte, das Zittern legte sich, aber er konnte sich anschließend kaum auf den Beinen halten. Seine Kraft reichte noch, um sich eine der kleinen Whiskeyflaschen aus der Bar zu greifen und die Bettdecke um die Schultern zu hängen. Er schraubte die Flasche auf und kippte den Inhalt in seinen Hals. Als der Alkohol in seinem Magen brannte, seufzte er tief, als hätte ihm jemand eine Ampulle Morphium verabreicht …

Dani hatte die Zehnte nicht geschafft, aber wenn der Sohn ihn brauchte, stand der Vater an seiner Seite. »Denk immer dran, jetzt erst recht«, versuchte er seinen Sohn aufzubauen. Aber mehr als: »Ja, ja, Dad, schon gut«, erntete er nicht dafür. Jonas nahm es für ein gutes Zeichen, dass er überhaupt mit ihm redete. Wer verstand schon Jungs in der Pubertät?

Und das Wunder geschah. Dani wachte plötzlich auf, arbeitete regelmäßig mit der Nachhilfe, ging zum Basketballtraining und sogar zum Friseur. Seine Schulleistungen stabilisierten sich auf mittlerem Niveau. Er lächelte sogar, lächelte Silke an, lächelte ihn an, wenn auch verschämt mit gesenktem Blick, jedenfalls lächelte er.

»Was ist denn mit Dani los?«, fragte er seine Frau mit Stolz in der Stimme, als sie beide an der Küchenbar Porree für den Auflauf schnitten. »Ist ja nicht wiederzuerkennen.«

Sie zögerte, aber ihr war anzusehen, dass sie den Grund unmöglich für sich behalten konnte. »Na, was wohl? –

Er hat eine Freundin«, erwiderte sie fast im Flüsterton, strotzte aber vor Selbstzufriedenheit, als wäre es ihr Verdienst. »Aber ich soll dir nichts sagen, musste ich ihm versprechen.«

»Wieso?«

»Du kennst doch Papa, hat er gesagt, aber …«

»Was soll das heißen?« Ihm war die gute Laune vergangen. Sicher gab es Väter, die ihren Kindern bis unter die Bettdecke nachschnüffelten, aber dazu gehörte er doch nicht. Wie konnte Dani nur so etwas annehmen? Es war ganz allein seine Sache, wen er sich aussuchte und wie weit er ging. Wenn er Fragen hatte oder irgendwelche Probleme, die man besser unter Männern besprach, dann wusste er ja, wo er ein offenes Ohr fand.

»Bitte, Jonas, tu mir den Gefallen und verrate mich nicht. Sonst wird er mir nie mehr etwas erzählen. Wollen wir das?« Silke griente spitzbübisch.

Aber es gefiel ihm nicht. »Warum immer diese Schleichwege?«

»Ach, Jonas. Dani braucht keine Aussprache, versteh das doch. Er braucht etwas ganz anderes.«

Als Silke ihm damals im Institut zum ersten Mal über den Weg gelaufen war, hätte er am liebsten in die ganze Welt hinausposaunt wie unglaublich, wie irrsinnig er sich in sie verliebt hatte. Aber da war keiner, dem er es hätte erzählen können. Seinem Vater etwa, dem Wissenschaftsmonster mit den toten Augen? Warum war das eigentlich so, dass Eltern immer die falschen Kinder bekamen und Kinder immer die falschen Eltern?

*

Silvia hatte sich den Vortrag über berühmte arktische Expeditionen im kleinen Saal angehört und war gegen halb zehn in die Kabine zurückgekehrt. Die Bilder verließen sie nicht so schnell. Einige der Forscher auf den vergilbten Fotos waren nach ihrem Abenteuer im ewigen Eis nicht mehr heimgekehrt. Jetzt fand sie es nahezu halsbrecherisch, die Hundeschlittenfahrt gebucht zu haben. Was wäre, wenn ein Schneesturm aufkommen und ihr Schlitten in den weißen Massen stecken bleiben würde? Der Führer würde die Hunde abschnallen und ihr gegen den heulenden Wind zuschreien: »Tut mir leid, Gnädigste, Sie sind einfach zu schwer. Die Tiere schaffen es nicht. Ich hole Hilfe …« – Und weg wäre er und um sie herum nur das alles verschlingende Weiß.

Während sie die Goldkette mit der antiken Kamee in ihr Schmuckkästchen zurücklegte, öffneten sich wieder ihre Tränenschleusen. Warum schaffte sie es nicht? Es war so leicht. Wenn ihr Giovanni eines dieser Törtchen anbot, brauchte sie nur zu sagen: »Nein, danke, heute nicht!« Und statt des Kaffees mit Sahne könnte sie sich einen Tee bestellen. Ein Tee bester Mischung mit etwas Süßstoff, Zitrone, und am Abend einen leichten Weißwein, buntes Gemüse, ein Stück gegrillte Hühnerbrust mit einer Scheibe Kürbiskernbrot. Das reichte völlig aus und schmeckte. Zwei Wochen in dieser Lebensweise, und sie würde sich wie ausgetauscht fühlen.

Insgeheim bewunderte sie die diszipliniert wirkende Frau, die ihr am Nachmittag im Café gegenübergesessen hatte und die sie als Dame durchgehen ließ, auch wenn sie diesen Verbrecher geheiratet hatte. Sie hatte sie im Auge behalten, natürlich so diskret wie irgend möglich. Doch einmal hatte sie sich offenbar beobachtet gefühlt und zu ihr herübergeschaut. Silvia hatte freundlich gelächelt, als wären sich ihre Blicke zufällig begegnet. Es war ihr seltsamerweise nicht schwergefallen. In diesem Moment hatte sie gespürt, dass diese Frau bei ihr keinen Hass auslöste. Immerhin ertrug sie seit all den Jahren die Eskapaden ihres Mannes. Eine beachtliche Leistung. Ob sie wohl wusste, dass André sich am Tag ihrer Hochzeit in der Oper herumgetrieben hatte?

»Ein Star ist geboren« war der Aufmacher, und Wendelin Grimm, der Feuilletongott persönlich, schrieb so überschwängliche Sätze wie: »Eine Traviata, die sich nur mit den besten des Fachs vergleichen lässt. Und diese Frau ist nicht einmal dreißig. Mit diesen Fähigkeiten steht ihr auch das Wagnerfach offen. Eine zweite Birgit Nilsson will sie werden, eine Isolde nicht nur mit Strahlkraft, sondern auch mit Schmelz, verrät sie uns. Wer könnte nach dieser Premiere daran zweifeln, dass Silvia Cantellis Wunsch in Erfüllung geht? Sie habe alles Intendant André Weißweiler zu verdanken, gibt sie freimütig zu, verweist auf erste Einladungen der Staatsopern in München, Berlin und Wien. Auch die New Yorker Met hat sich bereits angemeldet …«

Sie las den Artikel zweimal, aber erst am Küchentisch in ihrer kleinen Wohnung. Zu Hause ließ man sie in Ruhe, wenigstens versuchte sich hier keiner bei ihr einzuschleimen, um ihre Nähe zum Intendanten auszunutzen.

Der Artikel tat gut. Ihre Träume als Sängerin erfüllten sich. Aber ihr Leben zwischen Oper und den Treffen mit André war ein Gefängnis. Man präsentierte sie auf dem Tablett, hofierte sie, zählte sie zur Prominenz. Doch etwas in ihr war beschädigt, auch wenn sie auf der Bühne funktionierte. Sie musste André dankbar sein, aber sie zahlte einen hohen Preis dafür, und es kostete sie immer mehr Überwindung.

»Was ist los mit dir, Silvia?«

»Nichts, bitte entschuldige, André. Ich bin heute etwas abgespannt«, hatte sie sich beim letzten Mal herausgeredet. Und jetzt, wo sie an ihrem Küchentisch saß und durch das gekippte Fenster das Rauschen des Straßenverkehrs vernahm, wurde ihr klar, dass sie rausmusste aus dieser Stadt, weg von diesem Mann. Sie war nicht mehr die kleine Silvia, die Anfängerin, die sich verkauft hatte für einen Solovertrag. Auf sie wartete jetzt eine außerordentliche Karriere. Und die Zeit war endgültig vorbei, in der sie sich zu einer sogenannten Affäre degradieren ließ.

16

23.16 Uhr. »Spar dir deine Gemeinheiten«, dachte Margo laut, und das nicht zum ersten Mal, während sie ihr Bett aufdeckte. »So schlimm kann es gar nicht kommen, dass ich diese Nacht bereuen werde ...« Vor einer guten Stunde hatte sie noch das ganze Gegenteil behauptet. Ein Festfressen für *Anders*. Aber der schwieg, zahlte es ihr vermutlich später im Traum heim, wenn er sich ganz leicht an ihr rächen konnte, indem er sie in jeder beliebigen Opferrolle leiden ließ.

Kurz vor Beginn der Show hatte sie das Theater verlassen. Ihr Kreislauf hatte verrücktgespielt. Sie setzte sich auf den erstbesten freien Stuhl in einer der Bars und versuchte, regelmäßig zu atmen, aus und ein, und aus und ein. Der Aquavit, den sie bei einem der herumschwirrenden Kellner bestellte, stabilisierte sie einigermaßen. Aber der Gedanke ließ sich nicht so leicht betäuben, vielleicht mit einem Kriminellen geschlafen zu haben. Oder war er sogar pervers? Sie hatte von Freaks gehört, die sich daran aufgeilten, wenn andere ...

Wenn ihr Nils in dem Moment begegnet wäre, hätte sie jeden Stolz vergessen, ihn vor den Leuten gestellt und gefragt: Sag mir ganz ehrlich: Warum hast du mit mir geschlafen? Macht es dich an, dass ich keine Brüste mehr habe, bin ich jetzt ein Teil deiner Trophäensammlung?

Sie trank noch einen zweiten Schnaps, aber ihre Empörung blieb. Darauf beschloss sie, einen Rundgang über die Decks zu machen. Dieser Mann konnte doch nicht einfach verschwunden sein, es sei denn, die Polizei hatte ihn tatsächlich abgeführt.

Nils blieb unauffindbar. Möglicherweise hatte er seine Kabine nicht mehr verlassen, aber warum sollte er? Irgendwie passte nichts zusammen. Er fing etwas mit einem anderen Gast an und verhielt sich ausgesprochen auffällig, indem er plötzlich nichts mehr von sich hören und sehen ließ. Wenn er ein Krimineller war, dann bestimmt kein professioneller.

Nachdem sie die oberen Decks abgeschritten und es geschafft hatte, sich fast fünf Minuten nur in Strickjacke auf dem eisigen Aussichtsdeck aufzuhalten, spürte sie endlich Müdigkeit und hatte sich – auch wenn sie überzeugt war, die ganze Nacht kein Auge zumachen zu können – in ihre Kabine begeben.

Jetzt saß sie auf dem Bett vor eingeschaltetem Fernseher. Deutscher Kanal: Das Erste. Es kam ihr vor wie ein Anker im Chaos, die Stimmen der späten Talkrunde täuschten vor, dass sie nicht allein war. Vielleicht übertönten sie ja auch *Anders*, der bestimmt nicht mehr lange auf sich warten ließ.

*

Wenige Minuten vor Mitternacht saß Gerlinde immer noch in dem ledernen Drehsessel am Schreibtisch, der auf ihren speziellen Wunsch der Kabinenausstattung hinzugefügt worden war. Der Gedankenwirrwarr in ihrem Kopf hatte sie bislang nicht zur Ruhe kommen lassen.

Einerseits war sie geneigt, sich an die Vorstellung zu gewöhnen, dass Denir ihr eines Tages an die Spitze des Konzerns nachfolgen könnte. Bei rein sachlicher Betrachtung waren seine Ideen auch unter ökonomischen Gesichtspunkten nicht so leicht von der Hand zu weisen. Mittlerweile schwebte ihr selbst sogar das Bild einer neuen Firmenzentrale vor, einer dieser spektakulären Wolkenkratzer etwa mit Algenfassade, die den Energiebedarf des ganzen Hauses deckte. In China oder Japan sollte es das bereits geben. Angeblich züchteten sie in ihren Geschäftsräumen eigenen Salat, um die Belegschaft mit Frischkost zu versorgen. Zweifellos eine Sensation, ganz Hamburg würde Kopf stehen, wenn sie ... Andererseits hatte sie bei den Verlierern gelernt: Wer zu hoch fliegt, droht abzustürzen. Und wer diejenigen verachtete, die sich von der Vorsicht leiten ließen, der disqualifizierte sich selbst für eine Führungsposition. Vor solchen Leuten musste sie Babykiss schützen.

»Du bist noch wach, Großmutter?«, hörte sie Denirs Stimme in ihrem Rücken. Die klang jetzt matt, und Gerlinde stellte mit Genugtuung fest, dass auch seine Batterie einmal leer war. Vielleicht bot sich gerade jetzt die Gelegenheit.

»Vor allem du solltest dich nicht so strapazieren. Dein Herz könnte ...«

»Danke für den Ratschlag, Großmutter, aber ich fühle mich sehr gut, bin nur etwas müde ...«

»Dein Vater hat sich auch nie geschont, und dann plötzlich ...«

Es entstand eine kleine Pause, denn sie fand nicht gleich die geeignete Formulierung. »Ja, ganz plötzlich ist er zusammengebrochen, er hatte noch so viel vor. Er könnte heute noch leben, wenn er seine Kräfte besser eingeteilt hätte.« Sie drehte den Stuhl in seine Richtung, doch Denir wandte sich ab. Das erste Mal, dass er sich ihrem Blick nicht stellte. »Ich weiß. Vater hat sich alles sehr zu Herzen genommen und das hat ihn am Ende *umgebracht.*«

Hatte er »umgebracht« besonders betont? Es kam ihr so vor. »Du weißt ja, dass er krank war …«

»Ja, ich weiß.« Und auch jetzt hörte sie einen Unterton heraus. Er sagte das, als sollte noch etwas folgen, so etwas wie: Und ich weiß noch mehr …

»Eine solche Krankheit kann erblich sein.«

»Ich weiß, aber es gibt eine noch größere Gefahr als diese Krankheit«, erwiderte er und fügte gleich an: »Gute Nacht, Großmutter. Ich werde schlafen gehen. Morgen möchte ich fit sein für die Bergtour mit dem Schneemobil.« Mit zwei langen Schritten durchquerte er den halben Raum und schloss die Tür zu seiner Schlafkabine hinter sich.

Versuchte er, sie zu täuschen? Sie wusste genau, dass Roland das gleiche Medikament genommen hatte. Und dann die Anspielung. Denir konnte unmöglich wissen, was im Krankenhaus geschehen war. Es gab keine Zeugen, und sie hatte es niemandem erzählt.

✳

Jonas hörte mitten in der Nacht ein Schluchzen. Er fuhr hoch und starrte lauschend in den schwarzen Raum der Kabine. Da war nichts. Als er das Kopfkissen aufschüttelte, fühlte es sich feucht an. – Im Traum hatte er ein Gesicht gesehen, immer nur dieses eine Gesicht. Und er hatte versucht, darin zu lesen, verzweifelt versucht zu ergründen, was in dem Menschen dahinter vorging, um nichts falsch zu machen. »Du musst mich verstehen, Dani. Ich will dich nicht bedrängen oder zu etwas zwingen. Ganz im Gegenteil, ich will nur, dass …« Dani hatte nichts erwidert. Kein einziges Wort. Ihn nur angesehen mit unbewegtem Blick, sein Dani, wie er ihn in Erinnerung hatte, mit der grüblerischen Stirn und dem Schatten eines Oberlippenbartes. Jonas hatte das Verlangen gehabt, ihn anzufassen, zärtlich mit der Hand über sein feines blondes Kopfhaar zu streicheln.

»Was hätte ich denn tun sollen?« Die Frage hatte er auch immer wieder Silke gestellt, natürlich ohne eine Antwort zu erhalten. »Er wollte nicht. Er wollte sich von mir nicht helfen lassen. Wie ein Bettler kam ich mir vor. Dabei weiß gerade ich, wie es sich anfühlt, wenn ein Vater ständig größere Erwartungen an seinen Sohn hat, als er erfüllen kann.« Jonas spürte, wie sich seine Gesichtsmuskeln verzerrten, ohne dass er es wollte. Aus seiner Brust brach ein Schluchzen. Nach einer Weile empfand er ein wenig Erleichterung. Er schaute aus dem Bullauge über seinem Bett. Die Uferbeleuchtung des Hafens warf ein unscharfes gelbes Licht herüber. Eine starre Szene, während seine Erinnerung rastlos weitertrieb.

»Wenn ein Vater seinem Sohn ständig seine Hilfe aufdrängt, dann setzt er voraus, dass der allein nicht klarkommt. Kein guter Boden für die Entwicklung eines gesunden Selbstbewusstseins. Muss ich dir das erklären, Jonas?«

Er war verblüfft, mehr schockiert. Jetzt, wo es zu spät war, hatte Silke den totalen Durchblick? – Tausendmal hatte er sie gefragt in all den Jahren, ob er bei Dani etwas falsch mache. Nicht ein einziger verwertbarer Ratschlag war von ihrer Seite gekommen. Und plötzlich kannte ausgerechnet *sie* Ursache und Wirkung? Und wer war wieder der, der den Zusammenhang nicht begriffen hatte, nein, nicht begreifen *wollte*? – »Du behauptest doch nicht im Ernst, dass *ich* …«

Sie hatte den Kopf zur Seite geworfen, Jonas erinnerte sich genau, daraufhin hatte er ihr Gesicht zwischen seinen Händen fixiert und versucht, mit seinem Blick in sie zu dringen. Aber sie kniff ihre Augen mit aller Kraft zu. Als Tränen hervorsickerten, lockerte er seinen Griff. Es war doch zu spät. Was sie auch anstellten, sie konnten nichts mehr ändern.

Dani hatte also eine Freundin. Gitta hieß sie, und alles, was Jonas bei ihm nicht erreicht hatte, schaffte sie mühelos. Sie zog Dani aus seinem tranigen Einerlei und brachte ihn in die Spur. Er setzte sich für Straßenhunde in Südspanien ein, verteilte Flugblätter für die Hungerhilfe in Ruanda, stellte sich sogar als Schülersprecher zur Wahl. Seine Stimme war endlich ein Teil der Wohnung geworden, zu hören vor allem, wenn er mit Silke, seiner Mutter, sprach. Sich mit seinem Vater zu unterhalten, kam ihm weniger in den Sinn. Selbst wenn Jonas versuchte, sich ihm auf die kumpelhafte Art zu nähern und ihn fragte, was denn bei ihm so abginge, kam meistens nur zurück: »Mach dir keine Sorgen, Papa, es läuft.«

Dann kam der leise Knall. Erst nach Tagen fiel Jonas

auf, dass es wieder still geworden war im Haus. Die Türen gingen nicht mehr so oft. Danis Stimme fehlte. Er blieb abends zwar zu Hause, aß aber nicht mit ihnen.

»Was ist los?«, fragte Jonas bei Tisch.

Silke sah ein, dass sie es ihm wohl oder übel sagen musste. »Gitta hat Schluss gemacht.«

Seine Kauwerkzeuge standen still. Überraschung. Die Schadenfreude wollte ihn fast zerreißen. Ja, in diesem Moment war er ein schlechter Mensch. Er dachte nur an sich: Dani gehörte wieder ihm. »Und wie nimmt er es auf?«

»Er kann es kaum ertragen, ist immer noch in sie verknallt.«

»Und warum hat sie Schluss gemacht?«

»Hat offenbar einen anderen.«

»Das ist hart.« Seine Schadenfreude war wie weggeblasen. Jemand hatte seinen Sohn zurückgewiesen, sein Feingefühl mit Füßen getreten, seine Liebe verachtet, ihn lediglich ausprobiert und dann fallen lassen, um frei zu sein für den nächsten Versuchsballon. Wut bäumte sich auf. Ein fragender Blick zu Silke hinüber.

»Er will jetzt niemandem sein Herz ausschütten, hat er mir gesagt …«

»Warum sagt er das immer dir und nicht mir?«, wollte Jonas fragen, aber er wusste ja, dass es zu nichts führte.

»Du brauchst nicht beleidigt zu sein, Jonas.« Silke hatte natürlich seine Gedanken gelesen. »Das habe ich nur mit viel Geduld aus ihm herausbekommen. Er will keinen sehen, hat er gesagt. Das ist ganz normal. Gib ihm Zeit, in ein paar Tagen hat er es ausgeschwitzt. Da mussten wir doch alle durch, oder?«

Es klang vernünftig, aber etwas in ihm widersprach Silke. Er kannte Dani, die Geschichte würde er nicht so leicht verschmerzen, wie sie annahm. Und er hatte sich geschworen, seinen Sohn nie hängen zu lassen.

*

Eine unendliche Weite aus Wasser und Felsengebirge tat sich vor Silvia auf. Wie Landeflächen wirkten die Schneefelder auf den Hochflächen jenseits der Tromsøbrua, der Autobrücke, die sich über den Fjord spannte und Tromsdalen mit der Altstadt verband. Ja, Landeflächen, etwa für außerirdische Flugobjekte. Warum nicht? Vielleicht war es tatsächlich so. Wer konnte das schon so genau wissen? – Ein warmes Gefühl flutete sie, wenn sie an die Worte ihres Deutschlehrers am Elternsprechtag dachte: »Als die Fantasie verteilt wurde, hat Silvia zweimal ›Hier‹ gerufen.« Nie waren ihr bei Schulaufsätzen die Ideen ausgegangen, besonders gern ließ sie sich unerwartete Wendungen einfallen. Aber am Ende musste immer die Gerechtigkeit siegen, sonst war sie nicht zufrieden.

Im Morgenmantel hielt Silvia der schneidenden Kälte nicht lange stand, und als ihre Augen zu tränen begannen, schloss sie die Kabinentür von innen. Auf dem Stuhl lag sorgfältig vorbereitet ihre Kleidung für den heutigen Tag, getrost konnte man von Ausrüstung sprechen, alles war auf eine Schneewanderung in eisigen Temperaturen abgestimmt und sündhaft teuer gewesen. Die gesteppte Thermokleidung, der Alpakapullover, nicht zu dick, aber ausgesprochen warm, der Ohrenmuff aus echtem Fuchs, die Boots, die angeblich auch Expeditionen in die Arktis standhielten. Allerdings brach ihr bereits jetzt der Schweiß aus, wenn sie daran dachte, sich in all diese Kleidungsstücke zwängen zu müssen.

Sie setzte sich an den Schreibtisch und sah unweigerlich in den Spiegel gegenüber an der Wand. Die alte Trauer breitete sich wieder aus, und sie dachte an die Szene zurück, die sie sich selbst ausgedacht hatte: an den Hundeführer, der sie im Schneesturm zurücklassen wollte. War es grausam? Würde nicht jeder so handeln, die Hunde ausspannen und die fette Matrone im Schneesturm zurücklassen? Es lohnte sich nur zu retten, was noch Verwendungswert besaß. Für wen sollte sie noch von Nutzen sein?

»Jetzt, wo sie gebraucht wird, zeigt die Diva ihre kalte Schulter. Seht zu, wo ihr bleibt, ich bin die Größte! – Dankbarkeit ist ein Fremdwort in der Bühnenwelt, ich weiß, aber von dir habe ich etwas anderes erwartet, Silvia. *Meine* Versprechen dir gegenüber habe ich jedenfalls gehalten.«

André inszenierte sich als Opfer. Auch damit hatte sie gerechnet und sich geschworen, nie und nimmer weich zu werden. Sie musste sich nur vor Augen halten, wie er ihre Lage ausgenutzt hatte und es immer noch tat. Es war nicht nur, dass die großen Häuser mit Angeboten lockten. Jetzt, und keinen Augenblick später, musste sie sich von diesem Mann befreien, bevor ihre Seele vor die Hunde ging!

»Was heißt: Seht zu, wo ihr bleibt? Es gibt doch Gastverträge, André. Ich würde dir in jeder Hinsicht entgegenkommen, das weißt du doch.«

Er hatte nur eine Unterhose an und stand am Fenster des Hotelzimmers – sie hatten den verregneten Freitagnachmittag außerhalb der Stadt in einem Waldschlösschen verbracht, mit dem Blick auf einen vor Nässe triefenden Park. Nun kehrte er ihr den Rücken zu. »Oh, danke, vielen Dank. Die Diva hat sich ein Herz für die kleine Provinzbühne bewahrt, an der sie einst begann. Welch edler Charakterzug …«

»Was willst du denn noch?«

»Verstehst du das nicht? Du hast dieser Provinzklitsche zu Glanz verholfen. Wenn du gehst, stehen wir wieder im Dunkeln … und außerdem …« Er brach ab, und sie war froh darüber, auf das, was kommen würde, nichts erwidern zu müssen.

»Du kannst doch nicht ernsthaft erwarten, dass …«

»Nein, Silvia, ich erwarte nicht, dass du auf eine Riesenchance verzichtest, aber eine Galgenfrist könntest du uns wenigstens einräumen.« Er drehte sich um und überraschte sie mit echten Tränen. Plötzlich wirkte er grau und alt und geschlagen auf sie, fast mitleiderregend.

»Wir können den alten Vertrag lösen und in einen Gastvertrag umwandeln. Ich werde so großzügig wie möglich sein, André, versprochen.«

Er verzichtete auf jeden Kommentar, nickte nur, zog seinen Anzug an, rückte am Garderobenspiegel die Krawatte zurecht und verließ das Zimmer, ohne sich noch einmal nach ihr umzuschauen. Plötzlich wurde ihr klar, dass ihre Zeit mit diesem Mann nicht zu Ende war, sondern eine neue begann, von der sie sich keine Vorstellung machte.

DER ATEM VON FREIHEIT
17

Der Winter war ein Raubtier. Jeden Morgen riss er ein weiteres Stück aus dem anbrechenden Tag. Und wenn es endlich hell wurde – wenn man das hell nennen wollte, was einen erwartete –, sickerte eine schummrig milchige Beleuchtung auf die schroffe Felsenlandschaft, auf das Wasser und die über Insel und Festland verteilte Stadt Tromsø. Margo saß im Selbstbedienungsrestaurant an der Backbordseite und schlürfte ihren Milchkaffee. Ein tröstender Geschmack, auf den Verlass war. Wahrscheinlich konnte deshalb mehr als die Hälfte der Menschheit nicht auf ihren Morgenkaffee verzichten.

»Eine einzige Pleite. Die halbe Nacht in der Kälte, und weit und breit keine Spur von diesem ...«

»Ach, mein Tiger. Der Reiseführer hat doch gesagt, dass wir Geduld mitbringen müssen. Das Nordlicht zeigt sich eben nur, wenn der Himmel klar ist. Da steckt man nicht drin. Es kommen doch noch so viele Gelegenheiten.«

Den jungen Mann mit dem zerknautschten Gesicht am Nachbartisch stellte die Antwort offenbar nicht zufrieden, er brummte unverständliches Zeug vor sich hin.

Das hellblonde Wesen mit dem sanften Augenaufschlag dagegen wusste, wie sie den Morgenmuffel zu nehmen hatte. »Heute kommen wir bestimmt auf unsere Kosten, die Schlittenfahrt findet jedenfalls statt. Ich freu mich schon so auf die Huskys.«

»Das sind keine Kuscheltiere, wie du immer denkst. Die schnappen schnell mal zu.« Seine Absicht, ihre gute Laune zu demontieren, war unverkennbar.

»Warum sollte ich Angst haben? Wenn es gefährlich wird, beschützt mich ja mein großer starker Tiger.«

Der Zerknautschte musste lächeln. Sie hatte gewonnen. Und um ihn das nicht sauer aufstoßen zu lassen, streckte sie ihm ihren Erdbeermund entgegen.

Die Schlittenfahrt würde bereits im Dunkeln stattfinden, denn zwischen zwei und drei Uhr am Nachmittag war der Tag nach einer kurzen Dämmerung vorbei, und es begann sich wieder die nächtliche Schwärze auszubreiten. Die beiden am Nachbartisch hatten sich, dachte Margo, aber wen hatte *sie*? – Allerdings genügte ihr ein weiterer Blick, um sich zu vergewissern, dass sie mit der Frau nicht tauschen wollte.

Bis zum Beginn des Ausflugs blieben noch ein paar Stunden, und sie überlegte, ob sie ein weiteres Mal in die Altstadt gehen sollte, doch sie entschied, ihre Kräfte besser zu schonen. Eine gewisse Sportlichkeit vorausgesetzt, sei die Schlittenwanderung für jedermann geeignet, hatte man ihr gesagt, als sie das Ausflugspaket gebucht hatte. Was immer »eine gewisse Sportlichkeit« auch bedeuten mochte.

Ihr stand also ausreichend Zeit zur Verfügung, das Angebot in der Einkaufsmeile näher in Augenschein zu nehmen. Eine der Gucci-Handtaschen hatte es ihr angetan. Sie verließ das Restaurant und fuhr mit dem Lift hinunter auf Deck fünf. An den Wänden des Gangs in Richtung der Passage prangten die Schnappschüsse der Bordfotografen. Ja, sie war neidisch auf die Pärchen, die sich verliebt anschauten vor dem Hintergrund der Schnee gekrönten Lofoten. Und sie war so nahe dran gewesen. Sie stellte sich vor … Halt! Diese Gedanken führten ins nirgendwo, dort, wo *Anders* lauerte. Das flaue Gefühl im Magen war wieder da. Sie beschleunigte ihre Schritte. Die nächste öffentliche Toilette befand sich am anderen Ende des Gangs. Auf dem Weg dorthin fielen ihr zwei Männer auf, die ihre Köpfe in der Nähe des Rauchersalons zusammensteckten. Einen von ihnen erkannte Margo auch im Halbprofil: Es war Nils.

*

»Und? Hat euch der Himmel schon grünes Licht gegeben?«, witzelte Griesmann.

»Nein, hier ist es dunkel wie in der Hölle«, antwortete Gerlinde, und dann rutschte ihr etwas durch den Filter, was ihr früher nicht passiert wäre: »Noch nie habe ich mich so einsam gefühlt wie in dieser gottverlassenen Gegend.«

Und Griesmann nutzte natürlich die Gelegenheit: »Aber Gerlinde … Du bist nicht allein, sieh doch endlich ein, dass es Menschen in deiner Umgebung gibt, die dich – schätzen.« Offenbar hatte er gerade noch einmal vermeiden können, »lieben« zu sagen. Trotzdem war ihr die Röte ins Gesicht gestiegen. Zweieinhalbtausend Kilometer von Hamburg entfernt. Wen schon, außer sich selbst, konnte der sentimentale Dinosaurier damit gemeint haben?

»Ich kann dir jedenfalls sagen … Hörst du zu, Gerlinde?«

»Ja, aber fasse dich bitte kurz.« Es ärgerte sie, dass sie sich in dem Augenblick nicht im Griff gehabt hatte. Es war immer das Gleiche: Zeigte man Gefühle, nutzten es die anderen gleich aus, um einen zu manipulieren.

»Ich kenne da jemanden, der dich sehr schätzt, mehr noch, der dich *liebt*, wenn du es nur zulassen würdest.«

»Ach, Hartmut, unsere Zeit ist doch längst …«

»Ich meine nicht *mich*, ich meine Denir. Der Junge hat nicht nur Qualitäten, er hat auch ein großes Herz.«

»Du verwechselst Liebe mit Mitleid, Hartmut. Noch ist es nicht so weit, dass ich auf Mitleid angewiesen bin. Und ich werde alles dafür tun, dass es nicht so weit kommt!«

»Jetzt bist du ungerecht, Gerlinde. Der Junge versucht doch nur sein Bestes, und wir alle müssen damit leben, eines Tages ersetzt zu werden …«

»Das brauchst du mir nicht zu sagen«, erwiderte sie scharf. »Und übrigens: Da darf sich jeder an die eigene Nase fassen!« Wütend legte sie auf.

Auch wenn Hartmut es nicht verdiente, so abgefertigt zu werden, er war eindeutig zu weit gegangen. Vor allem stimmte nicht, dass Denir der ergeben liebende Enkel war, der nur seiner Großmutter imponieren wollte, wie Hartmut es gern darstellte. Denir hatte ein zweites Gesicht, und hätte er etwas gegen sie in der Hand, würde er es gnadenlos verwenden.

Nach dem Frühstück hatte er sich bei ihr entschuldigt, er wolle vor der nächsten Partie Billard noch einige knifflige Stellungen üben. Dieses starke Interesse an seinem neuen Freund erweckte jetzt ihren Verdacht. Ob Denir diesen Mann, von dem er angeblich nicht mehr als den Vornamen wusste, wirklich rein zufällig getroffen hatte? Es gab keinen stichhaltigen Grund für diese Vermutung, war nicht mehr als weibliche Intuition, aber wie oft hatte sie in ihrem Leben damit schon richtig gelegen. Wie oft trat die schlimmste aller Möglichkeiten ein, schlug das maximale Unglück zu? – Sie musste auch davon ausgehen, dass Denir … dass er so handelte wie … *sie* … Ja, vielleicht plante er einen Mord? War der Grabstein in ihrem Traum eine Vorahnung gewesen? Sie mochte es sich nicht weiter ausdenken. Aber egal, wie sie zu Tode käme, auf natürlichem oder gewaltsamem Weg, ein Beweisstück würde überleben, das auch sie zur Täterin machte.

Auf dem Schreibtisch lag ihre Handtasche, die kleine sandfarbene, die sie immer bei sich trug, in der sie ihren Ausweis und ihre Bankkarte aufbewahrte. Die Schachtel mit den Tabletten hatte sie ebenfalls dort hineingesteckt. Sie griff nach der Tasche, zögerte noch, den Reißverschluss zu öffnen. Sicher hatte Denir seine Schlafkabine akribisch nach den Herztabletten abgesucht. Undenkbar, dass er den kleinsten Winkel ausgelassen hatte. Wenn sie plötzlich auftauchten, müsste er davon ausgehen, dass jemand von der Servicecrew sie irrtümlich entsorgt, sie aber wieder zurückgelegt hatte, weil ihm der Fehler bewusst geworden war. Aber was, wenn sich Denir persönlich bedanken wollte und es niemand gewesen war? Sicher würde ihm die Sache seltsam erscheinen, und nach einigen Überlegungen bliebe nur – sie. Oder aber, er hatte es von Anfang darauf abgesehen, sie in eine Falle zu locken … und sie war wie eine Anfängerin hineingetappt.

∗

Die Zeit schmolz dahin wie Treibeis im Golfstrom. Es blieben ziemlich genau achtundfünfzig Stunden bis zum Finale. Der plötzliche Fieberanfall war offenbar eine physische Reaktion auf die wachsende seelische Anspannung gewesen, so erklärte Jonas es sich jedenfalls. Gegen den drohenden Angriff von außen brachte sich der Körper mit Fieber in Stellung, der biologischen Allzweckwaffe. Aber sein Wille hatte die Oberhand behalten und das Fieber zurückgedrängt. Zumindest fühlte er sich nicht mehr krank wie gestern Abend noch, als ihn nach dem Gespräch mit Ingvar diese totale Schlappheit niedergeworfen hatte.

Hinter einen Wandvorsprung nahe der Toiletten hatten sie sich verzogen, außerhalb der Reichweite der Kameras auf dem Gang. »Und?« Jonas hatte bereits geahnt, was er von Ingvar zu hören bekäme: »An die Brücke ist kein Herankommen. Wir haben keine Chance, wenn wir nicht auffallen wollen.«

»Also müssen wir es auf den letzten Augenblick ankommen lassen, wenn ein Teil der Offiziere abgelenkt ist.«

»Ich fürchte ja.«

»Wie sieht es unten aus?«

»Der Zugang zu den Vorratsräumen ist gesichert, die Sprengladungen können optimal getarnt werden, wenn es so weit ist.«

Wenn es so weit ist … Es war ihnen beiden gleichzeitig durch und durch gegangen. Das Unvorstellbare schlich sich an. Sie hatten einen Moment geschwiegen, als torkelten ihre stummen Seelen bereits durch unendliche Sphären.

»Hast du sie wiedergesehen?«

Ingvar schüttelte kaum sichtbar den Kopf. »War's das?«

In dem Augenblick hatte Jonas das Bedürfnis gehabt, ihn zu umarmen. Sie waren schließlich das, was man pathetisch »Schicksalsgefährten« nannte. Doch Ingvar hatte ihm bereits den Rücken zugedreht.

Jonas hatte ihm nachgeschaut. Der Frust in Ingvar steckte tief. Sie fühlten ähnlich. Noch überwog das Bewusstsein, das Richtige zu tun, aber der Zweifel wuchs von Stunde zu Stunde.

Fast zögerlich ging er den inneren Grünstreifen der Poppelsdorfer Allee entlang in Richtung Bonner Talweg und versuchte auszuwerten, was er erreicht hatte. Nachdem Gitta mit einem »Also dann« aufgestanden war und ihn mit dem unschuldigsten Teenie-Lächeln machtlos zurückgelassen hatte – »Ich wollte Dani nicht verletzen, glauben Sie mir, Herr Schreker, aber ich habe mich ganz plötzlich in einen anderen verliebt« –, war er noch überzeugt gewesen, es richtig gemacht zu haben.

Ein Treffen mit Gitta war ihm als letzte Möglichkeit erschienen, Dani zu helfen, um eventuelle Missverständnisse auszuräumen. Natürlich hatte er Silke nichts davon gesagt. Natürlich wäre sie dagegen gewesen, um – wenn es dann definitiv zu spät wäre – festzustellen: »Warum ist eigentlich keiner darauf gekommen, mit Gitta zu reden?«

Er hatte Gitta vor der Schule angesprochen und sich mit ihr nach Feierabend in einem Bistro am Kaiserplatz verabredet. Als sie hereinschwirrte, so unbeschwert, mit einem Hauch von Durchtriebenheit, der in diesem Alter umso aufreizender wirkte, war er stolz auf Dani gewesen und hatte verstanden, warum er nicht von ihr loskam.

Das Gespräch war nicht peinlich verlaufen, wie Jonas

befürchtet hatte, sie war offen und keineswegs zickig gewesen, hatte ihm aber unmissverständlich zu verstehen gegeben, dass es für sie kein Zurück gab.

Doch jetzt, bei jedem Schritt mehr, wuchs in Jonas der Zweifel. Wahrscheinlich hatte er nur erreicht, dass sie sich bestätigt fühlte. Ja, platzen musste dieses kleine Luder vor Eigenliebe: Väter bettelten um ihre Söhne. Es war wohl besser, Silke gegenüber das Treffen zu verschweigen. Gitta hatte ihm fest ihr Wort gegeben, dass Dani nie etwas von ihrer Unterredung erfahren würde.

✷

Ob sie einen Arzt brauche, fragte die Telefonstimme von der Rezeption. »Nein danke, es geht schon«, antwortete Silvia mit belegter Stimme, »Ich brauche nur etwas Ruhe, auf keinen Fall darf sich die Erkältung verschlimmern. Nachher muss ich im Bett liegen und verpasse noch das Schönste: das Nordlicht.«

»Natürlich, Frau Radermacher, kurieren Sie sich aus. Wenn Sie einen Arzt oder Medikamente benötigen, steht Ihnen jederzeit unsere medizinische Abteilung auf Deck drei zur Verfügung. Gute Besserung.«

Erleichtert, dass es so glimpflich abgelaufen war, legte sie den Hörer auf. Trotzdem blieb ein Rest schlechtes Gewissen, den Ausflug in letzter Minute storniert zu haben. Aber es war etwas anderes, als eine Vorstellung in der Oper abzusagen. Sie zahlte ja, ob sie nun teilnahm oder nicht, für die Reisegesellschaft entstand kein Schaden. Draußen dämmerte es bereits, es war früher Nachmittag. Vor ihr auf dem Stuhl lag das Kostüm, nein, der

Schneeanzug, den sie schon am Abend vorher liebevoll zurechtgelegt hatte. Sie griff nach dem Pullover, knetete dessen warme weiche Alpakawolle. Es würde nichts werden mit ihrer Traumschlittenfahrt bei hellem Glöckchenklang. Ihre Augen füllten sich mit Tränen. Sie fühlte sich der Situation nun einmal nicht gewachsen, es ging über ihre Kräfte. Sie erinnerte sich an damals, als ihr Weg ganz plötzlich eine andere Richtung nahm …

»Ich habe eine gute und eine schlechte Nachricht, Silvia«, sagte Semmelroth, ihr Agent, nach der Unterredung mit André, der sie ferngeblieben war, um jeden Streit zu vermeiden. Außerdem hatten sie im Vorfeld bereits alles geklärt. André sollte sie aus dem Hausvertrag entlassen und ihr stattdessen einen flexibleren Gastvertrag anbieten. Fast zwei Wochen hatten sie sich nicht gesehen. André war nur sporadisch da wegen einer Gastregie in Hamburg, nach der er sich immer schon die Finger geleckt hatte.

Silvia saß vor einem Stück Nusstorte im Café am Stadtpark, wo sie auf Semmelroth gewartet hatte. »Also dann die schlechte zuerst.«

»Weißweiler ist hart geblieben. Er hat dir einen einmaligen Sondervertrag eingeräumt, dafür erwartet er verlässliche Gegenleistung …«

Sie hätte es wissen müssen. An dem Nachmittag im Waldschlösschen hatte es sich abgezeichnet. Ihm war es unerträglich, dass sie eigene Entscheidungen traf. Dass sie ihn, aus seiner Sicht, einfach stehen ließ. Und um ihr ihre neue Selbstständigkeit heimzuzahlen, verstieß er sogar gegen die Gepflogenheiten, indem er sie ans Haus fesselte. »Und was ist jetzt mit Wien?«

»Müssen wir verschieben. Die Vorstellungen hier gehen vor. Aber ich bleibe dran, Silvia, sie werden dich als Gast holen, wenn Not an der Frau ist. Du bist doch noch so jung. Spätestens in drei Jahren kann dich Weißweiler kreuzweise.«

Doch seine routinierte Zuversicht verstärkte ihre Enttäuschung nur.

»Fragst du nicht nach der guten Nachricht?«

Was sollte kommen? Dass André sie nicht mehr anfassen würde? Dass er sie nicht mehr behandelte wie seinen rechtlosen Besitz? Wie eine gefügige Sexpuppe? Wieder Tränen, unnütze Tränen. Sie stopfte sich weiter Nusstorte in den Mund, um nicht einfach loszuheulen.

»Zwei Weinbrand, bitte!«, rief Semmelroth der Kellnerin hinterher. Er legte seine dicke Hand auf Silvias Arm. »Schluck's runter, Kindchen, wir machen das Beste draus. Immerhin kannst du deine Traumrollen singen. Die gute Nachricht ist, dass er beabsichtigt, in der nächsten Spielzeit die Walküre auf den Plan zu setzen, hörst du? Wegen dir, Silvia, wegen dir! Sie kann an diesem Haus singen, was und so viel sie will, hat er zu mir gesagt.«

Semmelroth war auch nur eine Marionette, abhängig von der Laune der Intendanten und Operndirektoren, aber von wem sollte sie sich sonst trösten lassen?

Die Kellnerin brachte die beiden Asbach. Heiß lief der Weinbrand ihre Speiseröhre hinunter, während Semmelroth ihren Arm tätschelte.

»Schon gut, Reiner«, sagte sie und zog den Arm zurück. Auch Semmelroth gehörte zu den Kandidaten, die jede Chance bei ihr nutzen würden.

18

»Nur halbe Stunde bis Camp!« Der einheimische Fahrer wandte sich mit einem Grinsen zu ihnen um, bevor er den Zündschlüssel ins Schloss steckte. »Die Hunde sich schon freuen auf Sie.« Auch ohne Mikro konnte man ihn gut verstehen, denn diesmal genügte ein deutlich kleinerer Bus, um die Ausflügler unterzubringen.

Die Hellblonde saß neben ihrem »Tiger« vorn an der Tür. Der schwieg sich aus und starrte wie hypnotisiert aus dem Fenster. Am Morgen hatte Margo noch gedacht, er sei schlecht gelaunt, aber jetzt vermutete sie etwas anderes. In Zeiten der Polarnacht litten viele Norweger an Depressionen. Vielleicht war »Tiger« auch nur genervt von der ewigen Finsternis.

Sie fuhren über die lange, majestätische Tromsøbrua auf die Hochebenen zu. Eine Reihe vor Margo saßen zwei Männer, ein junger, hochgewachsener mit schwarzer Brille, der kein Mitteleuropäer zu sein schien, der andere, Ende vierzig, kam ihr irgendwie bekannt vor. Wenn sie nicht so unterschiedlich gewesen wären, hätte man sie für Vater und Sohn halten können. Als sich der ältere umsah, fiel Margo ein, wo er ihr schon einmal begegnet war …

Der Bus bog scharf ab, von der beleuchteten, asphaltierten Fernstraße auf einen unebenen, dunklen Seitenweg. Links die Silhouette eines dick verschneiten Fichtenwaldes, am Horizont zog ein rötlicher, ins Pink spielender Lichtschweif dahin.

Es war der Mann, der heute Morgen mit Nils gesprochen hatte, als es ihr nicht so gut ging und sie die Toilette aufsuchen musste. Nils war also noch auf dem Schiff und nicht allein, wie er sie glauben machen wollte. Aber warum machte er ein Geheimnis daraus? Warum hatten er und dieser Mann sich in eine Ecke verkrochen? – Sie rief sich ins Gedächtnis, was ihr Nils von sich erzählt hatte: Er sei Biologe und kenne die Strecke bis Kirkenes wie seine Westentasche. Und als er sagte, ihm läge nichts mehr am Herzen als die Natur seiner norwegischen Heimat, standen ihm da nicht Tränen in den Augen? – Vielleicht hatte er einen geheimen Forschungsauftrag zu erfüllen oder eine Entdeckung gemacht, die noch nicht für die Öffentlichkeit bestimmt war.

Auf der Anhöhe hielt der Bus. »Moment, bitte warten!« Der Fahrer öffnete seine Tür, sprang in den knirschenden Schnee und verschwand in der Dunkelheit. Mit der Kälte drang auch ein beißender Geruch in den Innenraum, jetzt waren Stimmen zu hören, viele, nicht Menschenstimmen, die Stimmen der Hunde. Ein ganzes Heer von Hunden bellte, heulte, japste, jaulte, winselte. Geradezu beängstigend diese Gier nach Freiheit, dachte Margo. Plötzlich ein Lichtschlag von gleißender Helligkeit. Die Stimmen der Hunde überschlugen sich. Der Blick ging auf ein Gelände mit unzähligen Zwingern, in jedem eine Hütte und mindestens ein Hund. Und alle wollten sie hinaus, die Weite der verschneiten Hochebenen durchqueren, laufen, laufen, bis zur totalen Erschöpfung immerzu laufen …

*

»Die nächste Zahl ist die neunundvierzig, G wie Geiran-gerfjord neunundvierzig, meine Herrschaften. Wer hat die G neunundvierzig? Bitte ankreuzen. Fantastische Preise winken.« Der Mann mit dem Ballongesicht und den klei-nen Muschelohren versuchte mühsam von der Empore des Panorama-Cafés aus das Publikum, dessen Puls dem einer tausendjährigen Eiche entsprach, in Wallung zu bringen.

Gerlinde konnte nachvollziehen, was in dem Salon-Si-syphus vorgehen musste. Für ihn rollten die Kugeln jeden Tag, und doch kam er nicht vom Fleck. Jahrelang war es auch ihr Los gewesen, gegen die Mühlen zu mahlen, und sie hatte mehrmals fast die Hoffnung verloren, bis sie dann doch an der Spitze stand … Und jetzt trugen ihre Mitte siebzig zum Gesamtalter dieses Mumien-Bingos bei. Was hatte sie hier überhaupt zu suchen? Sie gehörte nicht zu dem Häuflein Bemitleidenswerter, die dankbar waren, wenn sie ein paar Zahlen auf die Reihe bekamen. In ihrem Oberstübchen stimmte noch alles. Sie hatte ihr Alter, aber sie war nicht am Ende. – In diesem Augenblick, völlig unerwartet und überfallartig, erfasste sie ein Gefühl, das sie noch vor zwei Tagen, selbst vor zwei Stunden für unmöglich gehalten hätte …

»Die siebundzwanzig, B wie Bergen siebenzwanzig, meine Herrschaften. Noch kein Bingo? Einfach-Bingo gefragt! Haben Sie heute etwa Ihren Glückstroll noch nicht gestreichelt, meine Damen?«

Es war das Gefühl der Einsamkeit. Der Instinkt sagte ihr, dass es eine Gefahr bedeutete, aber in diesem Moment beherrschte es sie, legte alle mentalen Widerstandskräfte lahm. Sogar Denirs besserwisserisches Gerede hätte sie jetzt ertragen. Unglaublich. Er hatte die Motorschlittenfahrt gebucht, wolle unbedingt ausprobieren, auf dem Schnee zu reiten, wie man auf den Wellen eines Ozeans reite. Wahrscheinlich in Begleitung seines Bekannten … Sie machte ihm deswegen keinen Vorwurf, er hatte sich redlich bemüht, sie zu einem Ausflug zu bewegen, hätte sogar auf die Schlittenfahrt verzichtet und mit ihr an diesem stumpfsinnigen Bingo teilgenommen, wenn es ihr Wunsch gewesen wäre.

Ein Rätsel, dass Denir noch nicht zusammengebrochen war. Er hielt es bereits länger als zwei Tage ohne seine Tabletten aus. Es sei denn – und das fiel ihr erst jetzt ein –, er hatte sich mit einer Notration, die er bei sich trug, über Wasser gehalten. Darüber hatte er allerdings kein Wort verlauten lassen. Warum sollte er auch? Das hätte ihn ja verraten. Sie seufzte, wusste nicht, ob aus Erleichterung oder Enttäuschung, dass sie wieder von vorn anfangen musste. Einerseits war die Schuld von ihr abgewendet, andererseits war sie nicht mehr im Vorteil.

»Bingo, Bingo! Die Dame in der dritten Reihe. Bitte kommen Sie doch nach vorn und holen sich Ihren Preis ab …«

Ein menschlicher Körper, der Roland Kämmerling hieß und ihr Sohn war, lag inmitten von Apparaten, die künstlich seine Funktionen aufrechterhielten. Sie wollte weinen, schreien, brachte weder das eine noch das andere fertig. Den Raum erfüllte ein regelmäßiges Piepen und das Geräusch des Beatmungsgeräts, in computergesteuerten Schüben pumpend. Eine Hightech-Gruft.

Sie ließ sich auf den Stuhl neben dem Bett nieder, griff nach seiner Hand, die nicht mehr die Hand ihres Kindes war, lediglich die Extremität eines willenlosen Körpers, die noch Puls aufwies. Dann wagte sie, in sein Gesicht zu schauen, ihn ohne Scham oder Wut zu betrachten, ihren Sohn.

Roland konnte sich nicht einmal mehr gegen ihren Blick wehren, er war machtlos dagegen, mattgesetzt, wie es lakonisch in der Schachsprache heißt. Ein Gefühl erbärmlicher Überheblichkeit wagte sich heraus. Gerlinde rechtfertigte es damit, dass er sie hatte mitleidlos absetzen wollen. Geflissentlich hatte er ignoriert, dass *sie* der Betrieb war. *Sie* hatte ihr Leben dafür gegeben. Jetzt, nach seinem plötzlichen Zusammenbruch, gab es nur noch das eine Recht: Wer überlebt, dem gehört die Macht.

*

Auf der anderen Seite begrenzte ein größeres Wohnhaus aus Holz im typisch nordischen Stil und dem roten Anstrich das weitläufige Gelände des Camps. Dort warteten Tommy, ihr Guide, und die im Scheinwerferlicht blitzenden Motorschlitten auf sie. Eine schmale Waldzunge trennte den Wohn- vom Zwingerbereich und dämpfte das Spektakel der Hunde, deren Aufregung und Vorfreude die Luft zum Vibrieren brachte.

Das Gefühl, ein Teil ursprünglicher Natur zu sein, war immer wieder unbeschreiblich. Und diesmal war es die letzte Gelegenheit, es selbst zu spüren, sich zu überzeugen, dass der Einsatz seines Lebens dafür lohnte. Jonas zog einen der gesteppten Overalls über, die bereitlagen, und rieb sich Schutzcreme ins Gesicht. Die Temperaturen fielen stetig und würden am Abend noch unter Minus fünfzehn Grad Celsius fallen, so Guide Tommy, der eindringlich vor Erfrierungen warnte.

Nur vier Personen, alles Männer, hatten diese Ausfahrt gebucht, mit dem Guide waren sie also zu fünft. »Die schönste Tour, aber nur für echte Kerle«, bemerkte Tommy grinsend und sein Augenrollen verriet, was er wirklich darüber dachte. Sie bewahrten sich ihre eigene Art von Ironie, diese Norweger. Vermutlich half sie ihnen dabei, die Touristenmühle auszuhalten.

Denir hatte bereits die Stirnlampe angeschnallt und den Lichtstrahl auf einen der Motorschlitten gerichtet. Er interessierte sich so ziemlich für alles und war ein Kindskopf geblieben. Jetzt strahlte er die Rentiere in ihrem Gatter an, um zu sehen, was passierte. Doch die rührten sich nicht vom Fleck.

»Sie lassen sich von verrückten Touristen nicht so schnell aus der Ruhe bringen.« Jonas lachte, er fühlte sich frei. Warum war er nicht schon früher an diesen Ort gekommen? Wie oft in seinem Leben hatte ihm die nötige Geduld gefehlt, hatte er alles gleich dramatisiert und nichts als Schaden angerichtet. Hier in dieser endlosen Weite am Ende der Welt keimte keine Hysterie auf, behielten nur die echten Ziele ihre Bedeutung.

Denir kam auf ihn zu, sah ihn an, als wollte er fragen: Woran denkst du gerade? Mittlerweile verband sie etwas, das man fast als Freundschaft bezeichnen konnte, entstanden aus unverbindlicher Zuneigung, weil keiner von ihnen dem anderen gegenüber Ansprüche stellte. Er hätte früher wissen müssen, dass so etwas möglich war, dachte Jonas, es zumindest ahnen können, dann wäre es nie so weit gekommen.

Dani wirkte immer noch angeschlagen, verkroch sich nach der Schule oben in seinem Zimmer zu dieser apokalyptischen Musik, die ihn wohl tröstete. Jonas hielt sie eher für geeignet, ihn noch tiefer in die Depression zu treiben. Er wollte mit ihm sprechen, hatte sich Worte zurechtgelegt, worin sein Treffen mit Gitta natürlich nicht vorkam. Aber Silke hielt ihn zurück. »Gib ihm noch etwas Zeit. Von seiner großen Liebe aussortiert zu werden, steckt niemand so leicht weg.«

Immerhin kam Dani jetzt wieder zum gemeinsamen Abendessen herunter und antwortete auf die meisten Fragen, die man ihm stellte. An diesem Dienstag kehrte Jonas abgeschlagen von einem Verbandstreffen der Ökologen zurück. Diskussionen über Diskussionen, aber wenn es konkret werden sollte … Und was das alles kostete, diese ewigen runden Tische, Meetings, diese Kongresse, internationale Begegnungen. Millionen gingen dafür drauf und nichts kam dabei heraus. Und diejenigen, die darauf drängten, endlich Maßnahmen zu beschließen, wurden regelmäßig vertröstet.

Sie saßen vor Silkes neuem Rezept: grüne Nudeln, darauf ein etwas zu salziges Pesto, was er aber nicht erwähnte, denn sie war so stolz auf den abgerundeten Geschmack. »Wo ist Dani?«, fragte er.

»Dani ist heute nicht gut drauf. War schon heute Mittag so komisch. Bis jetzt hat er nichts gegessen und hört immer wieder diese Musik rauf und runter.«

»Hast du nicht gefragt, was los ist?«

»Ja, aber er hatte sofort Tränen in den Augen … Ich solle ganz still sein, ich sei eine Verräterin … und von dir hat er gesagt …«

»Was hat er gesagt? Raus damit!«

»Er hat gesagt: Ich habe keinen Vater mehr.«

Ihm fiel das Besteck aus der Hand. »Dani?«, rief er nach oben. Keine Antwort, die hatte er auch nicht erwartet.

»Jonas, nicht!«, rief ihm Silke hinterher, aber sie konnte ihn nicht aufhalten.

Die Tür von Danis Zimmer war nur angelehnt. Jonas klopfte nicht an, machte erst vor der Bettcouch halt. Er wusste, was er angerichtet hatte. Er allein trug die Verantwortung dafür, *er* musste es erklären. Doch Dani war ausgeflogen. »Dani?« Jonas drückte den Stopp-Knopf des Recorders. Die plötzliche Stille flößte mehr Furcht ein als die gruftigen Klänge. »Dani, ich …« Er brach ab. Offenbar hatte sich Dani an Silke vorbeigeschlichen und dröhnte sich irgendwo die Birne zu. Ihm selbst war in dem Alter ja auch nichts Besseres eingefallen. Aber vielleicht ließ sich die Alkoholvergiftung noch vermeiden.

An der Garderobe warf sich Jonas seine Lederjacke über. »Er ist nicht in seinem Zimmer. Ich bin gleich wieder zurück.« Er wollte nicht, dass sich Silke Sorgen machte, wollte allein raus, ihn suchen, auch wenn er definitiv nicht wusste, wo er damit anfangen sollte.

Im Treppenhaus zog es. Anscheinend hatte der Mieter Waschtag gehabt und wieder vergessen, die Tür zum Speicher abzuschließen. Wie oft hatte er Pfitzmann schon … Er nahm zwei Stufen auf einmal. Als er oben nach der Klinke griff, hörte er drinnen Geräusche wie das Flattern und Zwitschern von Vögeln. Die Dachluke im Spitzboden stand wohl auch wieder offen. Er stieg die wenigen Stufen der grob gezimmerten Holztreppe hoch. Dann breitete er die Arme aus, trieb die Spatzen in Richtung der Luke, während er den noch feuchten Bettlaken auswich und sich unter Pfitzmanns Unterhosen hindurchschob. Als er am Ende der Leine den Kopf hob, sah er Dani …

*

Aufbrandender Applaus. Alle Augen im Panorama-Café waren auf sie gerichtet, und ein Gefühl wie damals ergriff Silvia. Nicht selten hatte sie fünf, sechs Vorhänge gehabt und sich so tief wie die Callas verbeugt, in Demut vor dem Publikum und sich doch gefühlt wie eine Königin.

Auf der Empore überreichte ihr der Bingo-Spielleiter den Publikums-Sonderpreis, eine Flasche Sekt Hausmarke-Brut. »Herzlichen Glückwunsch und noch viele schöne Stunden an Bord der Norwegian Legend.« Silvia streckte ihm anmutig die Hand entgegen und verbeugte sich tief, so tief wie damals. In einer Ecke flüsterte man sich hinter vorgehaltener Hand etwas zu. Offenbar beeindruckte sie immer noch, sie hatte eben etwas, das man nicht lernen konnte: Bühnenpräsenz, Ausstrahlung. Und diese Leute schienen etwas davon zu verstehen. Auf dem Weg zu ihrem Tisch kam Silvia an einem Pärchen vorbei und lächelte huldvoll.

»Die ist fast noch besser als Miss Piggy von den Muppets, oink, oink«, sagte der junge Mann unüberhörbar zu seiner Frau, die darauf in helles Kichern ausbrach.

»Semplicemente meraviglioso, Signora, einfach wunderbar …« Giovanni hatte ihren Stuhl bereits vom Tisch weggerückt und schob ihn jetzt wieder heran. Seine Augen glänzten vor Begeisterung. »Come una regina, Signora, wie eine Königin. Nicht das erste Mal auf Bühne, eh?«

Sie errötete, Tränen verwischten ihren Blick. Was würde sie nur ohne diesen Giovanni und sein Italienisch machen, das die ganze schäbige Welt vergoldete?

»Scusi, Signora. Etwas Falsches gesagt? Ich nur …«

»Nein, Giovanni, alles ist gut …«

Nichts war gut, aber Giovanni verstand ohne Erklärungen, er hatte eben ein mitfühlendes Herz. Nur einem Mann wie ihm würde sie ihre Geschichte erzählen. Jemandem, dessen Mitleid ihr nicht den Rest von Selbstachtung nahm.

»Eine kleine Weinbrand, Signora?«, fragte er sanft.

Sie sah ihn schuldbewusst an. Er lächelte noch sanfter. Beide wussten sie, dass es eine Sünde war, aber manchmal war es auch Medizin. Medizin für die Seele. »Ja«, antwortete sie, und die Erinnerung bahnte sich den Weg. »Es ist wahr, ich stand einmal auf der Bühne in der Hoffnung auf die große Karriere …«

André Weißweiler schien Wort zu halten. Sie sang die Königin der Nacht, die Sieglinde in der Walküre, natürlich die Traviata, hatte Premiere als Gilda, und Semmelroth, ihr Agent, hielt die Kontakte zur Wiener Staatsoper und nach Hamburg und Berlin. Wo sie auftrat, erhielt sie überschwängliche Kritiken, wurde als Juwel, als Nachtigall, als lyrisch dramatisches Wunder mit einem unbestechlichen hohen F gepriesen. Sie hatte André fast verziehen, und sie trafen sich wieder, obwohl sie gern darauf verzichtet hätte, zumal sich in ihrem Privatleben eine Änderung anbahnte. André spürte das anscheinend, denn er behandelte sie auf einmal ungewohnt zärtlich.

Vor einer der letzten Walküre-Vorstellungen war ein üppiger Blumenstrauß für sie abgegeben worden, einer von vielen, aber das, was auf der Karte stand, hatte sie neugierig gemacht: »Auch der Mann zu diesem Blumenstrauß ist ein Blickfang. Mit ergebenen Grüßen, Enno Ekhoff«.

Der Name sagte ihr nichts, Handschrift und Inhalt schon mehr. Offenbar war er nicht nur selbstbewusst, auch Selbstironie schien ihm nicht fremd zu sein, und er ging aufs Ganze, denn woher sollte er wissen, ob sie nicht bereits gebunden war, sich überhaupt für sein Äußeres beziehungsweise für ihn als Mann interessierte. Nach der nächsten Traviata-Vorstellung fragte er mit einem weiteren Blumenstrauß an, ob er sie kennenlernen und auf ein Glas Sekt einladen dürfe, unterschrieben mit: »Ein überwältigter Enno Ekhoff«. Der altmodische Stil erinnerte an die Operetten, die sie so liebte. Vielleicht ist er bereits älter, spekulierte sie, humorig und vertrauenswürdig. Sie brauchte keinen Liebhaber, aber einen treuen Verehrer, dem sie alles erzählen konnte, ohne dass er versuchte, es auszunutzen, bei dem sie sich geborgen fühlte, so einen vermisste sie. Beim dritten Blumenstrauß ließ sie ausrichten, dass sie ihn nach der Vorstellung an der Pforte des Künstlerausgangs erwarte.

Und er stand bereit: schlank, hochgewachsen, keine vierzig, ein flachsblonder Ostfriese mit schelmischem Lächeln, doch sie wusste zuerst nicht, was sie mit ihm anfangen sollte.

19

Das unbeschreibliche Erlebnis, über die Schneefelder der Hochebene zu schießen, als könnten die Kufen jeden Augenblick ihre Bodenhaftung verlieren und der Schlitten samt dem jauchzenden Hundegespann auf eine Fahrt ins All abheben, ließ Margo auch am Abend nicht los. Erstaunlicherweise hatte sie währenddessen nicht die Spur von Angst gehabt. Kein Gedanke an *Anders*, den Dämon in ihrem Kopf, und an den Krebs. Federleicht war ihre Seele gewesen. Eins sein mit der Natur, nur daran hatte sie gedacht, und an Nils, dem Tränen in den Augen standen, wenn er von der Schönheit seiner Heimat sprach.

Jetzt im Royal Seagarden beim Dinner spürte sie den Drang, das Erlebte zu teilen. Doch niemand saß in Reichweite ihres Tisches. Auch war sie nicht vernetzt wie die meisten, die ihre Eindrücke mit Social Media verdauten. Auch das war allemal besser als Einsamkeit.

Im Anschluss an den exzellenten Fisch hatte sie einen zweiten Weißwein bestellt. Der Alkohol begann bereits zu wirken, und sie befiel eine starke Müdigkeit. Hatte der Busfahrer nicht gesagt, nach der Schlittentour würden sie so fest und so lang schlafen wie die Grauwale? Sie hatte zwar nicht die geringste Ahnung von den Schlafgewohnheiten dieser Tiere, aber offenbar behielt er recht. Sie tupfte sich die Lippen mit der gestärkten Damastserviette ab, erhob sich von ihrem Platz und verließ das Royal Seagarden. Der Weg zu ihrer Kabine kam ihr endlos vor, sie freute sich auf ihr Bett, sogar auf die Gute-Nacht-Lektüre würde sie heute verzichten.

Alle Plätze der Ocean-Bar waren besetzt, hinter dem langen Tresen wurde im Akkord gemixt und gezapft, um die Kehlen feucht zu halten. Auch der Friseursalon, wenige Meter von der Bar entfernt, war noch beleuchtet. Reflexartig prüfte Margo den Sitz ihrer Frisur. Es war wieder einmal an der Zeit. Gleich morgen würde sie einen Termin verabreden. Als sie näher herantrat, um sich einen Überblick über die Preisliste zu verschaffen, spiegelten sich zwei Männer im Schaufenster. Den kleineren mit dem stechenden Blick und dem ausgemergelten Gesicht, der auch im Bus mit dem jungen Mann vor ihr gesessen hatte, und – Nils. Plötzlich war sie wieder hellwach. Die beiden wirkten immer so vertieft in ihr Gespräch. Was hatten sie derart Ernsthaftes zu besprechen? Sie war jetzt überzeugt, dass es einen engen Zusammenhang zwischen dem Kontakt zu diesem Mann und Nils' rätselhaftem Verhalten gab.

Madame will wieder Detektivin spielen? Beim letzten Mal hat nicht viel gefehlt und das Spiel wäre aus gewesen. Schon vergessen, meine Liebe?

»Spar dir deinen Sarkasmus. Ich werde Nils' Kabinennummer herausfinden, ob es dir passt oder nicht.« Sie konnte sich gerade noch zurückhalten, es laut auszusprechen. Als die Männer an der Biegung des Gangs verschwunden waren, folgte sie ihnen.

*

Am Telefon war nicht Griesmann, der seinen Rückruf wegen einiger Details zum neuen Katalog angekündigt hatte, es war der Arzt von der Krankenstation an Bord.

»Ihr Enkelsohn hat mich gebeten, darauf zu verzichten, Ihnen mitzuteilen, dass er sich hier befindet, um Sie nicht zu beunruhigen. Aber Sie sollten wissen, dass ich es für vernünftiger halte, ihn noch kurze Zeit unter Beobachtung zu belassen, um sicherzugehen, dass wirklich alles in Ordnung ist.«

Könnte denn alles in Ordnung sein? – Für Gerlinde war eingetreten, was logischerweise eintreten musste, auch wenn es sie dann doch überraschte. Immer wieder war es Denir gelungen, ihr etwas vorzumachen, diesmal hatte er sich offenbar überschätzt. Und ihr bot sich die Gelegenheit, aus dem Mund eines Arztes eine halbwegs brauchbare Diagnose zu erfahren. »Denir ist nie zu bremsen, wissen Sie, Herr Doktor. Ich mache mir Sorgen deshalb. Hat mein Enkel Sie über seinen Gesundheitszustand informiert?«

»Ja, das hat er …«

»Dass sein Vater …«

»Ja, mir ist bekannt, dass sein Vater an Herzinsuffizienz gestorben ist.«

»Die Herzschwäche liegt in der Familie, ein Erbe der männlichen Linie …«

»Das ihn aber Gott sei Dank verschont hat …«

»Sie meinen …«

»Sein Herz ist so weit kerngesund. Das raue arktische Klima kann durchaus auch den Kreislauf kräftiger Naturen durcheinanderbringen.«

Eine zweite Überraschung, die eigentlich keine war, denn die typischen Anzeichen, Atemnot und Kraftlosigkeit, wie damals bei Roland, hatte sie bisher an Denir nicht feststellen können. Aber warum dann die Tabletten? Sie war ihm auf den Leim gegangen …

»Wie es aussieht, hat er sich nur überanstrengt und ist morgen wieder fit. Es besteht also kein Grund zur Beunruhigung, liebe Frau Kämmerling.«

Sie legte den Hörer auf. Kein Grund zur Beunruhigung? Da war sie anderer Meinung. Nichts passte mehr zusammen, und alle Fragen liefen in der einen zusammen: Was hatte Denir vor?

Die Person, die einmal ihr Sohn gewesen war, existierte offenbar nur noch in einer anderen Dimension. Einerseits wollte Gerlinde ihn nicht verlieren, andererseits musste sie damit rechnen, dass es ihr Ende in der Firma bedeutete, wenn er wieder vollständig genesen würde. Und vorbei wäre es mit der eigentlichen Liebe ihres Lebens. Auch fragte sie sich: Wem wäre geholfen, wenn Roland mit schweren Behinderungen aus dem Koma erwachte? – Nicht nur für ihn ein unerträgliches Martyrium. Eine weitreichende Entscheidung stand bevor. Und es war wieder einmal an ihr, eine solche zu treffen. Dazu blieb nur wenig Zeit. Wenn er erwachte, wäre es bereits zu spät.

Ein Gedanke schloss sich an, der ihr in diesem Augenblick nicht abwegig erschien: Nur eine dieser Apparaturen müsste für kurze Zeit ihren Betrieb einstellen, Rolands Leiden wären vorüber, und sie würde die Frau an der Spitze von Babykiss bleiben. Sie betrachtete ihre rechte Hand, bereits zerknittert wie altes Leder und kleine braune Flecken aufweisend, an dessen Ringfinger der Brillant mit diesem leichten rosa Schimmer steckte, der ihn so besonders machte und den Alfred ihr aus Antwerpen mitgebracht hatte. Sie trug ihn immer noch. Warum eigentlich? Aus einem Gefühl von Treue Alfred gegenüber, vielleicht auch aus Dankbarkeit? – Diese Hand brauchte nichts anderes zu tun, als den roten Knopf an der Herz-Lungen-Maschine zu drücken oder einen der Versorgungsschläuche aus diesem apathischen Körper herauszuziehen. Aber war es dann noch ihre gute, helfende Hand?

Sie spürte einen sanften Druck auf ihrer Schulter. »Leider kann ich nur sagen: Wir müssen abwarten. Zu diesem Zeitpunkt wage ich keine Prognose. Wir haben jedenfalls unser Möglichstes getan.«

Den Professor kannte Gerlinde schon sehr lange. Sie hatte Kurscheidt damals auf einer ihrer Wohltätigkeitsbälle für die Dritte Welt kennengelernt. Er war nie kleinlich gewesen und ein Mann von Format, nicht einer dieser billigen Machos, denen Frauen in Spitzenpositionen ein Dorn im Auge waren. Im Gegenzug hatte sie später erhebliche Summen in die Forschungsrücklagen gesteckt, die direkt seinem Institut zugutekamen. »Wird Roland Schäden davontragen?«

»Wie ein Wunder hat er die Herzoperation überstanden. Er könnte ebenso gut tot sein. Der Optimist in mir sagt, er kann es schaffen und nach entsprechender Rekonvaleszenz ein halbwegs normales Leben führen …«

»Wird er jemals …«

»Ich kann nichts versprechen, Gerlinde. Es ist nicht ausgeschlossen, dass es ihm eines Tages wieder möglich ist zu arbeiten, aber es ist auch nicht ausgeschlossen, dass er nie mehr aufwacht …«

*

Wie absurd das war. Er sorgte sich um einen jungen Mann, dessen Leben in nicht ganz achtundvierzig Stunden gewaltsam enden würde. Was spielte es da für eine Rolle, ob vorher sein Kreislauf Probleme machte? Aber nach dem, was Jonas mittlerweile von Denir wusste, wollte er ihm wenigstens helfen, sich mit seiner Großmutter auszusöhnen. Die Uhr tickte. Alles, was noch bereinigt werden konnte, sollte bereinigt werden.

Während der Rückfahrt zum Schiff hatte er Denir direkt angesprochen. Der war noch ganz high von diesem Motorschlittenrennen gewesen, das sie sich am Schluss der Tour mit dem Guide geliefert hatten. »Du hast traumhafte Qualifikationen und bist ein netter Kerl. Was will deine Großmutter mehr? Da geht es um andere Dinge, stimmt's?«

Denir sah ihm in die Augen, als prüfte er, ob er ihm so viel Vertrauen schenken durfte. Und offenbar hatte Jonas die Prüfung bestanden. »Weil ich nicht standesgemäß bin und weil ihr meine Einstellung nicht passt. Sie gibt es nicht direkt zu, aber ich weiß, dass sie meine Zukunftspläne abschrecken. Außerdem hat sie Angst vor mir, weil ich ihr fremd bin. Ein Ausrutscher ihres geliebten Sohnes mit einer Libanesin aus der Logistik. Für sie bin und bleibe ich ein Bastard. Es ist mir jetzt klar, dass sie mich nie akzeptieren wird …« Denir stockte, aber offenbar wollte er es sagen, und er sagte es: »An der Spitze des Konzerns.«

Leistung reicht eben nicht, wenn die Herkunft nicht passt. Eine ungenießbare Wahrheit, besonders für einen Idealisten. Jonas hatte ihm geraten, nicht aufzugeben und weiter nach einer Lösung zu suchen. Schließlich habe ihm seine Großmutter diese Reise in der gleichen Absicht spendiert. »Versprich ihr, was sie will, dann lernst du sie auch besser kennen. Noch ist nichts in Verträge gegossen. Aber du solltest so schnell wie möglich Frieden machen, manchmal bleibt nicht viel Zeit.«

In diesem Moment fragte sich Jonas allerdings, ob es wahrscheinlich war, dass die alte Despotin noch einen freiwilligen Sinneswandel vollzog, ohne zu ahnen, dass ihr nur achtundvierzig Stunden blieben, um mit ihrem Leben abzuschließen. Steckte nicht vielleicht auch in Denir, dem hochgezüchteten Hoffnungsträger, dieses Ausbeuter-Gen, über das augenblicklich noch sein Jungencharme hinwegtäuschte, das sich aber früher oder später durchsetzen würde, um noch größeren Schaden anzurichten, als es die Alten konnten?

Jonas befand sich nur ein paar Schritte von der Krankenstation entfernt, doch er hatte es sich anders überlegt, machte kehrt und wandte sich den Fahrstühlen zu. Ingvar. Kurz zuvor hatten sie sich über die Lage verständigt. Er hatte wieder zerstreut gewirkt, unentschlossen. Sein alter Kumpel, auf den er nichts hätte kommen lassen, wackelte. Jonas erinnerte sich an den feierlichen Schwur, den sie mit Wodka besiegelt hatten: sich gegenseitig zu kontrollieren bis zum letzten Augenblick, um zu verhindern, dass einer von ihnen schwach würde. Auch nicht zu zögern, den anderen auszuschalten – ja, so weit würden sie gehen, sollte einer von ihnen zur Gefahr für das Projekt werden. War der Punkt bereits erreicht? Ob Ingvar ernsthaft zweifelte, nachdem er mit dieser Frau geschlafen hatte? Jonas hatte die Frau erkannt, die ihnen gerade auf dem Gang gefolgt war. Sie hatte auch an der Schlittenwanderung teilgenommen. Es war nicht ausgeschlossen, dass das BKA oder die Norweger diese Frau auf ihre Fährte gesetzt hatten. Bisher war das Unternehmen beinahe reibungslos gelaufen. Jetzt kam der gefährliche Teil …

Entsetzen hatte ihm Augen und Mund verschlossen. Jonas hatte nur noch das verängstigte Zwitschern der Spatzen in den Ohren, als er … als er Dani … Das war auch das Einzige, was in seinem Gedächtnis haften geblieben war.

»Es könnte schließlich auch Mord gewesen sein!«, begründete Kriminalkommissar Soundso die idiotische Fragerei nach idiotischen Details. Die Antworten musste Silke übernehmen, er fand die Sprache nicht.

Immer wieder die Szene im Dachboden. Irgendwie musste er die Treppe überwunden haben. In der Wohnung stand er dann Silke gegenüber. »Was ist? – Jonas, sag doch, was los ist!« Er erinnerte sich nicht daran, was er erwidert hatte, nur an ihre Schreie von oben aus dem Speicher. Wenig später wieder neben ihm: »Den Notruf, mach schon!«

Dani hing immer noch oben. Seine Augen … Jonas hatte es nicht gewagt, ihn anzufassen. Er musste sich einfach umgedreht haben und nach unten gelaufen sein …

»Lebt er noch?«, fragte er Silke erschrocken und sprang auf. Silke klammerte sich an ihn. »Nein! Bitte bleib hier! Es ist zu spät!« Er konnte ihn da oben doch nicht hängen lassen. Aber sie krallte sich an ihm fest und schrie wie eine Irre. Dann rückten sie an, zwei Polizeiwagen und ein Rettungswagen. Leuchtwesten und Uniformierte liefen durch das Haus. Der Sarg. »Sie können ihn später noch sehen.« Es sei gut gewesen, dass sie am Fundort der Leiche nichts verändert hätten. So würde alles schneller gehen. Schneller? Wieso schneller? Die Uhr war stehen geblieben. Das Leben war stehen geblieben. Nur der eine Satz des Kommissars ließ Jonas nicht los: Es könnte schließlich auch »Mord« gewesen sein.

*

Auch *sie* hatte an dem nachmittäglichen Bingo im Panorama-Café teilgenommen, hatte ganz allein an einem Tisch in der Nähe des Ausgangs gesessen. Wahrscheinlich war sie erst hinzugekommen, als sich der Saal bis auf den letzten Platz gefüllt hatte. Auf einmal fiel Silvia ihr Vorname ein: Renate hieß sie. Auf Andrés privaten Visitenkarten hatte auch der Name seiner Frau gestanden.

Während des Spiels hatte Silvia bemerkt, dass Renate Weißweiler gelegentlich interessiert zu ihr herüber geschaut hatte. Jetzt, nach dem Abendessen bei einem Cointreau und dem »Es-Dur Nocturne« von Chopin in der Klavierbar, erschien es ihr sogar möglich, dass auch sie sie wiedererkannt hatte. Eine gewisse Gestik, die Art, wie man sich unter Menschen bewegt, verrät sich über Jahrzehnte. Hatte sie nicht auch Renates Blick auf sich gespürt, als ihr der Preis überreicht worden war und sie sich zum Dank verbeugt hatte? – Schließlich hatte Andrés Frau all ihren Premieren beigewohnt, neben ihm in der Intendantenloge thronend, auch wenn sie sich bei den anschließenden Festivitäten und Empfängen meistens nur kurz gezeigt hatte und bald darauf wieder verschwunden war. Angeblich wegen ihres scheuen, zurückgezogenen Wesens. Vielleicht wollte sie sich auch das Spießrutenlaufen ersparen, denn – und das hatte Silvia später selbst erfahren – sie musste bei diesen Gelegenheiten mit den spöttischen und mitleidigen Blicken von Andrés Verflossenen rechnen.

Und wieder fragte Silvia sich, warum Renate es sich angetan hatte, dieses verdorbene Subjekt zu heiraten. Ihr als Tochter eines Großindustriellen hatten doch alle Türen offen gestanden. Aber in gewisser Weise waren sie Schicksalsgefährtinnen, denn auch sie war anfangs auf ihn hereingefallen.

Der Mann, der Enno Eckhoff hieß, war ein besonderer Mann. Das Erste, was sie an ihm besonders fand, war, dass er ihr so viel Zeit gab, wie sie brauchte, um ihn kennenzulernen. Er brachte sie mit seinen Geschichten vom Dorfleben und seinen holprigen Berufsanfängen in Ostfriesland zum Lachen, und sie erzählte ihm, dass ihre Eltern von ihrem Traum, Sängerin zu werden, so gar nichts hielten und sie stattdessen in einer Lehre als Verkäuferin versauern ließen. Zweitens bedrängte er sie nie. Der Kuss, *ihr* Kuss, der dann ganz von selbst geschah, war nicht wild, unkontrolliert leidenschaftlich, er war sanft, suchend und innig, etwas Kostbares, das sie von nun an verband und nur ihnen beiden gehörte. Ein Gefühl von Wärme durchfloss Silvia in diesem unvergesslichen Moment, der Strom eines Glücksgefühls, das sie nie zuvor erlebt hatte.

»Und jetzt bist du ein Star«, sagte Enno, »und ich bin ein ostfriesischer Baulöwe, der vor Glück brüllen könnte, weil er eine Frau gefunden hat. Der aber ein bischen Angst hat.« Er sagte »bischen« statt bisschen, wie die Hamburger.

»Wovor könnte ein Löwe denn Angst haben?«, erwiderte sie, als sie den letzten Tag eines Kurzurlaubs auf

Norderney verbrachten und von der Marienhöhe in die unruhige See starrten.

»Vor einer Frage …« Er griff nach ihrer Hand.

Sie spürte, dass ihre Augen feucht wurden. Er hatte ihr alle Zeit der Welt gelassen und doch kam es überraschend. Es gab noch einen Punkt in ihrem Leben, über den sie nicht mit ihm gesprochen hatte. Doch sie lächelte, er sollte wissen, dass sie sich darauf freute, ihm die Antwort zu schenken, die er sich wünschte. Von ganzem Herzen wollte sie seine Frau werden, auch wenn sich ein Dritter kaum damit abfinden würde.

POLARNACHT

20

Der nächste Morgen begann, wie der Tag vorher geendet hatte. Ein nochmaliger Blick auf die Anzeige ihres Reiseweckers bestätigte Margo, dass es bereits nach halb neun war. Tagsüber würde es auch kaum heller werden. Wie der Kapitän via Durchsage verkündet hatte, befanden sie sich auf dem Weg nach Hammerfest, der nördlichsten Stadt der Welt, wie sie sich selbst nannte, wo die Sonne über weite Teile des Winters nicht zu sehen war. Deshalb war Hammerfest wohl eine der ersten Städte Europas mit elektrischer Straßenbeleuchtung. So eine Kreuzfahrt hatte den Vorteil, dass einem Zeit blieb, über Dinge nachzudenken, die einem vorher selbstverständlich erschienen waren, wie zum Beispiel die Straßenbeleuchtung …

Und um Licht in die Angelegenheit mit Nils zu bringen, war Margo am Abend zuvor den beiden Männern gefolgt. Der kleinere mit dem asketischen Gesicht und dem Dreitagebart machte einen angespannten Eindruck, Nils dagegen wirkte fast unbeteiligt, als hörte er gar nicht zu, was der andere zu sagen hatte. Allerdings waren die beiden Männer zu weit von ihr entfernt, als dass sie hätte verstehen können, worüber sie sprachen. Nahe der Krankenstation trennten sie sich. Nils ging in Richtung des Treppenhauses, der andere schlug nach kurzem Zögern den Weg zu den Liften ein.

Margo war Nils in sicherem Abstand gefolgt. Doch unerwartet blieb er stehen und blickte sich um wie jemand, der sich beobachtet fühlte. Sie konnte sich gerade noch abwenden und vorgeben, den öffentlichen Trinkwasserbrunnen zu benutzen. – Plötzlich lag eine Hand auf ihrer Schulter. Ihre Knie zitterten. Was sollte sie ihm sagen? Hatte sie auf die Schnelle überhaupt eine halbwegs überzeugende Ausrede dafür, dass sie ihn verfolgte? Er war ihr keine Rechenschaft schuldig und sie nicht besser als eine armselige Stalkerin. Hasste sie nicht auch aufdringliche Leute wie die Pest?

»Hey, Lady, …«

Das war nicht Nils' Stimme.

»Soll ick Ihnen ma zeijen, wie det jeht?«

Sie sah in das rosige Gesicht eines schwitzenden Matrosen, der offenbar nicht mehr ganz nüchtern war. Seine in die Stirn gezogene weiße Schirmkappe mit blauem Anker vorn drauf erweckte jedenfalls auf den ersten Blick den Eindruck, er wäre Matrose. Doch dafür war er zu dick und zu alt, offenbar nur ein Passagier, der ausgiebig gefeiert hatte.

»Ick fahr ja nich det erste Mal uff diesen Schiff. Sehn Se hier die kleene Karaffe, die müssen Se nehm und … Nu bleibn Se ma hier! Ick will Ihnen doch nüscht tun, ick will Ihnen det doch nur erklärn …«

Sie ließ den Berliner Seebären stehen, Nils war plötzlich verschwunden. Er konnte nicht weit gekommen sein, doch die Gänge hatten ihn verschluckt.

Die grelle Lichtleiste über dem Waschbecken blendete Margo, als sie im Bad ihrer Kabine in den Spiegel schaute. Lass es sein, altes Mädchen, sagte sie zu sich, und fühlte zumindest Genugtuung bei dem Gedanken, dass sie *Anders* diesmal den Wind aus den Segeln genommen hatte.

*

Wieder lag eine unruhige Nacht hinter Gerlinde. Und dann dieser Morgen. Das Wetter in Hamburg war nicht unbedingt dafür bekannt, besonders freundlich zu sein, schon gar nicht im Herbst und im Winter, die Tage oft trüb und regnerisch, manchmal direkt düster und die penetrante steife Brise, die einem bis in die Knochen zog. Aber morgens wurde es wenigstens irgendwie hell, jeden Tag. Jetzt lagen sie im Hafen von Hammerfest, und jemand hatte ihnen die Sonne ganz gestohlen.

Wegen der Aussicht hatten sie das Schnellrestaurant auf Deck zwölf gewählt, einen Tisch auf der Backbordseite mit dem Blick auf die vorweihnachtlich beleuchtete Stadt. Denir saß ihr gegenüber. Nach dem Anruf des Arztes hatte sie noch überlegt, ob sie nicht doch die Krankenstation aufsuchen sollte, um sich persönlich von seinem Gesundheitszustand zu überzeugen. Jedenfalls hielt sie es für die natürliche Reaktion einer liebenden Großmutter. Aber da hatte sich Denir bereits selbst bei ihr gemeldet, ihr noch einmal versichert, dass es keinen Grund zur Beunruhigung gebe und sie morgen zusammen frühstücken könnten.

»Es ist etwas Besonderes, dieses Norwegen«, schwärmte er, und seine Augen glänzten, wie sie es von ihm kannte, wenn er begeistert war. »Ein ideales Weihnachtsland, findest du nicht? Wir sollten hier Werbeaufnahmen für Babykiss machen. Die nächste Winterkollektion für Teens im glitzernden Schnee, Rentiere, Hundeschlitten … Ich meine nicht die kitschige Variante, eher wie eine Live-Schalte, verstehst du? Kleine Spots: Babykiss in Hammerfest, Babykiss am Nordkap ...«

Sie ertappte sich bei einem Lächeln. Er war nicht kleinzukriegen, ihr Enkel. Auch sein Appetit schien unter der Kreislaufschwäche nicht gelitten zu haben, denn er schaufelte bereits wieder Berge von Rührei in sich hinein. »Geht es dir denn wirklich besser?«

»Es war mir plötzlich schwindelig, Großmutter, und ich bin nur vorsichtig. Das habe ich von Papa gelernt ...«

»Aber dein Vater war nicht vorsichtig genug.«

Denir stutzte und fixierte sie mit seinem Blick, als habe sie sich verraten. Gerlinde verstand seine Reaktion nicht. Es war kein Geheimnis, dass Roland trotz seiner Herzschwäche keinem Ärger aus dem Weg ging, sich mit jedem anlegte, der seinen Vorstellungen von Leistung nicht entsprach. Dass er ausgerechnet kollabierte, als sie sich gestritten hatten, das konnte ihr niemand zur Last legen.

»Ich habe Papas Tabletten immer bei mir, als Glücksbringer sozusagen ...«

»Als Glücksbringer?« Sie glaubte, nicht richtig gehört zu haben.

»Ich weiß, es klingt albern. Aber sie waren unter den Sachen, die mir Papa hinterlassen hat, vielleicht versehentlich da hineingeraten. Und ich dachte, sie halten vielleicht seine Krankheit von mir ab. Ich vermisse sie übrigens, hast du sie gesehen?«

Tabletten als Talisman. Sie verstand ihn nicht, ihren Enkel, er war ihr ein Rätsel, und das immer wieder aufs Neue.

War es reiner Zufall gewesen, dass Professor Kurscheidt gerade in dem Moment die Intensivstation betreten hatte, als sie …? Natürlich wäre es Irrsinn gewesen, wenn sie versucht hätte, Geräte zu manipulieren. Roland stand schließlich unter lückenloser Beobachtung, umsorgt von Ärzten und einsatzbereitem Personal.

Kurscheidt war als leitender Arzt erfahren in menschlichen Grenzsituationen. Vermutlich konnte er recht gut die Gefühle einer Mutter nachvollziehen, deren Sohn sich in einer solchen Lage befand. Aber er wusste nicht, dass Roland gleichzeitig ihr schärfster Konkurrent in der Firma war. Und dabei sollte es auch bleiben, andernfalls würde es die Sache nur unnötig verkomplizieren.

Rolands Zustand blieb die nächsten Wochen stabil, aber unverändert. Wie eine seelenlose Puppe lag er in seinem Bett. Einmal stand ein Schweißtropfen auf seiner Stirn, als würde er leiden. Wer litt, in dem steckte noch Leben und würde vielleicht unsterblich sein dank dieser computergesteuerten Maschinen.

Gerlinde verließ sich auf Kurscheidt. Er würde den Zeitpunkt bestimmen, wann Hoffnung keinen Sinn mehr machte. So lange musste sie aushalten, mit der Angst leben, dass Roland erwachen könnte. Nachts in ihrem Bett in Winterhude sah sie im Traum sein wächsernes Gesicht mit den geschlossenen Augen vor sich, und sie wartete und wartete. Und wenn die Spannung unerträglich wurde, meistens zwischen fünf und sechs Uhr in der Morgendämmerung, schreckte sie aus dem Schlaf.

An einem Mittwochmorgen, ein halbes Jahr und neun Tage nach Rolands Zusammenbruch, empfing Kurscheidt sie in seinem Büro. »Es ist jetzt an dir zu entscheiden, Gerlinde«, sagte er mit Betroffenheit in der Stimme. Sie nickte nur und versuchte sich die Erleichterung nicht anmerken zu lassen.

✳

Jonas hatte es an Bord nicht mehr ausgehalten. Seine Nerven waren bis zum Zerreißen gespannt, und so hatte es ihn mit leerem Magen in die kleine Stadt getrieben, die Hammerfest heißt, auf der Insel Kvaløy in der Provinz Finnmark und auf demselben Breitengrad wie der Norden Sibiriens und Alaskas liegt. Früher war hier die Grenze der menschlichen Zivilisation erreicht, dieser unglückseligen Herrschaft von Verantwortungslosigkeit und Willkür, doch die hatte sich längst bis zum Pol durchgefressen. Die große Schmelze war nicht mehr aufzuhalten, die Eisbärenpopulation gefährlich im Rückgang begriffen, einer dieser letzten Riesen der Arktis stand ausgestopft im Museum wie ein prähistorisches Relikt.

Jonas hatte die Lutherische Kirche erreicht, die vom Hafen aus ein gutes Ziel abgab. Religion galt ihm lediglich als Beweis für die Unfähigkeit des Menschen, Verantwortung zu übernehmen. Vielleicht hatte es ihn aber auch wegen Dani dorthin gezogen. Nur ihm und Silke zuliebe war er damals in eine Kirche gegangen, in eine Totenkapelle.

Wieder diese Schmerzen im Kopf, die Anspannung schien seine Nervenstränge zu zerschneiden, Faser für Faser. Projektionen manipulierten in immer kürzeren Abständen seine Gedanken, Projektionen von der Explosion. Es quälte ihn, nicht zu wissen, ob er danach noch

Zeit haben würde, so etwas wie Genugtuung zu empfinden, abgesehen von der Angst, es könnte etwas schiefgehen. Und Ingvar, die ganze schlaflose Nacht hatte er an ihn gedacht. Ingvar hatte Angst, so wie er, das war menschlich, aber sein alter Kumpel drohte, den Kopf zu verlieren. Und doch konnte er ihn nicht einfach ausschalten, er brauchte ihn noch.

Das dunstige Tauwetter und die Müdigkeit, die sich plötzlich bemerkbar machte, benebelten seine Sinne. Er beschloss, sich irgendwo aufzuwärmen, betrat ein gemütliches Gasthaus nicht weit von der Kirche entfernt. Dort ließ er sich an einem Holztisch aus gehobelter Fichte nieder. Die Sitzbank war bedeckt mit einem speckigen Rentierfell, an den Wänden hingen vergilbte Fotos, Familienbilder der Einheimischen in typischen Trachten vor ihren Koten und mit ihren Rentier-Gespannen.

Vom Ren lebten die Menschen immer noch in dieser Gegend, früher auch vom Wal- und Robbenfang, als sie noch keine Ahnung vom Raubbau an der Natur hatten. Wer könnte ihnen einen Vorwurf daraus machen? – Ausgerechnet jetzt fiel ihm die Szene auf Danis Beerdigung ein.

Ganz unerwartet stand er da, sein Vater, der kalte Professor, in den Händen einen Fichtenkranz verziert mit Blüten weißer Lilien. Nach Jahren hatte er Geschenke für sie: einen Totenkranz und einen Blick voller Vorwürfe. Und Mutter, die kleine graue Maus an seiner Seite, wie war sie doch unscheinbar geworden. Nicht mehr als ein Schemen, bestenfalls eine Erinnerung. Jonas wusste nicht, worüber er mit ihnen reden sollte. Wo war Silke?

»Ich bin erschüttert«, sagte Mutter, nachdem sie ihn umarmt und einen Kuss auf seiner Wange angedeutet hatte. »Ich bin erschüttert.«

Silke nahm seinem Vater den Kranz ab. Vater gab ihm die Hand, entschlossen, wie es seine Art war, und sagte mit fester Stimme: »Es tut mir leid, Jonas.« Worauf er schwieg.

»Danke«, erwiderte Jonas und hätte gern angefügt: Danke für dieses Zeichen des Mitgefühls, danke, dass du dir weitere Vorwürfe ersparst, danke, dass du uns am Tag unserer größten Niederlage mit deiner Anwesenheit beehrst, danke …

»Willst du dich nicht auch bei Danis Klassenkameraden bedanken, Jonas, für die bewegenden Lieder, die sie am Grab gesungen haben?«

Nein, er wollte nicht. – Oh doch, er wollte, begriff gerade noch rechtzeitig Silkes Absicht, ihn vor sich selbst und seinem Vater zu beschützen. Aber trugen diese kleinen Monster nicht auch Schuld an Danis Tod? Mit betroffenen Gesichtern standen sie jetzt um sein Grab herum. Besonders Gitta, diese Schlange. Natürlich hatte sie ihr Wort nicht gehalten. Es war nicht schwer, sich vorzustellen, wie sie Dani genüsslich vor den anderen blamiert hatte. Und diese falsche Bande hatte noch vor wenigen Minuten wie eine Engelschar an seinem Grab geklungen. »Lieder singen und heulen, das könnt ihr …«, schrie er sie an. »Wer hat ihn denn dazu getrieben?«

»Hey, dir nicht gut gehen? Du von Schiff? Soll Leute von Schiff rufen?«

Jonas schreckte hoch, war eingenickt vor Müdigkeit. Er wusste nur, dass er unter keinen Umständen auffallen durfte, so wenige Stunden vor dem Ziel. »Nein, danke, es ist alles okay. Ein Kaffee wäre schön.«

»Du Schnaps trinken, dann geht besser.« Das zerknautschte Gesicht mit den freundlichen Augen tat ihm jetzt gut.

Er hatte diesen Teenies Vorwürfe gemacht, damals an Danis Grab, war nicht die Spur besser gewesen als sein eigener Vater. Dabei hatte er doch gewusst, wer allein die Schuld für den Tod seines Sohnes trug.

*

»O sole mio«, war es Giovanni wie ein Seufzer von der Seele gerutscht. Er musste dabei an seine Heimat Italien, das Lieblingsland der Sonne, gedacht haben. In der Finsternis der nordischen Polarnacht kam er sich vermutlich wie ein Ausgesetzter vor. Hier war das Ende der Welt, und auch für Silvia fühlte es sich so an. Als sie die Balkontür einen Spalt öffnete und das Heulen eines Hundes von der Stadt herüberwehte, musste sie an die Orpheus-Sage denken. Nie hatte sie sich eine Vorstellung von der Unterwelt gemacht. Doch jetzt hätte sie sofort geglaubt, wenn jemand behauptete, dass sich der Eingang zum Reich der Schatten gleich hinter der Stadt befände …

Silvia hatte sich schon beinahe vollständig in ihre Schneemontur gehüllt. Den Alpakapullover zog sie zuletzt über, um in der gut geheizten Kabine nicht in Schweiß auszubrechen. Auf dem heutigen Programm stand die Bustour zu den Samen, so hießen die Ureinwohner der Region. »Schlittenfahrt mit Rentieren, magnifico, Signora Silvia. Sie nicht dürfen verpassen.« Giovanni hatte sie nahezu bedrängt: »Nicht nur sitzen in Café. Sie mussen sehen und erzählen zu Giovanni.«

Am liebsten hätte sie es gesehen, wenn er sie begleitete. Aber natürlich ging so etwas nicht, sicher war es der Crew untersagt, den Passagieren zu nah zu kommen. Abgesehen davon musste sie Giovanni recht geben, sie durfte die Zeit nicht verschwenden, wollte zumindest ihre Winterausrüstung einweihen. Sie hatte wieder neuen Mut gefasst für eine Fahrt mit dem Rentierschlitten über die Hochebene, das Bimmeln von Tausend Glöckchen im Ohr, wie sie es sich einmal zu ihrer Hochzeit gewünscht hatte.

Enno war der Mann, den sie liebte und der sie respektierte, ein Mann zum Heiraten. Doch wie sollte sie André beibringen, dass sie nicht mehr zur Verfügung stand? Er ignorierte einfach, dass sie es hasste, die Gespielin zu sein, an der er sich wie selbstverständlich bediente, allein aus der Borniertheit heraus, es wäre sein Recht, weil er sie engagiert hatte, als sie noch ein Nichts war.

Dann ergab es sich wie von selbst am Telefon. »Nein, André«, war ihr einfach herausgerutscht.

»Silvia, ich bin in einer Sitzung, habe nur wenig Zeit. Also morgen Abend.«

»Geh du zu deiner Sitzung, ich will dich nicht aufhalten. Es ist ja nicht schwer zu verstehen: Ich möchte nicht mehr.«

Kurze Pause. Er war Widerspruch nicht gewöhnt. »Aber das machen wir doch nicht am Telefon aus …«

»Ich habe nichts weiter zu sagen.«

»Silvia, ich … lass uns doch wenigstens … Ich hole dich ab, morgen Abend, bestelle einen Tisch im Steakhouse, da gefällt es dir doch so gut …«

»Es ist vorbei, André!« Sie wusste, dass diese Worte in seinen Ohren unerträglich klingen mussten, doch es war längst überfällig, Klartext zu sprechen.

»Aber warum, Silvia? Hast du einen anderen? Etwa diesen …?«

Sie schwieg. Sie musste da durch.

»Ein letztes Abendessen wirst du mir doch nicht verweigern. Lass uns bitte nicht so auseinandergehen …« Das weiche Register, fast weinerlich.

Dieser schäbige Schmierenkomödiant, dachte sie. Tränen der Wut standen in ihren Augen. Gleichwohl schien es ihr vernünftiger, den möglichsten Frieden mit ihm zu halten. Immerhin lief ihr Vertrag noch fast zwei Jahre, in denen sie nicht an ihm vorbeikam. *Ein* Abendessen, das letzte Abendessen mit ihm allein wäre vielleicht wirklich der passende Anlass, eine Wende in ihrer Beziehung einzuläuten.

André war ein brillanter Unterhalter, und für sie gab er eine Galavorstellung. Den ganzen Abend über ließ er seinen Charme spielen – nicht die Spur von Bitterkeit –, brachte sie unentwegt zum Lachen mit seinen Pointen über den Bühnenbetrieb, den er ja in zwanzig Jahren ausreichend kennengelernt hatte. Sparte auch nicht mit Selbstironie, die sie an ihm bisher kaum kannte. Am Schluss bestellte er eine Flasche Champagner. »Das ist es mir wert, Silvia«, sagte er und hob das Glas. »Bevor dich mir ein anderer wegschnappt, trinken wir auf deine Anfänge in der Provinz, unvergesslich sollen sie dir werden.«

Hatte er da nicht eine Träne im Auge, passend zum Anlass? Aber es gab keinen Grund für sie zu lästern. Er hielt sein Wort, und sie konnte nur begrüßen, wenn sie jetzt ihr gemeinsames »Privatleben« – nicht sie hatte ihre Hoteltreffen so bezeichnet, es war Andrés Formulierung gewesen – einvernehmlich beerdigten. Sie sah ihm noch einmal in die Augen, aus denen sie nie zu lesen gelernt hatte, bevor sie das Prickeln des Champagners auf den Lippen spürte.

Bald darauf zahlte er, und sie gingen. Draußen hielt er ihr den Schlag im Fond seines Mercedes auf, als wäre er nur der Chauffeur der großen Silvia Cantelli.

Sie fuhren durch die nächtlich schimmernden Straßen, während Silvia eine stille Zufriedenheit erfüllte. Endlich hatte sich André damit abgefunden, dass es zwischen ihnen vorbei war. Jetzt konnte ihre Traumhochzeit stattfinden, der Anfang eines neuen Lebens mit der wahren Liebe. »André, du hast dich in der Ausfahrt vertan.«

»Oh ja, entschuldige. Einen Moment bitte.« Er bog ab auf einen schlecht beleuchteten Parkplatz, hielt den Wagen an und zog die Handbremse.

»André?«

Er stieg aus, ging um den Wagen herum und öffnete die Tür ihr gegenüber. »Ich habe noch ein Abschiedsgeschenk für dich«, sagte er.

21

Nach dem Frühstück schloss sich Margo dem Rundgang durch die Stadt an. Doch das nasskalte, dunstige Wetter war nicht gerade geeignet, Euphorie auszulösen, die Sicht wurde immer schlechter. »Bald wird es aufklaren, dann strahlt das Nordlicht auch für Sie, das verspreche ich Ihnen«, hatte der Kapitän noch versucht, Zuversicht zu verbreiten, kurz bevor sie von Bord gingen. Die große Auswahl an Souvenirs im weltbekannten Eisbärenklub, unweit vom Schiffsanleger, hob die allgemeine Stimmung etwas.

Margo ertappte sich, als sie nach Nils Ausschau hielt. Was ihn wohl veranlasste, als Wissenschaftler ausgerechnet auf einem Touristen-Kreuzer eine Strecke abzufahren, die er wie seine Westentasche kannte? Und seine Treffen mit diesem mysteriösen Mann …

Auf dem Weg zur Kirche, deren Turm unübersehbar wie ein Keil in den Himmel ragte, kam ihr der Mann plötzlich entgegen. Er sah verfallen aus, die Augen tief in den Höhlen, wie jemand, der nächtelang nicht geschlafen hat und mit dem Wachbleiben kämpfte. Sein Blick war starr auf den Weg gerichtet, die Gegend schien ihn nicht zu interessieren. Mit energischen Schritten stapfte er zurück in Richtung Hafen. Die blindwütige, fast verzweifelt wirkende Entschlossenheit machte Margo Angst. Dieser Mann trug eine fanatische Idee in sich, davon war sie überzeugt. Sie spürte, dass von ihm eine Gefahr ausging, und er hatte starken Einfluss auf Nils.

Sie machte auf der Stelle kehrt. Diesmal würde sie es geschickter anstellen und den Mann nicht aus den Augen verlieren, wie es ihr gestern widerfahren war. Der Nebel bot guten Schutz, und beim Einchecken auf dem Schiff war sie so nahe an ihn herangekommen, dass sie ihm die Hand auf die Schulter hätte legen können. Er bemerkte sie nicht, und es gelang ihr, ihm unauffällig bis in die Nähe seiner Kabine zu folgen.

Kabine siebenundsechzig, Deck drei. Jetzt musste sie noch herausfinden, was er vorhatte.

Für sie war es nur eine Frage der Zeit, bis er sich wieder mit Nils träfe. Also beschloss sie, nach dem Umziehen über die Decks zu spazieren, es war ohnehin Zeit für den Friseur.

Keine halbe Stunde später lag sie rücklings eingebettet in der Friseurkeramik des Coiffeur de Paris, und lauwarmes, extra weiches Wasser rieselte ihren Hinterkopf hinab. Mindestens ebenso weich schienen die Männerhände zu sein, die die zart duftende Waschlotion in ihr Haar massierten. Auf dem Schild an seiner Brust stand zu lesen: »Es bedient Sie Jean-Francois«.

»Kommen Sie tatsächlich aus Paris?«, fragte Margo.

»Aus Offebach, aber isch bin in Paris gebore, müsse Se wisse, und isch heiß weklich so: Schong-Frongswa. – Voilà, madame.«

Er drehte den Wasserhahn ab und frottierte ihr Haar mit einem unerhört sanften Zugriff und doch bestimmt. Als sie auf einem der Stühle Platz genommen hatte, fiel ihr Blick durch das Schaufenster. Nils stand auf dem Gang, diesmal ohne Begleitung. Er wirkte seltsam verwirrt und schien mit sich selbst zu sprechen.

*

Gerlinde warf einen Blick auf ihre Armbanduhr, nicht zum ersten Mal seit sie im Panorama-Café saß. Die undurchdringliche Dunkelheit machte sie nervös. Vor ihr stand eine Tasse mit heißem Kakao. Zu viele Kalorien, aber sie gönnte sich diese Belohnung, nachdem sie den Museumsbesuch hinter sich gebracht hatte.

Letztlich war ihr keine ausreichend überzeugende Entschuldigung eingefallen, um sich davor zu drücken. »Du solltest dieses Wiederaufbaumuseum nicht verpassen, Großmutter.« Denir war einfach zu hartnäckig gewesen. »Ein beachtenswertes Kapitel deutsch-norwegischer Geschichte.« Natürlich wusste er bereits alles über die Zerstörung von Hammerfest durch die Deutschen, damals vor Ende des Krieges. Dass die Einwohner sich in bitterkalten Berghöhlen außerhalb der Stadt vor ihnen verkrochen hatten. Und als die Gefahr vorüber war und sie zurückkamen, stand kein Stein mehr auf dem anderen.

Gerlinde hatte davon keine Ahnung gehabt. Natürlich war es Unrecht. Aber Denirs altkluger Tonfall hatte sie geärgert: »Ich bin in Deutschland geboren und fühle mich als Deutscher, und natürlich stelle ich mich der Verantwortung unserer Geschichte wie jeder anständige Deutsche.« Als würde sie nicht auch bedauern, was in dieser Zeit geschehen war. Jetzt wurde ihr allerdings bewusst, dass er mit diesem Bekenntnis eher ihre Zustimmung gewinnen wollte. Wie auch immer, sie fühlte sich erleichtert, von seiner Gegenwart zumindest bis zum Abendessen befreit zu sein, so als hätte ihr jemand eine große Last von den Schultern genommen.

Nur ein Knopfdruck, sagte sie sich immer wieder, und es sollte möglichst früh am Morgen geschehen, an einem ganz normalen Wochentag. Danach würde sie im Büro erscheinen und ihrer Arbeit nachgehen, sich wie üblich zuerst die Unterschriftenmappe vornehmen, dringende Telefonate erledigen und mit Griesmann das weitere Tagesprogramm besprechen. Sie habe genug Zeit gehabt, Abschied zu nehmen, würde sie als Rechtfertigung anführen, wenn Hartmut sie bedrängte, wenigstens für diesen Tag freizunehmen, um mit sich ins Reine zu kommen. Aber genau das brauchte sie nicht. Sie brauchte den Betrieb, den unerbittlichen, gnadenlosen Rhythmus des Business, das war ihr Puls, nicht die lähmende rückwärtsgewandte Trauer …

Als sie vor Rolands Bett stand, nachdem Kurscheidt ihr die Prozedur erklärt und sie mit ihm allein gelassen hatte, wartete sie auf ein Gefühl von ehrlicher Trauer, doch es wollte sich nicht einstellen. Stattdessen erfüllte sie das Gefühl der Erleichterung. Ein Knopfdruck und der Weg war frei. Die Zukunft von Babykiss bestimmte wieder sie allein. Roland würde für immer Ruhe haben und wie sein Vater als Foto auf dem Sims des marmorumrandeten Kamins im großen Salon ihrer Villa seinen Platz finden. Und von Zeit zu Zeit würde sie beiden einen Blick schenken.

Sie berührte noch einmal die bleiche Hand ihres Sohnes. Ein Blick in sein unbewegtes Gesicht. In dem Moment kam ihr vor, als wirkte der Ausdruck darauf heute irgendwie anders. Nicht so unbeteiligt wie sonst, eher, als wollte er sagen: »Lass mir noch etwas Zeit!« Natürlich konnte das nicht sein. Er lag in tiefem Koma. Sie rief sich zur Ordnung. Aber war da nicht wieder ein Schweißtropfen? Ein Schweißtropfen auf seiner Stirn? Vielleicht ein Zeichen, dass er … Dummes Zeug! Laut ärztlicher Diagnose – von keinem Geringeren als Professor Dr. Ernst Kurscheidt – hielt ihn nur die Technik am Leben. Aber was bedeutete dieser rosarote Schimmer auf seinen Wangen? War der auch Einbildung? – Nur den Knopf musste sie drücken … aber sie konnte doch nicht … In dem Augenblick löste eine Muskelkontraktion in ihrem Zeigefinger den kaum messbaren Druck aus, der das Leben ihres Sohnes unwiderruflich beendete.

✳

Nachdem er in seiner Kabine angelangt war, hatte Jonas nur seine Thermojacke abgestreift und sich bäuchlings auf das Bett geworfen, nicht einmal die Schuhe hatte er ausgezogen. Alles um ihn herum drehte sich. Er musste sich zur Ruhe zwingen, durfte nicht vor sich selbst davonlaufen, wie damals, wie immer in seinem Leben, wenn er seine Verantwortung verdrängt und zur Flasche gegriffen hatte: Fahnenflucht vor den eigenen Ansprüchen.

Der samische Wirt der kleinen Gaststätte an der Kirche hatte es gut gemeint, als er ihm den Schnaps vorgesetzt hatte, doch ohne die geringste Ahnung, was es für Jonas bedeutet hätte, ihn in seiner jetzigen Verfassung auch nur anzurühren. Er war von seinem Platz aufgesprungen. Nur raus, nur weg! Er hatte einen Auftrag zu erfüllen, den einzigen und letzten in seinem verpfuschten Leben …

»Jetzt spielst du den Starken? – Bei Daniels Beerdigung hättest du stark sein können, aber du hast es vorgezogen, den Schwanz einzuziehen und einer Aussprache mit deinem eigenen Vater aus dem Weg zu gehen.«

»Papa?« Nicht *einen* Schluck hatte er von dem Schnaps getrunken, er war vollkommen nüchtern. Aus dem Spiegel über dem Sideboard stachen zwei kleine Lichter wie Spots auf ihn.

»Ich war bereit dazu, du hättest mir endlich vorwerfen können, was du an mir auszusetzen hast. Es wäre eine moralische Bereicherung für uns beide gewesen. Ich habe nie den Anspruch erhoben, unfehlbar oder ein guter Vater zu sein.«

»Eine moralische Bereicherung …?« Diese Art Formulierungen waren typisch für seinen Vater, dem Homo habilitus. Und dann diese glatte Lüge. Natürlich fand er sich selbst unwiderlegbar, alternativlos, *unfehlbar* also.

»Es ist zu spät, Papa, ich brauche weder deine Wertschätzung noch deinen Rat. Ihr könnt alles erklären, ihr Geistesüberflieger, aber am Ende drückt ihr euch davor, die Konsequenzen aus eurem Wissen zu ziehen. Revolution zu machen. Zeichen zu setzen. Feiglinge seid ihr!«

»Man muss sich entscheiden, zu welchem Lager man gehören möchte, Jonas. Mir ging es immer um den Fortschritt, nicht um Mord.«

»Du hältst mich also für einen Mörder? Was ist mit den ehrenwerten Staatslenkern, die Hunderttausende in Kriege schicken, die es nur gibt, weil sie ihre Völker belügen?«

»Zumindest halte ich dich für einen *potenziellen* Mörder. Du hast immerhin vor, fast zweitausend Menschen in die Luft zu jagen mit dem perfiden Argument, dadurch der Menschheit zu dienen. Ich halte dich für klug und gebildet genug, dass dir selbst auffällt, wie irrwitzig das ist …«

»Es muss dir so vorkommen, weil es dein beschränktes Hirn überfordert. Du bist nicht fähig, in deiner Schwäche, in deiner elenden Ängstlichkeit diesen Weg zu gehen.«

»Ausgerechnet *du* wirfst mir Ängstlichkeit vor, der du vor deinem eigenen Vater davonläufst? Wer ist hier beschränkt? Es geht dir doch nur darum, dir selbst etwas zu beweisen. Jonas, ich frage dich: Willst du deshalb wirklich zum Mörder werden?«

»Soll ich etwa warten, bis Europa als kleine Insel neben den Plastikinseln in einer riesigen stinkenden Lache schwimmt?«

»Es bleibt dir nur, mit Fakten zu überzeugen. Kämpfe mit Worten, unerbittlich, unermüdlich, bis zur Erschöpfung …«

»Du weißt es selbst: Unzählige Idealisten sind auf diese Weise gescheitert. Es wird immer wieder versucht, aber nichts ändert sich. Was bleibt, ist der Weg für die Mutigen, auch wenn er verlustreich ist …«

»In deiner Verzweiflung meinst du, ein Held zu sein, aber du täuschst dich.«

Plötzlich erlosch das Augenpaar im Spiegel, die Stimme seines Vaters verhallte. Ein Nebelfetzen verdeckte die Sicht von seinem Bett aus auf die Stadtsilhouette von Hammerfest. »Papa?«, rief Jonas. Dann weinte er.

*

Den eisigen Wind von der Schlittenfahrt spürte Silvia noch auf ihren Wangen. Wie ein Rausch war der Ausflug an ihr vorbeigezogen. Und natürlich hatte sie den Fotoapparat vergessen. Immer dann, wenn es viel zu sehen gab. Die kunstvollen Trachten der Samen hatten es ihr besonders angetan, aber auch ihre wundervollen Tiere, die Rentiere mit dem goldenen Fell und natürlich die Hunde, deren blaue Augen wie Opale schimmerten. Zum Glück war ein Bordfotograf dabei gewesen und hatte Schnappschüsse gemacht. »Und dann fand ein Schlittenrennen statt ...«, erzählte sie weiter.

Giovanni stand vor Erregung der Mund offen, als hätte Silvia an einer Nordpolexpedition teilgenommen. Er vergaß sogar völlig, die Tasse mit dem Espresso abzusetzen. »Und wer gewonnen? – Naturalmente Madama Silvia, la regina del polo nord, ey?« Mit seinem herzhaften Lachen steckte er auch die Leute am Nachbartisch an, als habe er einen guten Witz gemacht. Alle lachten und wollten nicht mehr aufhören.

Auch Silvia lachte, aber dann beschlich sie ein ungutes Gefühl. Ging der Spaß etwa auf ihre Kosten? Hatte dieser Giovanni, der sich vor Lachen kaum halten konnte, vielleicht die ganze Zeit über schon sein Spiel mit ihr getrieben? Alle buhlten sie doch nur um Trinkgeld, um den Umschlag mit den Scheinen am Ende der Reise. Und sie hatte gedacht ... Wie dumm sie doch war.

»Etwas nicht stimmen, Signora?«, fragte Giovanni, der jetzt bemerkte, dass sie sich nicht amüsierte. Seine Stimme klang auf einmal ängstlich.

»Schon gut«, erwiderte sie ernüchtert. »Ich weiß selbst, dass ich nicht gerade sehr sportlich wirke.«

»O, no, scusi, Signora! Ich nicht meinen … Ich meinen ganz andere. Madama Silvia *immer* regina, wo immer kommen, immer regina …«

Aber der Zauber war verflogen. »Ich möchte bitte zahlen.« Die Kälte ihrer Stimme schien ihn schwer zu treffen, aber waren die Italiener nicht alle Komödianten?

Er verbeugte sich tief, bevor er sich zum Tresen entfernte, um den Bon ihrer Rechnung zu holen. In diesem Moment erschien im Eingang des Cafés ein älteres Ehepaar, dessen Anblick das letzte bisschen Freude, das ihr der Nachmittag beschert hatte, vernichtete …

Von ihrem Platz im Wagen aus konnte sie sein Gesicht nicht sehen. Das Jackett hatte er bereits ausgezogen, die Krawatte gelockert. Jetzt drängte er seinen massigen Körper neben sie in den Fond. »André, was hast du vor?« Als ahnte sie es nicht, als wüsste sie es nicht. Er hatte sie immer genommen, wann und wie er wollte. Aber es gab einen Unterschied zu früher: Sie hatten sich unmissverständlich getrennt, und sie liebte jetzt einen anderen …

»Stell dich nicht so an, Silvia! Ein letztes Mal.«

Sie spürte sein heißes Schnaufen an ihrem Hals. »Lass mich! Es ist vorbei, verstehst du?« Doch ihre aufgebrachte Stimme schien ihn noch anzustacheln. Mit einem Ruck riss er die Träger ihres Kleides über ihre Schultern.

»Ich will nicht!« Sie versuchte, nach Hilfe zu schreien, doch er saß auf ihren Oberschenkeln und drückte ihr die Luft ab.

»Was, du willst nicht?«, höhnte er. »Als es um den Vertrag ging, da hast du gewollt, und für jeden weiteren Vertrag hast du gern die Beine breitgemacht. Jetzt, wo du meinst, am Ziel zu sein, hat der Kuli ausgedient, was?«

»Nein, nicht … du Schwein!« Niemand konnte sie hören, sie strampelte und trat, traf aber nur die lederne Rückseite des Beifahrersitzes.

»Ich bestimme, wann es das letzte Mal ist. Denk daran, wie schön es einmal mit uns war!«

Er drang in sie ein. Sie bäumte sich auf, aber in dem Augenblick, als sie sich mit aller Kraft gegen ihn stemmte, raubte es ihr die Sinne …

Am nächsten Tag wachte sie in Unterwäsche im Bett ihres kleinen Schlafzimmers auf. Sie wusste zuerst nicht, ob die Bilder in ihrem Kopf Erinnerung oder die Fetzen eines Albtraums waren. Doch die Kleider auf ihrem Stuhl brachten die Wirklichkeit zurück, bis zu dem Punkt … er hatte sie … Wieder klang sein gemeines Organ in ihrem Ohr: »Alles hat seinen Preis, Prinzessin. Haben dir das deine Eltern nicht beigebracht?« Ihr Schädel platzte von seinem höhnischen Gekeife. Und wie war sie nach Hause gekommen?

Als sie versuchte aufzustehen, gaben ihre Beine nach und sie brach vor dem Bett zusammen. Eine weitere Szene der Nacht kam zurück: Im halb ohnmächtigen Zustand hatte er sie die Treppe hinauf zu ihrer Wohnung geschoben. »Du darfst halt nicht so viel trinken, Silvia, mein Schatz …« Lächerlich fürsorglich hatte sich seine Stimme angehört.

Sie schaffte es bis in die Küche und setzte sich vorsichtig auf die Eckbank. Der Schrank, der Tisch, die Gardinen am Fenster, alles wirkte fremd auf sie. Die runde Uhr an der Wand hatte lediglich zwei Zeiger, einen kurzen und einen langen. Vorstellung? Hatte sie heute einen Auftritt oder Probe? Ihr fiel auf, dass sie schniefte und sich ständig die Tränen aus dem Gesicht wischte. Sie schaute durch die Gardine mit den gestickten Herzen. Grauer Tag. Welcher Tag? Wieder ein stechender Schmerz im Kopf. Es dauerte, bis sie begriff, dass das Telefon schrillte …

»Ja.«

»Frau Cantelli?« Die weibliche Stimme kannte sie nicht.

»Ja.«

»Hier spricht Droste, die Sekretärin von Herrn Ekhoff. Er ist leider heute verhindert und kann die Verabredung nicht einhalten. Er wird sich wieder bei Ihnen melden. Ich soll Ihnen viele Grüße ausrichten.«

»Danke.«

Die Sekretärin legte auf. Natürlich, jetzt fiel es Silvia ein: Es war ihr freier Tag, Enno und sie hatten sich zu einem Stadtbummel verabredet. Aber warum rief er nicht selbst an?

22

Margo wäre Nils am liebsten hinterhergelaufen. Aber sie konnte Jean-Francois, den zärtlichen Coiffeur, der sich mit aller Hingabe ihrem Stufenschnitt widmete, unmöglich in seiner Kunst unterbrechen. Und als er ihr endlich im Handspiegel diverse Ansichten seines gelungenen Werkes präsentierte, war Nils längst über alle Berge.

Was sollte sie tun? Jedenfalls gab es für Margo keinen Grund, sich in ihre Kabine zurückzuziehen. Die Geschäfte in der Passage waren wieder geöffnet. Eventuell passte ja ein verführerisches Top zu ihrer neuen Frisur oder ein feiner leichter Duft, der an Frühling erinnerte und die ewige Nacht zumindest etwas aufhellte. Die kleine Bar an der Seeseite kam ihr gerade recht, denn sie verspürte Lust auf einen Espresso. In einer gemütlichen Ecke fand sie Platz, und während sie auf den Kellner wartete, dachte sie an das absolute Highlight, das kaum mehr als eine Tagesreise entfernt auf sie wartete: das Nordkap. Und wenn es mehr als tröstende Worte waren, die der Kapitän über Durchsage verbreitete, würde sich auch Aurora Borealis, das Nordlicht, endlich zeigen, dieses Mysterium des Polarkreises …

»Aussteigen? Bist du verrückt geworden? Wie stellst du dir das vor? Wir waren uns einig, bis zum letzten Blutstropfen für dieses Projekt zu kämpfen …« Eine unterdrückte, wütende Männerstimme.

»Projekt, Projekt … Jetzt sieht es eben anders aus, Jonas! Es gibt Einsichten, die ändern ein Vorhaben. Und ich habe eingesehen, dass wir nicht das Maß der Dinge sind.«

Nils, ohne Zweifel. Der andere hieß also Jonas und war vermutlich der, dem sie bis zu seiner Kabine gefolgt war. Die beiden mussten direkt hinter der Holztrennwand sitzen, und nur ein einziges Wort würde Margo verraten. Da nahte bereits das Unheil.

»Was darf ich bringen?«, fragte der Kellner. Sie starrte ihn hilflos an. Doch er musste niesen, und sie wusste plötzlich, was zu tun war. Sie räusperte sich stark, deutete auf ihren Hals und formte mit den Lippen tonlos zwei Worte. – »Ein Espresso, kommt sofort!« Dem Himmel sei Dank, dachte sie.

»Du weißt, was wir uns gegenseitig geschworen haben …«

»Ja, ich weiß. Bring mich doch um! Aber ich werde dir nicht helfen, zweitausend Unschuldige in die Luft zu jagen …«

»Psst! Du wusstest so gut wie ich, worauf du dich einlässt. Mensch, Ingvar, dafür haben wir jahrelang gearbeitet. Es spricht für dich, dass du zweifelst, denkst du, ich zweifle nicht? Aber darin liegt die Prüfung. Reiß dich zusammen!«

Ingvar? Nils war also ein falscher Name. Und was hatte das zu bedeuten, zweitausend Unschuldige in die Luft zu jagen? Er konnte doch unmöglich das vollbesetzte Schiff damit meinen. – Und wenn ja, wie sollte sie sein Vorhaben verhindern? Zur Brücke laufen und Alarm schlagen? Am besten gleich dem Kapitän eine wilde Geschichte erzählen, um selbst in Verdacht zu geraten? Sicher hattcn die beiden einleuchtende Ausreden parat, und es gab keinerlei Beweise. Dann stünde sie da als hysterische Alte, die sich nach Aufmerksamkeit sehnte und eigentlich nur einen Therapeuten brauchte, obwohl sie den längst hatte …

Ein Offizier in weißer Uniform kam den Gang entlang, stellte sich an den Tresen des Bistros und sprach einen Servicemitarbeiter an. Die beiden Männerstimmen neben ihr verstummten auf der Stelle. Stühlerücken. Schritte. Zweifellos steckte Nils in Lebensgefahr. Sie konnte nicht anders, sie musste etwas unternehmen.

*

»Warum regst du dich so auf, Gerlinde? Es war klar, dass die Umsätze in diesem Quartal das Vorjahresniveau nicht erreichen würden. Wenn du mich fragst, fehlt uns ein Zugpferd. Das iPhone in unserer Kollektion sozusagen, verstehst du?«

»Das Einzige, was ich nicht verstehe, ist, dass du plötzlich so tust, als bräuchte ich Nachhilfeunterricht in Marketing. Wir waren uns einig, dass Babykiss vor allem mit Qualität überzeugen soll. Oder gilt das plötzlich nicht mehr?«

Sie schritt vor dem Aussichtsfenster der Suite auf und ab und wollte vor Wut den schwarzen Vorhang vom Himmel reißen. Nie hätte Hartmut sich getraut, ihr das zu sagen, wenn er ihr direkt gegenüberstünde. Oder war er mittlerweile auch in das Lager derer übergelaufen, die ihr jeden Fehler in die Schuhe schoben, um sie so schnell wie möglich loszuwerden?

»Gerlinde, hör doch auf damit … Ich wüsste allerdings jemanden, der vor Ideen platzt und nur darauf wartet, sie in die Tat umzusetzen. Ich bin mir ganz sicher, dass er den Laden in Schwung bringen würde, und du könntest dich obendrein im Glanz seines Erfolges spiegeln …«

Natürlich wusste sie, wer gemeint war, und sie fragte sich, warum Hartmut ihr immer wieder Denir unter die Nase rieb. Und warum musste der »Laden in Schwung« gebracht werden? »Also heraus damit! Was hat er dir versprochen, wenn du mich kleinkriegst? Glaubst du wirklich, dass er einen verschlissenen Bürovorstand aus der Vorära noch lange in seiner Chefetage dulden wird, wenn er erst das Sagen hat? Möglich, dass er dir eine Gnadenfrist einräumt, aber dann wirst du genauso schnell untragbar sein wie ich jetzt …«

»Wenn es dich beruhigt, versichere ich eidesstattlich, dass ich *kein* Angebot deines Enkels diesbezüglich erhalten habe. Warum bist du nur so stur?«

»Ich verbiete Ihnen, so mit mir zu sprechen, Herr Griesmann!« Unschwer, sich sein süffisantes Schmunzeln vorzustellen. Sie musste sich wirklich überlegen, ob er noch tragbar war. Griesmann stellte offen ihre Autorität infrage. Man sollte eben kein Verhältnis am Arbeitsplatz eingehen. Irgendwann fiel es einem auf die Füße …

Ohne ein weiteres Wort drückte sie Hamburg weg. Nur wenige Tage, und sie hielt das Ruder wieder selbst in Händen. Überhaupt, sie hätte zu Hause bleiben sollen. Die Angelegenheit mit Denir war ergebnislos verlaufen.

Ein grünes Signallicht skandierte drüben an der Uferseite von Hammerfest und lenkte ihren Blick aus dem Fenster. Plötzlich fiel ihr ein, dass die Schachtel mit den Tabletten immer noch in ihrer Handtasche lag. Denir hatte sie danach gefragt, aber sie hatte nicht geantwortet. Jetzt, wo er mit seinem Bekannten Billard spielte, bot sich vielleicht die letzte Gelegenheit, sie an ihren Platz zurückzulegen. Ihr würde schon eine Entschuldigung einfallen, warum sie erst jetzt wiederauftauchte. Vielleicht wäre Denir auch einfach nur froh, sie wiederzuhaben, und fragte nicht weiter.

Wie in ihrem Hamburger Büro lag die Handtasche griffbereit auf der linken Seite ihres Schreibtischs, denn sie ging nie ohne sie aus. Sie setzte sich, klappte die Lederlasche hoch, öffnete den Druckknopf und suchte. Doch ihr kam nur der Stummel eines verloren geglaubten Augenbrauenstifts zwischen die Finger. Wo war nur …? Da, endlich – ihr fiel ein Stein vom Herzen – hielt sie das verräterische Ding in der Hand …

»*Du* hast sie also genommen?«

Sie hatte die Tür nicht schließen hören. »Musst du mich so erschrecken?«, versuchte sie abzulenken. »Ich dachte, du spielst Billard mit deinem Bekannten.«

»Er ist leider nicht erschienen.« Denir schritt mit seinen langen Beinen auf ihren Schreibtisch zu, sein Gesichtsausdruck war nicht mehr der eines charmanten Jungen, eher der fest entschlossene eines erwachsenen Mannes, der ein ernstes Problem zu lösen hat. Er wirkte fast bedrohlich, doch sie ließ sich nicht einschüchtern.

»Ja, eine Servicekraft hat sie auf dem Boden gefunden und versehentlich entsorgt, dann aber zurückgebracht. Ich habe sie an mich genommen, in meine Handtasche gesteckt und völlig vergessen …«

»War es nicht eher so, dass du sie selbst aus meinem Bad genommen hast?«

»Warum sollte ich?«

»Um mich in Verlegenheit zu bringen und mir ein Geständnis abzutrotzen?«

»Ich habe es nicht nötig, dich in Verlegenheit zu bringen. Weswegen auch?«

»Um mich zu dem Eingeständnis zu zwingen, dass ich so krank wie mein Vater bin. Ein schwer Herzkranker ist als Spitzenmanager wohl kaum tragbar, das weiß auch ich. Und du wärst mich auf diese Weise los …«

Wie sie vermutet hatte: Er war alles andere als naiv. »Wenn du das von mir annimmst, scheinst du absolut kein Vertrauen in mich zu haben. Seiner eigenen Großmutter eine solche Niedertracht zu unterstellen. Das sind schlechte Voraussetzungen für eine Zusammenarbeit. Ich muss sagen, ich bin enttäuscht …«

»Ach, nein …« Er stellte sich breitbeinig vor den Schreibtisch, stützte sich mit seinen großen Händen auf der Tischplatte ab und drängte ihr seinen düsteren Blick auf. »Enttäusche ich dich also schon wieder? Aber das ist ja nicht schwer. Dir ist offenbar jeder Grund recht, um von mir enttäuscht zu sein, oder?«

»Durchaus nicht. Soeben habe ich mit Griesmann gesprochen. Wie du weißt, unserem Personalchef, und er hat sehr viel Gutes über dich gesagt. Aber wie sich die Dinge jetzt entwickeln …« In Zukunft würde sie auch Hartmut Griesmann gegenüber nur noch dieses *eine* Argument vorbringen, dass zwischen ihr und ihrem Enkel keine ausreichende Vertrauensbasis mehr gegeben sei. Und wenn das Entscheidende fehle, nämlich das Vertrauen …

»Was soll das heißen?«

»Dass ich vorläufig auf deine Mitarbeit im Konzern verzichten will.«

»So? – Für mich stellt sich da noch die Frage, ob diese Entscheidung deine Kompetenzen nicht bei Weitem überschreitet.«

»Natürlich habe ich mich auf diese Frage vorbereitet. Meine Anwälte werden sie dir gern beantworten ...«

Das traf ihn offenbar, er wurde blass, so blass wie bei einem dunkelhäutigen Mann nur vorstellbar.

»*Du* drohst mir mit Anwälten? – Die werden bald alle Hände voll zu tun haben, wenn ihre Mandantin selbst vor Gericht steht!«

»Mach dich nicht lächerlich. Wieso sollte ich vor Gericht stehen?«

»Als Mörderin deines Sohnes und meines Vaters!«

*

Der Zeitpunkt zu handeln war früher gekommen als erwartet. Mehrfach hatte er Ingvar gewarnt, doch er schien ihn nicht ernst zu nehmen, und das, was Jonas vor nicht einmal einer Viertelstunde mitansehen musste, war der eindeutige Beweis, dass sich sein Kollege, den er einmal seinen Seelenverwandten genannt hatte, ihm nicht nur seine Hilfe verweigerte, sondern gegen ihn arbeitete. Hätte er sich sonst, kurz nachdem sie auseinandergegangen waren, mit dieser Frau getroffen? Jonas war ihm gefolgt, wollte nichts unversucht lassen, ihn zurückzuholen. Aber da stand plötzlich diese Frau vor Ingvar, und ausgerechnet auf dem Gang lieferten sie sich einen ziemlich hitzigen Wortwechsel, als könnte es nicht auffallen, als wäre der Pott nicht voller Wanzen. Er hätte diese Frau gleich eliminieren sollen, dachte Jonas. Durch seine Gutmütigkeit stand er jetzt vor zwei Gegnern. Und somit war es fast unmöglich, Ingvar wieder auf Linie zu bringen. Wenn man sein Ziel erreichen will, muss man ihm alles ohne jede Rücksicht unterordnen. Eine Erkenntnis, die ihm nach Danis Tod gekommen war, als Silke sich gegen ihn wandte.

Die Beileidsbekundungen nach Danis Beerdigung hatten sie bis in den Abend hinein ertragen müssen. Silke war großartig gewesen, hatte das meiste ohne ihn geregelt, auch die Fragen des aufdringlichen Zeitungsreporters beantwortet, den er am liebsten rausgeschmissen hätte. Sie hatte es auch fertiggebracht, dass seine Eltern plötzlich verschwunden waren. Ohne beleidigt zu sein, wie Silke beteuerte.

Vor dem Haus an dem Eisentürchen zu ihrem Vorgarten lagen Blumensträuße, Grablichter flackerten. »Wir werden dich immer in unseren Herzen behalten.« Jemand hatte vor den Blumen ausgeharrt und geweint, bis der Regen zu stark geworden war. Charlotte, die zierliche, blasse Tochter von Regierungsdirektor Heymanns. Warum hatte sich Dani nicht in Charlotte verliebt?

»Wie du dich vor Danis Klassenkameraden aufgeführt hast, einfach unmöglich! Was sollte das überhaupt heißen: Jeder Einzelne von euch trägt Schuld an seinem Tod?« Silke hatte Wut im Bauch, das konnte er ihr nicht verdenken. Und er bereute, sich auf dem Friedhof so gehen gelassen zu haben. Auch hatte er in seinem Schmerz völlig vergessen, dass Silke ahnungslos war. Der Vater eines von Danis angeblichen Freunden hatte ihn schließlich gebremst und gesagt, er verstehe ihn, könne aber nicht zulassen, dass er wild mit Schuldzuweisungen um sich werfe.

»Es gibt keine Beweise, aber es gehört nicht viel Fantasie dazu, es sich auszumalen. Unser Sohn hatte kein besonders ausgeprägtes Selbstbewusstsein, wie du ja weißt. Und die jungen Leute sind brutal. Vielleicht ist Gitta auch über ihn hergezogen, ich traue ihr das zu, dabei hat sie mir ...«

»*Dir*? *Was* hat sie dir?«

Auch das noch. Wie konnte ihm das nur passieren? »Ich bin sehr müde, Silke, ich weiß schon nicht mehr, was ich rede. Am besten lege ich mich hin.«

»Was hattest *du* mit Gitta zu tun?«

Es hatte keinen Sinn, ihr auszuweichen oder ihr etwas vorzulügen. Es war heraus, er musste es eingestehen ...

Die ganze Beichte über hörte Silke ihm fassungslos mit verschränkten Armen zu.

»Ich wollte ihm helfen, ich wusste keine bessere Lösung. Ich konnte doch nicht zulassen, wie ihn diese kleine ... Ich bin doch sein Vater!«

»Und du bist auch sein ... *Du* hast ihn umgebracht, nicht diese Kinder, *du* hast ihn auf dem Gewissen! Du mit deiner beschissenen Fürsorge, mit deinem unerträglich aufopferungsvollen Getue. Dani stand es bis oben, dein Sohn ist vor dir geflohen ...«

»Typisch, jetzt, wo es zu spät ist, weißt du auf einmal, was alles falsch gelaufen ist.«

»Verbohrt bist du, keinem vernünftigen Wort zugänglich. Dani hier, Dani dort, der Junge braucht Verständnis, der Junge braucht Zuwendung ...«

»Du musst nicht zynisch werden! Du hast doch nicht die geringste Ahnung, wie es sich anfühlt, wenn ein Vater

seinen Sohn einfach links liegen lässt, ihn übersieht, aus-
mustert, weil er ihm nicht das Wasser reichen kann. Ich
habe Dani das geben wollen, was mein eigener Vater ...«

»Und dir? Fällt dir *nichts* auf? Fällt dir immer noch
nicht auf, dass ihr beide, du und dein Vater, der Herr Professor, das gleiche Problem habt?« Sie fing an zu weinen,
sie schrie. Er stand auf, ging ins Wohnzimmer, öffnete die
Hausbar und griff nach der Flasche Whiskey, die darin
jahrelang unberührt gestanden hatte.

*

Silvia konnte sich nicht auf das Fernsehen konzentrieren, in ihrem Kopf lief ein anderes Programm ab, eine
ständige Wiederholung. Und das würde sich nicht ändern,
solange sie mit diesem Ehepaar des Schreckens auf dem
Schiff eingesperrt war. Obwohl sie sich auf die Garne-
len-Variationen im Royal Seagarden gefreut hatte, würde
sie heute Abend ihre Kabine nicht mehr verlassen. Den
beiden ein zweites Mal an diesem Tag zu begegnen, dazu
fehlte ihr die Kraft.

Und wieder verstand sie ihr eigenes Verhalten nicht. Es
war an André Weißweiler, ihr aus dem Weg zu gehen, nicht
umgekehrt. Stattdessen ließ sie dieses Gefühl von Unter-
legenheit bei sich zu, das ihr die Knie weich werden ließ.
Warum? *Sie* war Opfer. *Er* hatte sie vergewaltigt. Ja, *Ver-
gewaltigung* war das Wort, mit dem man das bezeichnete,
was ihr damals angetan worden war. *Er* hatte ihr dieses
Verbrechen angetan und ihre Würde in den Dreck gestoßen. Und das Irrwitzige war, dass sie bis heute die Scham
umtrieb, sie hätte *ihn* ausgenutzt.

War es Dummheit oder Naivität? Jedenfalls musste sie sich jetzt eingestehen, dass sie es verpasst hatte, mit dem Erlebten angemessen fertigzuwerden. Sie war sich gegenüber nicht ehrlich genug gewesen, hatte nur ihre Wunden geleckt und sich ihrem Selbstmitleid ergeben. Eine Schlacht hätte sie ihm bieten müssen. Auch wenn sie den Kürzeren gezogen hätte, ganz ohne Schaden wäre auch *er* nicht davongekommen, und sie hätte behalten, was sie vielleicht für immer verloren hatte.

Der Tag verstrich als Nachhall dieser Ungeheuerlichkeit, die ihr durch einen Mann – ihren Intendanten – widerfahren war, dem sie irrtümlich einen Rest von Anstand zugetraut hatte. Sie war im Bett geblieben, den roten Putzeimer aus Plastik griffbereit neben sich auf dem Boden, weil sie unter plötzlichen Übelkeitsanfällen litt. Die Attacken von Schüttelfrost waren am Nachmittag abgeklungen. Als es am schlimmsten war, hatte sie sich gefragt, ob sie nicht den Arzt rufen sollte. Aber dann hätte er sie genauer untersucht, und da waren Schrammen und Druckmale in der Schamgegend von seinem Knie … Skandal in der Oper? – Nein, das konnte auch sie sich nicht wünschen. Jede Probe, jeder Auftritt würde zu einem Spießrutenlaufen werden. Sie wäre der Häme wehrlos ausgesetzt, denn sicher würde er alles abstreiten, versuchen, sie bei jeder Gelegenheit zu denunzieren. Und egal, welches Engagement sie danach anträte, mit Fingern würde man auf sie zeigen, jeden Fehler auf die Goldwaage legen. Ruiniert wäre sie, von einem auf den anderen Tag.

Wenigstens wollte sie sich jemandem anvertrauen. Doch wem? Niemandem von der Oper und auch nicht ihren

Eltern. Allein bei der Vorstellung vom Gesichtsausdruck ihrer Mutter, wenn sie auch nur andeutete, was geschehen war, überkam sie ein neuer Anfall von Schüttelfrost. Semmelroth, ihr Agent, würde selbstverständlich die Partei des Intendanten ergreifen, sein täglich Brot. »Bist du sicher, dass du die Situation nicht missverstanden hast, Silvia?«, saß er ihr schon im Ohr.

Die Straßenbeleuchtung schimmerte durch die Gardinen ihres Schlafzimmers. Vom Bett aus beobachtete sie, wie der kleine Rest Blau am Himmel von den übermächtigen dunklen Schwaden links und rechts erdrückt wurde. Sie begann wieder zu weinen, suchte nach Trost und fand einen verzweifelten, beinahe lächerlichen: Es war endgültig vorbei. Er würde es nie mehr wagen, sie anzufassen. – Aber warum ließ Enno nichts von sich hören?

Am nächsten Morgen meldete sich Silvia krank, schob eine grassierende Magen-Darm-Grippe vor. Sie versuchte sich nichts anmerken zu lassen, gab der Sekretärin im Betriebsbüro in Aussicht, bis zur nächsten Traviata wieder fit zu sein. Dazwischen lagen acht Tage. Acht Tage, in denen sie versuchen würde zu vergessen, die Schwindelanfälle und stechenden Kopfschmerzen loszuwerden, die ihr fast den Verstand raubten. Weniger Sorgen machte ihr, dass sich ihr Hals so eng anfühlte und sie nicht einen einzigen Ton herausbrachte.

IM BANN DES NORDLICHTS
23

18.36 Uhr. Margo zweifelte, ob sie befolgen sollte, worum sie Nils oder Ingvar – wie er auch heißen mochte – inständig gebeten hatte. Ihm zu vertrauen, bedeutete ein unkalkulierbares Risiko, aber war es nicht die einzige Möglichkeit, eine Katastrophe zu verhindern? Während sie auf seinen Anruf wartete, fragte sie sich, ob sie nicht drauf und dran war, etwas furchtbar Dummes zu tun.

Nachdem sich die beiden Männer getrennt hatten, war sie Nils gefolgt, um dieses unwürdige Versteckspiel zu beenden. Doch erst als er vor seiner Kabine stand und in der Hosentasche nach der Codecard suchte, holte sie ihn ein.

»Margo?«, fragte er sichtlich überrascht.

In dem Moment vergaß sie alle Taktik. »Ich weiß Bescheid, was ihr – du und dieser Jonas – vorhabt. Ich war also dein letztes Mal sozusagen …«

»Margo, was redest du da?«

»Gib dir erst keine Mühe, mich anzulügen, ich habe alles gehört. Ihr wollt …«

»Hier haben die Wände Ohren«, zischte er und streckte die Arme nach ihr aus.

»Ich schreie, wenn du mich anfasst, hörst du?«

»Margo, du bist in Lebensgefahr. Ich will doch nur …«

»Was willst du?« Eigentlich war es ein glücklicher Zufall, sich auf ihn eingelassen zu haben, hätte sie sonst, hätte *irgendwer* auf dem Schiff von diesem Plan erfahren, bevor es zu spät war? »Ich verlange eine Erklärung von dir, und zwar sofort, sonst …«

»Pst! – Also gut, ich erkläre dir alles, aber du musst jetzt in deine Kabine gehen. Wir sind nicht allein, wir werden hier beobachtet und abgehört. Es ist gefährlich für uns beide, glaub mir …« Er warf unsichere Blicke nach rechts und links. »Bitte geh jetzt und achte darauf, dass dir niemand folgt. Ich rufe dich in deiner Kabine an, dann treffen wir uns an einem halbwegs unbeobachteten Ort.«

Immer noch kein Anruf. Margo starrte aus dem Fenster in die Dunkelheit, ihr Puls raste …

Herzlichen Glückwunsch! Es ist vollbracht. Madame Sebald hat sich nach nicht einmal der Hälfte der Reise den größten anzunehmenden Schlamassel eingebrockt. Und ich dachte schon, es sei Vernunft und innere Ruhe eingekehrt …

Gnadenlos dieser *Anders*, exakt der passende Augenblick, ihr den Nerv zu töten. Aber mittlerweile kannte sie ihn, vielleicht war es das, was sie stärker machte. »Tu nicht so, als sorgtest du dich um mein Seelenheil! Außerdem dreht es sich nicht nur um mich, es geht um alle Menschen auf diesem Schiff.«

Lass es sein, Margo! Du hast es mit Profis zu tun und bringst genau diese Menschen in Gefahr, wenn du jetzt Fehler machst …

»Aber irgendjemand muss etwas tun. Dann werde ich eben den Alarm auslösen.«

Anders' Antwort verstand sie nicht mehr, denn das Telefon auf dem Sideboard schrillte. Sie hob den Hörer ab.

»Margo?«

»Ja.«

»Bitte bleib in deiner Kabine! Ich bin gleich bei dir.« Tuten in der Leitung.

Unfassbar, was hier ablief. Es klang alles so unwahrscheinlich. Aber das war das Gefährliche. Bevor etwas Schlimmes passierte, glaubte niemand, dass es genau so kommen könnte. Sie würde mit Nils besprechen, was zu tun sei, und als Nächstes die Schiffsleitung informieren … Es klopfte zweimal an die Kabinentür. Sie öffnete.

»Sind Sie Frau Sebald, Margo Sebald?«

»Ja.«

Der hochgewachsene Mann in weißer Uniform wies sich mit einer Erkennungsmarke aus. »Arne Jensen, Security Service der Norwegian Legend. Sie haben an Bord ein Gespräch mitangehört, das Anlass zur Besorgnis gibt?«

Sie nickte verunsichert. Ob die Marke echt war? Woher wusste dieser Mann … Gehörte er vielleicht auch zu den Terroristen?

»Dazu habe ich ein paar Fragen. Darf ich eintreten?«

Es blieb ihr kaum etwas anderes übrig, als ihn eintreten zu lassen und ihm Platz anzubieten. Sie selbst setzte sich so weit wie möglich von ihm entfernt auf die Couch.

»Ja, aber wie …?«

»Jemand hat in der Zentrale angerufen. Ich dachte, Sie selbst?«

»Nein, aber es stimmt. Ich habe eine Unterhaltung mitangehört …« Es war sinnlos zu leugnen. Wahrscheinlich hatte Nils den Sicherheitsdienst eingeschaltet. Offenbar hinderte ihn irgendjemand oder irgendetwas daran, selbst zu kommen. Vielleicht dieser Jonas. Aber das bedeutete auch, dass sie Nils in Gefahr bringen würde, wenn sie dem Uniformierten alles erzählte und er wirklich zur Security gehörte. Diesem Jonas war zuzutrauen, dass er mit Nils kurzen Prozess machte. Das durfte sie keinesfalls zulassen! Allerdings stand nicht nur Nils' Leben auf dem Spiel ...

»Worum ging es in dieser Unterhaltung?«

»Es waren nur Andeutungen ...« – Und was, wenn alles am Ende ein riesiges Missverständnis wäre?, durchfuhr Margo der Gedanke. »Was redest du da?«, hatte Nils sie noch gefragt. Wo verdammt steckte er bloß?

»Diese *Andeutungen* können sehr wichtig sein.«

»Nachdem, was ich den Worten entnehmen konnte, ging es darum ... Aber wenn ich jetzt so überlege, habe ich das wahrscheinlich nur falsch verstanden ...«

»Bitte, wenn Sie einen berechtigten Verdacht haben, dann äußern Sie ihn hier und jetzt, nicht anderen Passagieren gegenüber. Sie haben keine Vorstellung, was es bedeutet, wenn Panik an Bord ausbricht. Von dem gigantischen finanziellen Schaden ganz zu schweigen, wenn aufgrund von haltlosen Gerüchten die Fahrt abgebrochen werden müsste ...«

»Natürlich«, erwiderte sie kleinlaut. Er schien wirklich von der Security zu sein.

»Also, worum drehte sich das Gespräch?«

»Um ein Projekt, soweit ich verstanden habe, und einer der beiden Männer wollte aussteigen. Der andere hatte ihm gedroht, dass er ihn dann umbringen würde. Da habe ich mir eben Sorgen gemacht. Aber vielleicht hat er es in der Wut auch nur so gesagt ...«

»Hat er dieses Projekt näher beschrieben?«

Sie war keine Lügnerin, aber sie musste Nils schützen. Später würde sie dafür geradestehen, das schwor sie sich. »Es war wohl ein wissenschaftliches Projekt, sie hätten jahrelang daran gearbeitet und es hingen viele Menschenleben daran. Ich dachte, sie hätten vor, das Schiff … Dann sind die beiden plötzlich aufgestanden und verschwunden …«

»Würden Sie sie wiedererkennen?«

»Ich saß hinter einer Trennwand aus Holz …«

Das genügte offenbar. Der Blick des Mannes von der Security war an dem Krimi auf ihrem Nachtkasten hängen geblieben. »Die Polarnacht hier oben im Norden lässt die Welt manchmal etwas düster aussehen. Ich möchte Sie aber ausdrücklich bitten, keine beängstigenden Geschichten mehr in Umlauf zu setzen, Frau Sebald, ansonsten …«

»Bestimmt nicht. Aber ich darf mich doch an Sie wenden, wenn mir wieder etwas Verdächtiges auffällt?«

»Selbstverständlich, das müssen Sie sogar!« Der Sicherheitsmann erhob sich und setzte ein verständnisvolles Lächeln auf, konnte aber beim Hinausgehen einen Stoßseufzer nicht unterdrücken.

✳

21.16 Uhr. Nach dieser Ungeheuerlichkeit war Denir mit wütenden Schritten aus dem Raum gestürzt, hatte die Tür seines Schlafzimmers hinter sich zugeworfen und war seither nicht mehr erschienen. Seine Absicht, sie zutiefst zu treffen, hatte er jedenfalls erreicht. Gerlinde befand sich in einem Zustand des inneren Aufruhrs. Wie damals, als es mit Roland zu Ende gegangen war und sie sich lange nicht beruhigen konnte, weil sie spürte, ein nicht rückgängig zu machendes Unrecht begangen zu haben.

Aber vor allem beschäftigte sie die Frage, wie Denir sich wagen konnte, ihr mit einer Anklage zu drohen. Er war doch kein Dummkopf. Woher nahm er diese Dreistigkeit so ganz ohne Zeugen?

Der Einzige, der damals hätte Verdacht schöpfen können, war Kurscheidt gewesen, doch der hatte sie mit Roland allein gelassen. Möglich, dass die Station auch damals schon mit Kameras ausgestattet war. Aber sie hätte jederzeit bestreiten können, irgendwelche ungewöhnlichen Reaktionen an Rolands Körper bemerkt zu haben. Diese leichte Röte in seinem Gesicht hatte sie nur aus nächster Nähe wahrgenommen. Kurscheidts letzte Diagnose hatte jede Hoffnung auf eine Veränderung zunichtegemacht und lag natürlich auch schriftlich vor. Und ihre Gedanken in den letzten Sekunden, bevor … waren bis heute ihr Geheimnis geblieben.

Anschließend war sie genau wie geplant verfahren. Ein Taxi brachte sie zur Firma, wo sie sich unverzüglich hinter ihren Schreibtisch begab, telefonierte und bis zum Abend ihre Arbeit machte. Als Hartmut sie dann zum Tanzen einlud, war es ihr wie eine Erlösung vorgekommen, denn beim Tanzen redeten sie kaum, und sie war dennoch nicht allein.

Ob Denir wirklich so weit gehen würde? Auch wenn er damit rechnen musste, dass sie ihn wegen Verleumdung, Ruf- und Geschäftsschädigung …? – Kein guter Start für einen jungen Mann, der in der obersten Etage Karriere machen will. Und Babykiss? Was würde aus Babykiss, wenn die Schlammlawine der Medien darüberrollte und nichts als Verwüstung hinterließ? Ihre Expansionspläne wären dann Makulatur, es könnte sogar den Ruin bedeuten. Was hatte das alles für einen Sinn?

Gerlinde erhob sich von ihrem Platz am Schreibtisch, ging zum Fenster und legte ihre Handkanten an die Scheibe. Ihr Gefühl hatte sie nicht getrogen: Das Schiff bewegte sich, die dunklen Hafenschatten zogen langsam vorüber. Morgen erreichten sie Honningsvåg unweit vom Nordkap, die Felsenklippe, die den Blick auf das Ende der Welt freigab …

Sie machte sich nichts vor. Denir würde versuchen, sie zu erpressen. Und er wusste auch, dass sie den Fortbestand von Babykiss nie riskieren würde. Sie hatte eine Entscheidung getroffen. Ein letztes Gespräch würde sie morgen mit ihrem Enkel führen, ein Gespräch zwischen zwei Erwachsenen am Ende der Welt.

*

Ingvar und diese Frau hatten offenbar gespürt, dass ihr Gespräch nicht unbeobachtet geblieben war. Nachdem sie sich getrennt hatten, legte die Frau einen Schritt zu und blickte immer wieder nervös hinter sich. Den Aufzug zu nehmen, hatte sie nicht riskiert, wahrscheinlich aus Angst, darin schutzlos einem Mörder ausgesetzt zu sein. Als wäre Jonas so dumm, durch einen aufsehenerregenden Mord alles kaputt zu machen. Aber er war ihr gefolgt, um ihre Kabinennummer zu erfahren, und wäre dort beinahe mit dem weißen Riesen von der Security zusammengestoßen. Jedenfalls brauchte er sich jetzt nicht mehr zu fragen, wie weit Ingvar gehen würde, um diese Frau zu schützen. Und um ihn von den anderen im Bauch des Schiffes zu isolieren, hatte Jonas eine neue Parole ausgegeben.

22.39 Uhr. Keine vierundzwanzig Stunden mehr. Jonas lag auf seinem Bett. Immer wieder von Neuem analysierte er die Situation. Diese Frau war nur ein Passagier, es gab viel Klatsch an Bord, der Sicherheitsdienst würde ihr nicht so leicht Glauben schenken. Doch entscheidend war, dass sie Ingvar nur schützen konnte, indem sie für sich behielt, was sie wusste.

Ingvar war Wissenschaftler, er würde leichter Gehör finden. Aber nicht ohne sich selbst zu belasten, und er wusste, dass er, Jonas, nicht zögern würde, die Bombe bereits früher hochgehen zu lassen, wenn er dazu gezwungen wäre. Es stand fest, wenn Ingvar alle Menschenleben retten wollte, durfte er nichts riskieren, und es blieb ihm letztlich nur, ihn, seinen alten Weggefährten, auszuschalten, wenn er das Inferno verhindern wollte. Denn nur *er* hatte den Code. Ein Duell zwischen ihnen war also unausweichlich …

Die Ehe zwischen Silke und ihm bestand nur noch aus täglichen Duellen. Davor waren sie ein beinahe vorbildliches Paar gewesen, vor allem weil sie wie Freunde zusammengehalten hatten. Doch seit der Aussprache nach Danis Beerdigung, seit sie von seinem verhängnisvollen Treffen mit Gitta wusste, brachte Silke ihm nur noch Verachtung entgegen. Sie schreckte nicht davor zurück, ihn aufs Gröbste zu beleidigen und zu beschimpfen, und er kam abends bereits angetrunken nach Hause und trank vor ihren Augen ungeniert weiter. Als Pfitzmann, der Mieter der Wohnung im Dachgeschoss, nach Düsseldorf verzog, setzte Silke ihn quasi vor die Tür. Er wohnte jetzt eine Etage höher, acht Stufen vom Spitzboden entfernt. Acht Stufen von dem Ort entfernt, der sein Leben auf den Kopf gestellt hatte …

Er soff nur noch, das blieb den Kollegen am Institut nicht verborgen. Man lud ihn vor. Die Kommission zeigte Verständnis für seine tragische Familiensituation, und so kam er mit einer Verwarnung davon. Vorerst. Als er einer Delegation aus internationalen Wissenschaftlern angetrunken gegenübergetreten und darauf eine Beschwerde eingegangen war, beurlaubte man ihn. Nach einem dritten Auftritt im Vollrausch konnte er den Rausschmiss nur noch verhindern, indem er sich verpflichtete, einen Entzug zu machen.

Nach einem Vierteljahr kam er zurück und stellte fest, dass sie die Verantwortlichkeiten in seiner Abteilung neu geregelt hatten. Er war zum besseren Reißwolf degradiert worden. Silke hatte die Scheidung eingereicht und vorgeschlagen, das Haus zu verkaufen. Er stimmte der Scheidung zu, wollte aber das Haus behalten und in seiner Wohnung bleiben. Nach einigem Hin und Her war Silke einverstanden. Zuerst wollte sie ausziehen, fand aber letztlich keine passende Wohnung und blieb schließlich auch.

Sie begegneten sich nur noch im Hausflur. Grüßten sich nicht. Er verbrachte Tage in der kleinen Wohnung unter dem Dach, ohne sie zu verlassen. Gezwungen, allein zu sein, obwohl ihn und Silke, die er immer noch liebte, nur zwei Türen und ein paar Stufen trennten. Er konnte sogar ihre Schritte unter sich hören, wenn sie die knarrende Zwischentreppe der Maisonette hochging, vielleicht einen schmerzvollen Blick in Danis Zimmer warf. Auch für sie war es sicher nicht einfach, auch sie war allein. Doch Silke öffnete nicht, wenn er vor ihrer Tür stand und klopfte, weil er nicht zu klingeln wagte. Dann fand er einen Brief in seinem Postkasten, dass er damit aufhören solle oder sie würde Maßnahmen ergreifen. Er hörte damit auf.

Einmal stand er vor dem Haus seiner Eltern, hätte fast den abgewetzten Klingelknopf aus Messing bedient. Doch dann wurde ihm bewusst, dass er nicht einmal die Kraft hatte, das Gesicht seiner Mutter zu ertragen. An dem Tag beschloss er, Mitglied in einem Fitnessklub zu werden. Abstrampeln und ausschwitzen, die einzig wirkungsvolle Therapie in seinem Fall. In der Umkleide traf er auf einen, der schon länger dabei war, den er vom Sehen her aus dem Institut kannte. Er stellte sich als Ingvar Nilsen vor, ein waschechter Norweger.

Die Zeit verging nur langsam. Ausgerechnet jetzt fielen Jonas die Augen zu, wo er doch wach bleiben musste. Für Ingvar war es ein Leichtes, sich eine Codecard zu besorgen, um in seine Kabine einzudringen. Jonas zog ein Messer mit einer langen Klinge unter dem Kopfkissen hervor. Ein Messer, wie es in der Bordküche zum Ausnehmen verwendet wurde. Er rutschte vom Bett und begab sich an den Schreibplatz. Von hier aus hatte er die Kabinentür immer im Blick. Das Messer deponierte er griffbereit auf der Minibar. Er lechzte nach einem Whiskey. Es würde ein Kampf fürs Leben bleiben, der gegen den Alkohol, hatte der Arzt im Entzug zu ihm gesagt. So wie gerade jetzt, wo es darum ging, in einem Kampf, der nur Sekunden dauerte, die Oberhand zu gewinnen.

Vor ihm lagen der obligatorische Schreibblock und der Kuli mit dem Logo der Norwegian Legend. Zuletzt waren sich Silke und er nur noch schweigend begegnet. Am Anfang war es ihm schwergefallen, sie nicht anzusprechen, wenn sie sich über den Weg liefen, doch beim letzten Mal hatte er nicht *ein* Wort herausgebracht. Dabei war sie im Hausflur vor ihm stehen geblieben, wollte ihm offenbar etwas sagen, worauf sie dann verzichtet hatte. Da war ihm aufgefallen, dass sie erschöpft und abgemagert wirkte, die Haare, auf deren Erscheinungsbild sie immer Wert gelegt hatte, struppig und stumpf. Das war nicht mehr Silke, seine starke Hälfte.

Er nahm den Kugelschreiber in die Hand. Er war ihr etwas schuldig. Die letzte Möglichkeit vor dem großen Knall. Das, was er schreiben würde, könnte er noch als Brief vom Postamt in Honningsvåg nach Deutschland abschicken. Sie sollte wissen, dass er ihr dankbar war, dass er sie geliebt, dass er sein Bestes versucht hatte, dass er kein vorsätzlicher Mörder war und Dani und die Toten, die vielen Toten … dass er nur vorhatte, für die gute Sache, ja, radikal für die gute Sache einzustehen und alles zu geben, sogar sein Leben dafür zu geben … Seine rechte Hand zitterte, während er schrieb.

∗

Ein Gefühl würgender Angst hatte sie geweckt. Das Licht auf dem Nachtkasten brannte, der Wecker gab 1.24 Uhr an. Nach Sekunden tumber Leere hellte sich ihr Bewusstsein auf. Das Kissen unter ihren Wangen fühlte sich feucht an. Sie hatte wieder geträumt und geweint, ihre Atmung war durcheinander, und in ihrem Brustkorb pochte ein aufgewühltes Herz, als hätten sich die Szenen in ihren Träumen gerade eben zugetragen …

Enno meldete sich nicht und ließ sich von seiner Sekretärin verleugnen, wenn Silvia in der Firma anrief. Am Freitag der folgenden Woche erhielt sie dann Post. Ein handschriftlicher Brief, *seine* Handschrift. So konsequent, wie er sich ihr genähert hatte, verabschiedete er sich. Nicht ohne Charme und in aller Form. Er sei davon ausgegangen, der einzige Mann in ihrem Leben zu sein. Aber nun habe er mit großer Enttäuschung erfahren müssen, dass sie längst vergeben sei.

Sie kannte nur einen, dem zuzutrauen war, sie auf diese Weise zu verleumden: André. Er hatte ganz leicht herausfinden können, wer sie abends von den Proben abholte, vor jeder Vorstellung Blumen an der Künstlerpforte hinterlegte. Und er musste sein Anliegen unmissverständlich dargestellt haben. Enno machte nicht einmal den Versuch, um sie zu kämpfen, bot ihr stattdessen Freundschaft an. Sie hatte den Brief nicht einmal zu Ende gelesen.

Wochen vergingen, die Proben zur Walküre waren fortgeschritten, die erste Hauptprobe mit Klavier stand kurz bevor. Silvia hatte sich bei den Proben daran gewöhnt, Andrés Gegenwart in einem gewissen Abstand zu ertragen. Wenn er diesen Abstand allerdings unterschritt, brach ihr der Schweiß aus und sie verlor die Konzentration. Unter diesen Bedingungen fiel ihr die Arbeit doppelt schwer. Bisher hatte sie ihre Rolle als Sieglinde auch nur markiert, ihre Stimme fühlte sich wund an und sie hielt nur kurze Strecken durch.

Ihr Arzt riet zu äußerster Vorsicht, ansonsten garantiere er für nichts, es drohe eine Stimmbandentzündung. Dabei waren ihre Stimmbänder doch immer wie Drahtseile gewesen. Nie musste sie sich schonen, hatte die Kollegen als Mimosen bezeichnet, wenn sie auf den Proben ihre Partien nur andeuteten. Jetzt machte die Runde: »Was ist denn mit der Cantelli los?«

Die Hauptprobe kam, sie versuchte den ersten Akt auszusingen, brach ein und war gezwungen, bis zum Schluss zu markieren. André bestellte sie noch am selben Abend in sein Büro. »Ich als dein Intendant mache mir natürlich Sorgen um dich und deine Stimme. Du wirkst überanstrengt, Silvia, brauchst Ruhe. Ich habe deshalb entschieden, der Zweitbesetzung die Bühnenproben mit Orchester zu überlassen. Schließlich dürfen wir die Premiere nicht gefährden.«

Ein Schock, sie wusste, was es bedeutete. Er würde der Kollegin, die ihr nicht das Wasser reichen konnte, schließlich die Premiere anbieten. Alle Welt würde fragen, warum, und es fiel gnadenlos auf sie zurück.

»Das kannst du nicht machen! Gib mir wenigstens *eine* Probe. Bis dahin bin ich wieder topfit. Es ist doch nur eine vorübergehende Unpässlichkeit.«

Er wich ihrem Blick aus. »Also gut. Die erste Probe sollst *du* haben. Wenn es gut läuft, singst du die Premiere.«

Sie war verzweifelt, lag vor ihrem Arzt auf den Knien, es musste doch Mittel und Wege geben … Bevor er ihr half, warnte er sie noch einmal eindringlich. Sie nahm alle Risiken auf sich, sang die Probe, klang fast wie früher und stand wieder oben auf der Liste der Premierenbesetzung. Silvia schien sich zu erholen. Dann kam die Premiere …

24

»Nils?«, fragte Margo verschlafen in die Dunkelheit ihrer Kabine hinein. Auch wenn sie wusste, dass es nicht sein richtiger Name war, blieb er Nils für sie. Es musste weit nach Mitternacht sein. Die Umrisse der Möbel setzten sich kaum von den Wänden ab. Aber sie erkannte den runden Sessel, der immer noch in der Nähe der Kabinentür stand. »Mach ruhig ein wenig die Augen zu«, hatte Nils zu ihr gesagt. »Ich passe auf, dass wir keine ungebetenen Gäste kriegen.«

»Nils?«, fragte sie noch einmal. Keine Antwort. Sie knipste das Licht am Bett an. Sein Sessel war leer. Offenbar hatte er doch eine einsame Entscheidung getroffen …

Nicht lange, nachdem der Mann von der Security gegangen war, klopfte es wieder an ihre Tür. Diesmal war es Nils. Sie bestand auf eine Erklärung.

»Ich wollte Jonas noch einmal sprechen und ihn eindringlich bitten, diesen Irrsinn zu stoppen. Ich bin also zu seiner Kabine. Aber er war nicht da. Ich wollte ihn suchen, befürchtete gleichzeitig, dass er es auf dich abgesehen haben könnte. Als einzige Möglichkeit, dich zu schützen, fiel mir die Security ein. Ich griff zum Telefon und erzählte ihnen ungefähr die halbe Wahrheit. Sie sollten sofort einen Mann schicken, bevor es zu spät sei. Ich war sicher, du würdest das Beste aus der Situation machen.«

»Aber was jetzt? Abgesehen davon weiß ich immer noch nicht genau, worum es eigentlich geht.«

»Glaub mir, Margo, mittlerweile kommt es mir selbst unbegreiflich vor. Jonas und ich, wir hatten die Idee, ein Zeichen gegen Verschwendung und Umweltzerstörung zu setzen, eins, das niemand ignorieren kann. Die Norwegian Legend sollte wie ein Feuerwerk in die Luft gehen. Auch wir wollten dafür sterben. Kurz gesagt: Ich habe eingesehen, dass es so nicht geht. Mord ist nicht der Weg. Nicht mein Weg. Hoffentlich ist es noch nicht zu spät.« Jonas sei ein vom Leben enttäuschter, so wie er, erzählte Nils weiter. Sie hatten sich eine letzte große Aufgabe gestellt, die sie unter allen Umständen zum Erfolg führen wollten. Aber jetzt sei ihm klar, dass sie auf diese Weise kaum etwas ändern könnten, außer eine gigantische Schuld auf sich zu laden. Jonas hingegen sei fanatisch und ließ sich nicht umstimmen, eigentlich sei er nur auf *eine* Art aufzuhalten …

»Und warum wendest du dich nicht direkt an die Schiffsleitung und deckst die Karten auf? Hast du etwa Angst, für diesen Wahnsinn geradestehen zu müssen?«

»Ich bin nicht feige, Margo, wenn du das meinst. Aber Jonas allein hat den Code für die Sprengung, und er hat die Parole geändert. Ich habe keine Verbindung mehr zu den Helfern im Service. Ich riskiere mehr als Kopf und Kragen, wenn ich ihn und mich jetzt verrate. Die Geschichte ist zu abenteuerlich. Bis sie mir glauben und eine Suchaktion nach den Sprengladungen starten, kann es zu spät sein. Mir bleiben nur zwei Möglichkeiten: Entweder mir gelingt es, Jonas zu überzeugen, alles abzublasen, oder ich mache ihn unschädlich.«

»Und Jonas versucht das Gleiche bei dir …«

»Jedenfalls weiß ich, an welchen Ecken des Schiffes die Ladungen hochgehen sollen. Und die können erst im letzten Augenblick dort deponiert werden, sonst ist die Gefahr zu groß, dass das Vorhaben auffliegt.«

»Dann haben wir noch eine Chance.«

»Es sei denn, Jonas spielt vorher verrückt und macht sich selbst zur Bombe …«

Margo verließ ihr Bett und stellte sich ans Fenster. Am Horizont berührte der düstere Himmel entlang einer fast unsichtbaren Linie die tintenschwarze See. Ein fahler Lichtstrahl von Bord des Schiffes traf einen Streifen Meerwasser und ließ ihn aufblitzen wie eine Stahlklinge. Irgendwo im Bauch des Schiffes fand jetzt zwischen zwei ehemaligen Freunden ein Kampf auf Leben und Tod statt.

✳

Jonas hatte Silke auf einmal viel zu sagen, und es kam ihm fast feige vor, das alles nur dem Papier anzuvertrauen. Aber er würde ihr, die ihm einen Sohn geschenkt und die er geliebt hatte, nicht mehr begegnen. Seine Zeit lief ab. Natürlich hatte er ihr nie von seinen Plänen erzählt. »Du bist irre!«, wäre sie aus der Haut gefahren. »Das mit Dani genügt dir wohl nicht?«

Wie der Rest der Welt würde Silke im Fernsehen oder im Autoradio von der Katastrophe am Nordkap erfahren. Sie wusste nicht einmal, dass er auf diesem Schiff mitfuhr, erhielt erst Kenntnis davon, nachdem die Toten geborgen und identifiziert worden wären und die Ermittlungsbehörden ihre Namen mit der Passagierliste verglichen hätten. Wahrscheinlich erst Wochen später, nachdem sein Ableben zweifelsfrei feststünde, würde sein Anwalt tätig werden, Silke, seine Eltern und die Presse zu einem offiziellen Termin bitten, um eine Erklärung zu verlesen, aus der hervorging, dass *er*, Jonas Schreker, hinter dieser Aktion steckte, dass er die Welt mit einem unübersehbaren Zeichen aufrütteln wollte …

War da nicht ein Geräusch? Aber Ingvar würde sich kaum vor seiner Kabinentür aufbauen, er würde versuchen, ihn zu überlisten. Oder hatte er ihn und sich selbst wirklich an die Security verraten? Er konnte sich denken, dass er, Jonas, darauf vorbereitet war, einen Teil der Ladung sofort hochgehen zu lassen. Beim Durchsuchen seiner Kabine würde die Security nichts Verräterisches finden: keine Pläne, keinen Sprengstoff, und das Messer hatte er sich ausgeliehen …

Ein Klopfen, leise zwar, aber eindeutig ein Klopfen. Er griff nach dem Messer und warf einen Blick durch den Spion. Es war tatsächlich Ingvar, der vor der Tür stand. Jonas hatte ihm nichts mehr zu sagen … Andererseits war es gefährlich, ihn vor der Tür stehen zu lassen, die Überwachungskameras übertrugen das Geschehen auf den Gängen direkt in den Kontrollraum. Jede Unregelmäßigkeit fiel auf, zumal mitten in der Nacht. Er öffnete die Tür einen Spalt. »Was willst du?«

»Jonas, wir müssen noch mal reden. Ich bin unbewaffnet …«

Ingvar war größer und muskulöser als er, aber *er* hatte das Messer. »Also gut.« Jonas ließ ihn herein, setzte ihm das Messer an die Leber. Am sichersten wäre es, Ingvar gleich abzustechen. Doch er zögerte. Sie waren Freunde gewesen.

»Niemand zwingt uns, das hier durchzuziehen, Jonas, alter Junge«, unterbrach Ingvar seine Gedanken. »Wir könnten ohne Blutvergießen noch einmal anfangen. Wir gründen eine neue Liga, wenn wir zurück sind, hauen richtig auf die Pauke mit starker Rechtsabteilung, schöpfen alle juristischen Wege aus und so weiter. Ich kenne da ein paar kluge Köpfe …«

»Setz dich und rühr dich nicht, sonst …«

Zu spät, das Messer flog durch den Raum, er spürte einen Schmerz im rechten Arm. Einen Augenblick sah er in Ingvars entschlossenes Gesicht, dann traf ihn ein Schlag am Kinn, der ihn benommen machte. Aber er war nicht k. o., warf sich mit aller Kraft dem Muskelpaket entgegen und schaffte es, Ingvar aus dem Gleichgewicht zu bringen. Der kippte nach hinten, und mit einem dumpfen Knall prallte sein Hinterkopf auf die obere Kante des Sideboards …

*

»Einen wunderschönen guten Morgen wünscht Ihnen Ihr Kapitän von der Brücke, liebe Gäste. Ein Tag der Superlative bricht an, auf den Sie sich schon so lange freuen. Bereits in aller Frühe haben wir in Honningsvåg festgemacht. Und während Sie jetzt in Ruhe frühstücken, stellen wir die Busse für Sie bereit, die Sie anschließend zu der wohl berühmtesten Insel Nord-Norwegens mit Namen Magerøya bringen, auf der das noch berühmtere Nordkap liegt. Dort wird sich Ihnen der Blick bis ans Ende der

Welt eröffnen. Nach diesem unvergesslichen Erlebnis geht es mit unseren Bussen zurück an Bord.

Aber man soll den Tag nicht vor dem Abend loben, denn es kommt noch besser. Gleich nach dem Ablegen findet unser traditionelles Captains Dinner im Royal Seagarden Restaurant statt. Internationale Köche zaubern für Sie ein königliches Fünf-Gänge-Menü. Ich freue mich, Sie dort persönlich begrüßen zu dürfen.

Schließlich wird ein unvergleichliches Ereignis diesem Tag die Krone aufsetzen: Die Wetterstation hat mir soeben durchgegeben, dass sich am Abend der Himmel aufklaren soll, das kann nur bedeuten: Das Polarlicht wird erscheinen und uns in seinen Bann ziehen …«

Gerlinde war im Nachthemd vor dem Badezimmer stehen geblieben und hatte dem sonoren Bariton des Kapitäns zugehört. Alles war Werbung, alles Geschäft, die Natur nicht ausgenommen. Aber der Satz vom Ende der Welt hatte Eindruck auf sie gemacht. Würde dieser Ausflug auch das Ende ihrer Ära bei Babykiss markieren? Heute spürte sie alle Knochen, die Gelenke an ihren Händen und Zehen waren schmerzende Knoten. Ihre Zähne grinsten sie aus dem Glas auf dem Waschbeckenrand an. Vor dem Blick in den Spiegel im Toilettenschrank war ihr bange. Dazu brauchte es Mut, jeden Tag mehr: glanzlose Augen, schlaffe Haut, die Wangen eingefallen, die Haare auf dem Kopf, die sie tagsüber unter ihren Perücken versteckte, schütter und verblichen. Ohne Zähne sah sie wie eine Greisin aus. Wie alt wollte sie in diesem Job noch werden? – Allerdings kein Grund, sie zu entsorgen wie ausgetretene Schuhe. Heute würde sie mit Denir auf Augenhöhe sprechen, das hatte sie sich vorgenommen, auch wenn sie sich kaum Chancen ausrechnete, ihn auf Abstand zu halten. Vor allem aber wollte sie herausfinden, wie er es wagen konnte, ihr mit einem Prozess zu drohen.

❊

Silvia standen Schweißperlen auf der Stirn. Alle wollten sie zum Nordkap, und obwohl ausreichend Busse zur Verfügung standen, herrschte Gedränge um die besten Plätze. »Wenn sich Gnädigste entschließen könnten …« Der Mann hinter ihr lächelte gequält. Sie zwängte sich in die nächstbeste freie Sitzreihe und öffnete als Erstes den Reißverschluss ihrer Thermojacke. Endlich konnte sie wieder frei atmen.

Der Fahrer hatte den Motor bereits angelassen, die Reiseleiterin hatte alle durchgezählt und sprach die ersten Worte ins Mikro, als offenbar noch jemand zusteigen wollte. Die bereits geschlossene Vordertür schwenkte mit einem Zischen auf und eine einzelne Person kam die Stufen hoch. »Da vorn ist noch Platz«, sagte die Reiseleiterin zu ihr, und zum Fahrer gewandt: »Wir können dann.«

Bei Busfahrten und in der Bahn saß Silvia meistens allein in einer Doppelreihe. Höchstens eine sehr schlanke Person oder ein Kind passten neben sie. Die Zugestiegene, eine Frau, wandte sich nach einem prüfenden Blick an die Reiseleitung. Einen Teil der Antwort konnte Silvia verstehen: »… bis zum letzten Platz besetzt. Aber die Sitze können auseinandergeschoben werden. Dann ist es nicht so eng.«

Der Bus startete, draußen herrschte Schneegestöber. »Bitte setzen Sie sich«, wurde die Reiseleitung nachdrücklich und begrüßte daraufhin ganz offiziell die Fahrgäste. Als die Zugestiegene ihre Kapuze vom Kopf zog, erschrak Silvia. Diese Frau war nicht irgendeine, es war *seine* Frau.

In wenigen Sekunden würden sich ihre Schultern berühren. Warum war ihr das nicht erspart geblieben? Sie musste ja unbedingt das Nordkap sehen. Mit Blicken hatten sie sich bereits beim Bingo im Panorama-Café abgetastet, waren sich jedoch nie so nahe gekommen. Die andere setzte sich jetzt, wünschte kurz einen »Guten Morgen«, drückte dann auf einen seitlichen Knopf und schob den Sitz einige Zentimeter zum Gang hin. Ihre Hände wiesen bereits Altersflecke auf, sie trug eine dicke graue Strickjacke mit Zopfmuster. Ihre Frisur wirkte mehr korrekt als chic, das Profil scharf, die Nase spitz. Von Weitem strahlte sie etwas Elegantes, Geheimnisvolles aus, von Nahem war sie nur eine alte, verhärmte Frau …

Der Bus schnürte durch die weiße Landschaft, während die Schneewehen immer mehr die ohnehin schlechte Sicht verkürzten. »Liebe Gäste, machen Sie sich keine Sorgen«, flocht die Reiseleiterin ein. »Ein Schneepflug steht bereit und wird für uns den Weg zum Besucherzentrum am Nordkap freiräumen. Vielleicht hat es bis dahin schon aufgehört zu schneien. Hier ist das Wetter launisch, aber das wissen Sie ja bereits.«

»Wollte Ihr Mann denn nicht mitkommen?« Silvia verstand sich selbst nicht, aber ihre Nerven hatten das Schweigen einfach nicht ausgehalten. Die Miene der anderen blieb unbewegt, sie machte den Eindruck, als habe sie die Frage gar nicht gehört. Der gleichmäßig brummende Motor, die

Geräusche im Bus. Silvia wandte sich wieder dem Fenster zu. Schneegestöber.

»Ich kenne Sie. Sie sind Silvia Cantelli, die Opernsängerin«, reagierte die andere jetzt doch, allerdings ohne sie anzusehen.

Ein Entsetzen überfiel Silvia, als die Frau ihren früheren Künstlernamen aussprach. Das Desaster ihres Lebens stand ihr vor Augen auf dieser Busfahrt ans Ende der Welt. »Ja, das bin ich«, erwiderte sie nur.

»Mein Mann war Ihr Intendant. Damals habe ich keine Ihrer Premieren verpasst. Ich habe Sie erkannt, als Sie sich im Panorama-Café verbeugt haben.«

Jeder weitere Kommentar von ihrer Seite würde sich lächerlich ausnehmen. Diese Frau hatte ihren Aufstieg und ihren Absturz vom Opernhimmel miterlebt. Auch das Elend der letzten Premiere, und dass Wendelin Grimm, einst ihr größter Verehrer, sie anschließend im Feuilleton gnadenlos verrissen hatte.

»Wie geht es Ihnen heute?«

»Danke, es ist nicht einfach, aber es geht. Und selbst?«

»Ich bin noch mit ihm verheiratet.« Sie wandte ihr kurz das Gesicht zu. Lang genug, um darin zu lesen, dass sie alles über die Affären ihres Mannes wusste. Aber es lag auch Selbstgerechtigkeit in den Zügen.

»Sicher ebenfalls nicht einfach«, hielt Silvia dagegen.

»Man muss eben wissen, was einem wichtig ist.«

Weisheit oder Lebenslüge? Oder einfach nur grenzenlose Borniertheit? Was konnte der Frau, die nach Silvias Erinnerung Renate hieß, an diesem Mann wichtig sein, der nichts weiter im Sinn hatte, als Frauen zu belästigen und zu vergewaltigen, die von ihm abhängig waren?

»Hat es sie nie belastet, dass er …?«

»Nein, manchmal hat es unsere Ehe erschwert, aber nie wirklich in Gefahr gebracht.«

Hör sich einer diese Heuchlerin an: Renate Weißweiler stand also auf einer ganz anderen Stufe als die leichten Schürzen, die ihr Mann für seine Triebbefriedigung verbraucht hatte.

»Ich bewundere Sie für diese Haltung«, erwiderte Silvia. »Es würde mir glatt das Rückgrat brechen, wenn ich wüsste, dass mich mein Mann schon am Tag der Hochzeit das erste Mal betrogen hat.«

Der Bus machte plötzlich einen Schlenker, anscheinend war er ins Rutschen geraten. »Ein Ren auf der Fahrbahn«, beruhigte die Reiseleiterin. »Das kann in dieser Gegend schon mal vorkommen.«

25

Sie hatten sich mit den Händen verständigt, ihre Oberkörper gleichzeitig nach rechts und links in die jeweils entgegengesetzte Richtung zu schwingen, um die hart angezogenen Fesseln um ihre Oberkörper zu lockern. Knebel verstopften ihre Münder, darüber spannte Klebeband bis unter die Nase. Es war natürlich niemand anderes als Nils, an den Margo Rücken an Rücken in einem nach Motorenöl stinkenden Lagerraum gefesselt war. Vermutlich gab es davon unzählige auf einem solchen Schiff. Die Sicht hatte ihnen Jonas gelassen, aber es gab nicht viel zu sehen, und nur ein schwaches Arbeitslicht brannte in diesem fensterlosen Gefängnis aus Stahl.

Bei jedem Ruck stöhnten sie auf, nicht nur wegen der Anstrengung und der Schmerzen, die die Kabelbinder an ihren Handgelenken verursachten, sondern vor allem, um sich gegenseitig anzustacheln. Sie mussten hier raus und diesen Wahnsinnigen von seinem Vorhaben abhalten. – Endlich gaben die Hanfstricke nach, jetzt konnten sie sich wenigstens aufstellen und versuchen, auch die anderen Fesseln loszuwerden. An einer vorspringenden Stahlkante befreite sich Nils von dem Klebeband und spuckte den Stofffetzen aus, der in seinem Rachen steckte. Dann half er Margo, indem er das Klebeband mit den Zähnen herunterriss. Doch der Knebel steckte so tief in ihrem Hals, dass sie sich ohne Hände nicht davon befreien konnte.

Wieder stellte er sich vor sie hin, rückte an sie heran, bis sie sich Auge in Auge, Mund an Mund gegenüberstanden. Sie konnte nicht anders, als an den Abend zu denken und an die Nacht mit ihm. Er erwischte einen Zipfel von dem Stoff und zog den Knebel heraus.

»Wie geht es dir?«, fragte er, als sie den Brechreiz überwunden hatte. Es klang ehrlich besorgt, und in seinem Blick meinte sie Zärtlichkeit zu erkennen. Aber dafür war es der falsche Moment. Sie hörte bereits die Stimme des Dämons in ihrem Kopf: *Mach dich nicht lächerlich! Den Hals in der Schlinge und denkt an nichts anderes als …*

»Noch lebe ich, wie du siehst.«

Nils erwiderte nichts darauf, fuhr sich nur über den Nacken. Offenbar hatte er Schmerzen. »Bist du verletzt?«

»Ich glaube nicht. Aber ich hätte mir leicht das Genick brechen können.«

»Als du mit ihm gekämpft hast?«

»Er hat mich mit einem Messer begrüßt. Ich konnte es ihm aus der Hand schlagen, aber dann bin ich gestolpert und gegen etwas Hartes gefallen. Wahrscheinlich gegen das Sideboard. Und was ist mit dir passiert?«

»Ausgetrickst hat er mich …«

Er sah sie fragend an.

»Ich dachte, es wäre wieder einer von der Security, als es an der Tür klopfte. Durch den Spion konnte ich nur eine weiße Kappe erkennen, und als ich öffnete, war ich verloren. Ich habe mich gewehrt, aber schließlich …«

»Jonas hat also freie Bahn. Nach dem Dinner, wenn das Eis serviert wird, ist alles zu spät.«

Nils' Armbanduhr war noch intakt. 14.03 Uhr, das Dinner begann um 19 Uhr. Es blieben fast fünf Stunden. Aber niemand suchte nach ihnen, und aus diesem hermetisch abgeschlossenen Tresor war kein Entkommen.

*

Sie hatten gemeinsam gefrühstückt. Denir war ihr nicht aus dem Weg gegangen, hatte sich aber auch nicht bei ihr entschuldigt und es vermieden, den gestrigen Abend zur Sprache zu bringen. Ganz in Gerlindes Sinn. Bestimmt ärgerte sich Denir über sein unkluges Verhalten, auf diese Weise seine Strategie verraten und es unnötig früh auf Konfrontation angelegt zu haben. Auch während der Busfahrt sprachen sie kaum miteinander, was ihr wie eine Wohltat erschien, denn unter anderen Umständen hätte er sicherlich sein ganzes Wissen über das Nordkap, über Amundsen, das Polarlicht, über die Samen, über Flora und Fauna im ewigen Eis und was noch alles vor ihr ausgebreitet. In gewisser Weise war er rührend und erinnerte sie immer mehr an Roland. Der hatte sich auch als Entdecker gefühlt, sich eingebildet, die Welt neu erfinden zu müssen …

Ein Schneepflug ebnete der Buskarawane den Weg hoch zum Kap. Alle wollten das Denkmal sehen und vor allem fotografieren, den Globus aus Stahl, der dort in den Siebzigern nur wenige Meter von dem schroff abfallenden Felsenabgrund aufgestellt worden war. Atemberaubend dieser Blick, musste auch Gerlinde zugeben, zumal die Schneewehen abgeklungen waren und der Himmel eine futuristische Marmorierung angenommen hatte. Das Hochplateau, auf dem sie standen und das sich Nordkap nannte, wirkte dadurch wie eine Startbahn in eine noch unbekannte Dimension.

»Was hast du gedacht, als du in diese unendlichen Weiten geschaut hast?«, fragte sie Denir eine Viertelstunde später im Restaurant des Besucherzentrums, wo sie sich bei Kaffee und Skolebrød, dem norwegischen Puddinggebäck, von der klirrenden Kälte erholten. Er sah sie überrascht an, wahrscheinlich hatte er Feindseligkeiten erwartet. Wer seinen Gegner überrascht, ist im Vorteil, ging ihr durch den Kopf. Aber um welchen Vorteil kämpften sie hier eigentlich?

»Dieser Anblick hat mich wirklich nachdenklich gemacht, Großmutter. Jetzt ist mir klar, dass ich noch Erfahrungen sammeln und mehr Geduld haben muss. Auch wenn ich mir nicht die Zeit nehmen kann, die das Eis gebraucht hat, um unseren Kontinent aus dem Stein zu schleifen …«

Typisch Denir, dieser gesuchte Vergleich, aber er entbehrte nicht der Poesie, und sie ertappte sich bei einem Gefühl von Stolz, seine Großmutter zu sein. Eigentlich wollten sie ihre Klingen kreuzen. Oder wollte nur sie es? Wenn dem so war, so hatte er sie jetzt entwaffnet.

»Unter diesen Umständen könnte ich meine Anwälte zurückrufen …«, sagte sie, ohne im Geringsten die Miene zu verziehen.

Er lächelte leise. »Du weißt selbst, dass du nicht fair zu mir gewesen bist.«

»Dann steht es jetzt unentschieden, mein Lieber. Du kannst allerdings den Sieg einfahren, wenn du mir *den* nennst, der mich eine Mörderin nennt.«

»Wie solltest du mir jemals vertrauen, wenn du wüsstest, dass ich jederzeit für meinen Vorteil zum Verräter werde? – Warum stehst *du* nicht zur Wahrheit?«

Er hatte recht, hier und jetzt, am Ende der Welt, sollte sie sich zur Wahrheit bekennen. Es war ihre letzte Chance, ihrem einzig verbliebenen Verwandten gegenüber, dem Sohn ihres Sohnes, Größe zu zeigen.

*

Bei jedem Ruck schnitten die Kabelbinder, mit denen ihre Hände auf dem Rücken fixiert waren, ins Fleisch. Nils blutete stark am rechten Handgelenk, schaffte es aber schließlich, an der stählernen Wandkante, zuerst seine Hände und Füße zu befreien, dann die von Margo. Doch was jetzt?

Im hinteren Teil des Raums waren einige Paletten und Kartons gestapelt. Neben der Tür lehnte ein einfacher Besen an der Wand. Ansonsten war ihr Gefängnis leer. Margo riss einige der Kartons auf, die offenbar Ersatzteile für die Kabineneinrichtungen enthielten.

»Ist Metall dabei? Kleiderstangen oder Tischbeine?«, fragte Nils, der sich das blutende Handgelenk mit einem Stück Vorhangstoff verband.

Sie fand zwei Tischleuchten mit Metallfüßen. Eine davon benutzte er wie eine Keule und schlug mit aller Kraft gegen den Vorsprung der Stahlwand. Doch das erhoffte durchdringende Dröhnen, das vielleicht bis ins Kontrollzentrum zu hören wäre, blieb aus. Die Schläge kosteten viel Kraft, ohne großen Nachhall zu bewirken. Margo begann am ganzen Körper zu zittern, nicht nur weil es kalt war und sie nichts weiter als einen leichten Pullover über ihrer Bluse trug.

»Die anderen Gäste dürfen sich wenigstens noch am Captains Dinner erfreuen, bevor sie in die Luft fliegen.«

Die Prise Sarkasmus hielt sie jetzt aufrecht. Und sie kam *Anders* zuvor … plötzlich wurde ihr bewusst, dass sie … ja, *Anders,* er würde immer ein Teil von ihr sein und zubeißen, wenn sie ihm zu viel Freiheit ließ. Aber wenn sie ihn an die Leine legte, dann war es umgekehrt, dann half er ihr.

Diesmal kam die Antwort von Nils: »Das hättest du auch haben können, Margo. Aber du wolltest es ja so.«

Sie hockte sich neben ihn an die eisige Wand. Vielleicht trennte sie nur diese vom Polarmeer, das in Kürze über ihnen zusammenschlagen würde. Zugegeben, das war es nicht, was sie von dieser Reise erwartet hatte.

Nils legte den rechten Arm mit dem verbundenen Handgelenk um ihre Schulter. Sie wollte ihn abstreifen, aber dann … Wie viel Zeit blieb ihnen noch?

»Hast du mit mir geschlafen, weil es deine letzte Chance war?« – Kaum ausgesprochen, kam es ihr wie ein schlechter Witz vor. Sie verbrachten hier ihre letzten Minuten, und ihr fiel nichts Besseres ein, als diesen Blödsinn zu fragen. Was spielte es schon für eine Rolle, es war schön gewesen, einmalig schön. Vielleicht lohnte es sich sogar, dafür zu sterben. Aber nein, sie musste unnötig Gefahr laufen, dass er mit der falschen Antwort alles zerstörte.

Sie zitterte stärker als zuvor, und er zog sie näher an sich heran. »Ich werde dir die Wahrheit sagen, Margo. Es ist die richtige Zeit für die Wahrheit …« Seine Stimme klang fest und ruhig, sie fragte sich, woher er die Gelassenheit nahm.

»Ich war einmal verheiratet und ein schlechter Ehemann. So schlecht, dass sich meine Frau deswegen umgebracht hat. Dabei wäre es mir nicht schwergefallen, ihr das zu geben, was sie brauchte. Das fiel mir allerdings erst auf, als es zu spät war. So viel zu meinem größten Versagen. Als *wir* uns begegnet sind, Margo, wurde mir bewusst, dass du etwas brauchtest und ich etwas brauchte, das wir uns gegenseitig geben konnten. Und wir gaben es uns … in Liebe. Du hast mir sogar mehr gegeben, als ich erwarten durfte. In *der* Nacht ist mir vieles klar geworden, auch, dass es der falsche Weg ist, Menschenleben zu opfern, für welche Idee auch immer. Leider kommt die Einsicht spät – hoffentlich nicht wieder zu spät.«

Tränen standen in seinen Augen, auf einmal wirkte sein Gesicht faltig und grau. Die Verzweiflung war ihm jetzt anzusehen. Er sprang auf, griff nach der Tischlampe und schlug damit wie irrsinnig auf die Stahlwand ein.

*

Silvia saß vor dem goldfarben eingerahmten Spiegel, der neben der Garderobe über dem Sideboard hing. Vor ihr lag, sorgsam angeordnet, was sich in dem kleinen Beutel befunden hatte, den sie nie mitzunehmen vergaß, wenn sie auf längere Reisen ging – als brauchte sie den Inhalt, um nicht zu vergessen, wer sie war: ihre Theaterschminke und ein Satz falscher Wimpern. Sie würde heute als Aida erscheinen, als Prinzessin, ja, als traumhaft schöne Prinzessin. Die Leute starrten sie an, und sie würde es genießen. Ein gewisser Herr würde sie dann vielleicht auch erkennen, falls seine Frau ihm nicht bereits von ihr erzählt hatte.

Nach dem Ausflug hatte Silvia sich etwas hingelegt. Es war doch anstrengend gewesen, selbst wenn sie sich im Restaurant eine Kaffeepause gegönnt hatte. Auf der Rückfahrt war ihr die Gesellschaft von Frau Weißweiler glücklicherweise erspart geblieben. Sie hatte wohl in einem anderen Bus Platz gefunden und konnte ihr diesen grandiosen Nachmittag nicht vermiesen.

Es war ein unbeschreibliches Gefühl, am Nordkap zu stehen. In diesem Moment war ihr Leben an ihr vorübergezogen, wie es bei Sterbenden vorkommen soll, aber dafür war noch nicht die Zeit. Sie hatte einen Entschluss gefasst. Es ging um ihre Freiheit, die konnte sie nur wiedergewinnen, wenn sie die Vergangenheit endgültig über Bord warf. Und wo konnte man das besser als auf einem Schiff?

26

18.32 Uhr. Anfangs, als ihre junge Firma besonders auf
Anerkennung und Aufmerksamkeit angewiesen war, hatte
Gerlinde von Empfängen und Bällen nicht genug kriegen
können. Aber das war lange vorbei, in letzter Zeit empfand
sie diese Art der Veranstaltungen eher als lästige Pflicht.
Für das heutige Captains Dinner machte sie ganz bewusst
eine Ausnahme.

Allein zu diesem Zweck hatte sie das Perlenkollier mit
dem diamanten- und rubinenbesetzten Verschluss heraus-
gesucht, das sie liebte, weil es ihr eine traditionelle, unver-
gängliche Schönheit verlieh. Alfreds Worte, die einzigen,
die ihr von ihrem verstorbenen Mann im Gedächtnis
geblieben waren. Auch wenn Perlen seit Jahren nicht mehr
en vogue waren, heute wollte sie sie auf ihrem Dekolleté
spüren. Babykiss stand vor einer glorreichen Zukunft, die
sie eingeleitet hatte und die ohne sie nicht möglich wäre,
das sollte ihr genügen.

»Ja, ich bin mit ihm einig geworden. Am Nordkap zu
Füßen des Globus-Denkmals. Eine Entscheidung mit
Weitblick sozusagen.« Die Spur Ironie konnte sie sich
nicht verkneifen.

»Das freut mich, Gerlinde, mir fällt ein Stein vom Herzen«, erwiderte Hartmut, der noch im Büro saß und es
sich vermutlich mit einem Glas Whiskey in dem neuen
Ledersessel bequem machte.

»Das glaube ich dir gern, zumal mir ganz erstaunliche Dinge zu Ohren gekommen sind, unfassbare Behauptungen …«

»Ich weiß nicht, was …«

»Ich bin mir sogar sicher, dass du der Einzige bist, der etwas weiß, Hartmut.«

Offenbar verschlug es ihm die Sprache.

»Ich wüsste nicht *einen*, der mir in den letzten zwanzig Jahren nähergestanden hätte als du …«

»Müssen wir das am Telefon …?«

»Wir müssen, Hartmut, wir müssen … Wie konntest du mich für eine Mörderin halten?« Sie verharrte wie ein Vorsteherhund, nur ihr linkes Augenlid zuckte.

»Ich nicht, Gerlinde. Du selbst hast behauptet, eine Mörderin zu sein …«

Unglaublich! »Ich habe mit niemandem über meine Gefühle gesprochen, als ich damals … Das weiß ich genau.«

»Gerlinde, ich …«

»Also bitte, sag endlich, was vorgefallen ist!«

»Du wirst mir nie verzeihen …«

»Wahrscheinlich nicht.« Die Vorstellung, dass Hartmut, ihr treuer alter Hartmut, sie hintergangen haben könnte, verursachte ihr Schwindelgefühle. Aber es war der Tag der Ehrlichkeit. Alles gehörte auf den Tisch.

»Du erinnerst dich an den Abend, nachdem du Roland … nachdem Roland eingeschlafen war. Wir haben den Abend im Klub verbracht, getanzt bis zum Umfallen. Du wolltest auch die Nacht nicht allein verbringen, und wir haben noch in unserem Hotel eingecheckt. Den ganzen Abend über hast du kaum ein Wort gesprochen. Aber nachdem du eingeschlafen warst, stand dein Mund nicht still: Ich bin eine Mörderin ... Roland könnte leben, aber ich habe ihn umgebracht, ich habe den Knopf gedrückt ... Wie im Fieber hast du geredet und geredet, bis ich dich wachgerüttelt habe. Danach wusstest du nichts mehr, und ich wollte dich nicht darauf ansprechen. Später dachte ich, es könnte wahr sein, dass du den Knopf wirklich zu früh gedrückt hast, und ...«

»Du hast mich all die Jahre tatsächlich für eine Mörderin gehalten und mit einer Mörderin geschlafen?«

»Gerlinde, du weißt doch ... Letztlich konnte ich es mir einfach nicht vorstellen ...«

»Aber trotzdem hast du mich verraten.«

»Weil du mich unerträglich enttäuscht hast ... diesem talentierten Jungen die Zukunft zu verstellen. Ja, ich habe Denir die Geschichte erzählt, aber nicht ohne zu erwähnen, dass du wahrscheinlich deine Schuldgefühle nicht im Griff und dir das alles nur eingebildet hattest. Ich musste Denir doch ein Druckmittel an die Hand geben, um dich endlich zur Vernunft zu bringen.«

»Also doch ein Komplott ...«

»Gerlinde, ich ...«

»Bitte tu mir den Gefallen und entschuldige dich nicht ...« Sie war froh, dass er ihre Tränen nicht sah. »Aber das letzte Wort ist noch nicht gesprochen.« Sie drückte ihn weg, erbarmungslos wie immer. Er war es nicht anders gewöhnt, und sie beschloss, ihn schmoren zu lassen, bis sie zurück in Hamburg war.

Es wird Zeit, dachte Gerlinde. Sie erhob sich aus dem kleinen Rundsessel, prüfte mit der rechten Hand noch einmal den Sitz des Kolliers, warf dann im Vorübergehen einen Blick auf William Turners Schiff an der Wand, das

in durchdringender Morgenröte erstrahlte, und klopfte
an Denirs Schlafzimmertür.

*

21.38 Uhr. Der Moment, den Jonas so sehnlichst erwartete, stand kurz bevor. Nach den gedrechselten Worten
und dem Tost des Kapitäns hatten sich alle wieder hingesetzt. Das Licht würde gedimmt, der Radetzky-Marsch
einsetzen und im Hintergrund die Karawane der Köche
heranrücken, beladen mit Bergen von Eiscreme. Doch
zum Verteilen der Portionen käme es diesmal nicht, denn
Jonas hätte bereits die Taste an seinem Handy gedrückt.
Die Detonationen würden wie dröhnende Akkorde den
Klatschmarsch unterbrechen. Während ihrer letzten Atem-
züge sollte diesen Verschwendern und Umweltzerstörern
noch einmal das Gewissen schlagen.

Die adipöse Diva ihm gegenüber, die an eine ägypti-
sche Prinzessin in XXL erinnerte, schwitzte, als hätte sie
eine Ahnung, was gleich passierte, und starrte immer noch
auf das ältere Ehepaar ein paar Tische weiter. Denir, der
junge Mann, dem er das Billardspiel beigebracht hatte, saß
neben seiner Großmutter am Tisch des Kapitäns. Sie wirkten gelöst, er schien sich mit ihr ausgesprochen zu haben.
Aber die beiden waren auch nicht besser als alle anderen.

Sekunden, in denen seine Gedanken rasten. Am Ende
war alles gut gegangen. Die Sprengladungen befanden sich
an ihren Plätzen. Seine Helfer in der Schiffscrew hatten
ihre Arbeit tadellos gemacht. Er sah Dani, Dani, wie er
lachte, wenn er zuversichtlich war. »Wie habe ich dich
geliebt, wie liebe ich dich.« Den Brief an Silke hatte Jonas

noch am Nachmittag an der Post in Honningsvåg aufgegeben. »Silke, es war nicht alles schlecht, was wir zusammen erlebt haben, nein. Es gibt schlechtere Ehen als unsere … Silke.«

Ingvar und die Frau hatte er in den ungenutzten Lagerräumen eingesperrt. Dort würde so bald niemand nach ihnen suchen. Jetzt war es ohnehin zu spät. »Ingvar, mein Freund, warum hast du mich verraten? Wir wollten zusammen für unsere Idee sterben, hocherhobenen Hauptes nach so vielen Enttäuschungen. – Jetzt verreckst du erbärmlich wie eine Ratte in der Falle.«

Schweigen im Saal. Er, Jonas Schreker, war der Einzige, der wusste, was wirklich folgte. Das Handy lag in seiner Hand …

*

Und die Explosion kam. Ja, wie eine Explosion platzte die jahrelang aufgestaute Wut aus Silvia heraus, in dieses erwartungsvolle Schweigen hinein: »Du, du …« Es riss sie vom Stuhl. Was scherten sie die verängstigten Ausrufe der Gäste an den umliegenden Tischen, was kümmerte es sie, wenn sie diesen Kerl, der wie paralysiert auf sein Handy starrte und ihr den Weg versperrte, einfach über den Haufen rannte. Es sollte ihr letzter, unvergesslicher Auftritt sein: Sie würde es in die Welt hinausschreien, alle sollten wissen, wer da unter ihnen saß: ein sogenannter Kulturträger, der sich für einen genialen Intendanten hielt, dabei nichts anderes war als ein …«

Jetzt erkannte André Weißweiler sie anscheinend auch, vor Schreck weiteten sich seine Augen. Silvia fühlte eine enorme Kraft in sich wachsen. Auf seinem Stuhl würde sie ihn erwürgen und warum nicht auch gleich seine Frau, diese ignorante Schnepfe?

Sie erreichte den Gang, Weißweilers Tisch fest im Blick. Doch plötzlich war es dunkel im Saal, aus den Lautsprechern brüllte der Radetzky-Marsch. Irgendetwas stieß an ihren rechten Fuß, sie stolperte und stürzte. Die Leute klatschten, klatschten immer lauter zu der ohrenbetäubenden Musik. Silvia fand sich auf dem Boden wieder, sie war ganz verwirrt, und ein gespenstischer Leichenzug rollte auf sie zu …

⁂

Wo war bloß das verfluchte Handy? Jonas rutschte auf den Knien, tastete sich vor, kassierte einen Tritt in die Seite, eine Frau quiekte, als er ihre Beine streifte. Das blöde Ding konnte doch nicht weit gekommen sein, selbst wenn es wie geölt über den Teppichboden geflitzt war. Endlich ging das Licht an. Auf den Klatschmarsch folgten weiche, beschwingte Walzermelodien. Er musste das Handy finden, ohne sein Handy … Da! Die überdimensionale Prinzessin lag bäuchlings im Gang – und zwischen ihren Beinen …

⁂

Der Saal war gerade noch rechtzeitig dunkel geworden, denn mit seiner Ruhe, besser gesagt seinem überheblichen Phlegma, war es mit einem Schlag vorbei gewesen. An der Hand hatte er sie in Richtung Ausgang gezerrt. Draußen fiel ihm dann wohl selbst auf, wie lächerlich er sich verhielt, und er mäßigte seinen Schritt. »Bitte entschuldige, Renate, aber diese Frau hat mich dermaßen erschreckt. Wie ein Zombie, der plötzlich aus der Vergangenheit steigt.« André lachte über sein eigenes Bonmot. Dann stimmte doch alles wieder. »Diese traurigen Schicksale wird es immer an der Bühne geben. Aber davon lassen wir uns nicht die Laune verderben, oder? Wir köpfen den Champagner in unserer Kabine und stoßen damit an, wenn das Nordlicht sich zeigt. Was meinst du?«

Und damit war es für ihn erledigt. André Weißweiler bestimmte, wie es lief und was Thema war und was nicht. Warum störte sie das auf einmal? Sie war es doch gewöhnt, sich seinen Vorstellungen unterzuordnen. – Im Lift, auf dem Weg zu Deck fünf, wo ihre Kabine lag, setzte sie nach: »Du hast sie also wiedererkannt?«

Er starrte sie an, als ob sie eine Grenze überschritten hätte.

»Silvia Cantelli, dein Geschöpf, wie du immer gesagt hast. Wie wahr: Du hast sie geschaffen und du hast sie zerstört.«

»Wie kannst du so etwas sagen, Renate?« Ein Spiel. Er spielte den Entrüsteten.

»Oder etwa nicht?«

»Natürlich nicht. Ich habe sie aufgebaut, mich für sie eingesetzt. Aber sie war unersättlich, konnte nicht genug kriegen. *Alles* wollte sie singen. Und als ihre Stimme streikte, war es bereits zu spät. Ich hatte sie gewarnt … Aber bitte, hören wir jetzt auf davon.«

Das Innere ihrer Kabine schimmerte smaragdgrün. Es war schon da, das Nordlicht, wie eine Ahnung aus der

Ferne. »Ja«, antwortete sie in einer eigenartigen Stimmung, die sie nicht hätte beschreiben können, auf seine Frage von vorhin. »Ich habe auch Lust auf ein Gläschen Champagner.«

An der Garderobe zog sie sich das Pelzcape über, um nicht so schnell zu frieren und öffnete die Tür zum Balkon. Dennoch würden sie es bei der Kälte draußen nicht lange aushalten, denn das Nordlicht wärmte nicht, das Nordlicht war ein kaltes Licht. Sie hörte das Knallen des Korkens. Er brachte die Gläser auf den Balkon und reichte ihr eins.

»Wollen wir nicht doch lieber hineingehen, mein Schatz, du wirst dich erkälten«, sagte André. Der treusorgende Ehemann, eine Rolle, die er für sie spielte und mit der sie sich Jahrzehnte zufriedengegeben hatte. Dieses verlogene Schauspiel hatte sie sogar für Charakterstärke gehalten und sich, weil sie unfruchtbar war, für so minderwertig erachtet, dass sie am Ende Dankbarkeit verspürte, diesen Mann *ihren* Mann nennen zu dürfen, der von allen Seiten umschwärmt wurde. Einen Künstler von Format.

»Stimmt es eigentlich, dass du mich bereits an unserem Hochzeitstag mit Silvia Cantelli betrogen hast?«, fragte sie.

Er öffnete halb den Mund, als wollte er sagen: »Bitte Renate, wir waren uns doch einig …« Immer wenn sie es nicht mehr ausgehalten und ihn auf seine Affären angesprochen hatte, dass es so nicht weitergehe, dass sie nicht mehr könne, dann war er mit ihr ins Bett gegangen, hatte ihr geschworen, sie sei seine einzige Liebe. Keine zwei Wochen später hatten seine Anzüge wieder nach fremdem Parfüm gerochen.

»Renate, ich …«

»Aber du hast recht, wir sollten die Vergangenheit ruhen lassen. Diese Zeiten sind vorbei. Du bist alt und krank. Du kannst keiner Frau mehr gefährlich werden. Mit dir ist nichts mehr los …«

»Renate, ich muss doch sehr bitten!«

»Du kannst nicht einmal mehr *mich* befriedigen.« Mit zitternden Händen stellte sie ihr Glas auf der breiten Brüstung ab. »Willst du mich zum Abschied noch einmal küssen?« Sie näherte sich ihm.

»Aber Renate, spiel doch nicht verrückt! Mit meinen Affären ist es längst vorbei. Deshalb musst du dir doch nichts antun … Tu es nicht! Du sagst doch selbst, dass es keinen Grund mehr gibt …«

»Küss mich!«, befahl sie und trat näher an ihn heran.

»Bitte, tu dir das nicht an.«

»Wer spricht denn von mir?«

Sie packte ihn mit aller Kraft am Hals, schob seinen abgezehrten Körper so weit sie konnte über die Brüstung. Er war so überrascht, dass er sich nicht wehrte. Sie brauchte nur seine Beine anzuheben und … André Weißweiler war von der Bühne abgetreten. Kein Schrei, nicht einmal ein letztes Plätschern war zu vernehmen. Sie würden ihn nie finden, ein knochiges Mahl für die Schwertwale. Nur das grüne Nordlicht war Zeuge, und Renate wusste genau: Nicht *einen* Gedanken würde sie mehr an diesen Mann verschwenden.

✳

Etwas benommen kam Jonas in den Stand. Die Karawane der Köche mit ihrer süßen Last wäre beinahe über die Diva gestolpert, die mit ausgestrecktem Körper den Gang verstopfte und zwischen deren Beinen *sein* Handy lag. Zwei jüngere Herren, die offenbar helfen wollten, sprangen von ihren Sitzen, packten die massige Frau unter den Achseln, um sie auf die Beine zu stellen, erreichten aber nur, dass sie sich aufsetzte … genau auf sein … Jonas fasste sich an den Kopf. Dieses Unglücksweib saß jetzt auf der Bombe wie die Prinzessin auf der Erbse. Aber es war noch nicht zu spät. Um den Abend zu retten, mussten die beiden Männer sie irgendwie wegschaffen. Der zweite Versuch glückte. Sie stand. Aber wo war das Handy? Auf dem Boden lag es jedenfalls nicht. Jonas näherte sich der Frau von hinten, entschlossen, sie so lange zu schütteln, bis das Handy herausfiel. Bevor sich die Leute noch fragen könnten, was eigentlich los war, hätte er den Code gedrückt und … Das Glück war auf seiner Seite. Er hatte sie nicht einmal angerührt, da purzelte das Handy aus einer Rockfalte heraus. Jonas bückte sich danach, ja, es war sein Handy – nur noch Sekunden – er klappte es auf, stellte den Code ein und –

Jemand packte ihn eisenhart am rechten Handgelenk und entriss ihm den Zünder, gleichzeitig wurde sein linker Arm auf den Rücken gedreht. »Erregen Sie kein Aufsehen und kommen Sie mit!«, sagte eine Männerstimme.

27

Ihr Letztes hatten sie gegeben, um sich bemerkbar zu machen, mit allem, was ihnen zur Verfügung stand, gegen die Schiffswände und die Tür getrommelt und sich heiser geschrien. Doch eine Reaktion war ausgeblieben. Erschöpft ließen sie sich auf den nackten Boden nieder, Ingvar legte seinen rechten Arm um Margo und sie ihren Kopf an seine Brust. Beide spürten sie keine Schmerzen und keinen Durst mehr.

»Wenn uns hier noch jemand finden sollte, bevor der Pott in die Luft fliegt, dann kennst du mich nicht mehr, verstehst du? – Ich werde ihnen alles sagen. Bleib du bei der Aussage, ein Gespräch angehört, meine Stimme wiedererkannt zu haben und später überfallen worden zu sein. Das andere fügt sich von selbst, und du hast keinen weiteren Ärger.«

Er drückte sanft ihre Schulter.

»Aber Nils …«

»Mein Name ist übrigens Ingvar.«

»Ich weiß …«

Das war vor fast einer Stunde gewesen. Dann hatte die Security sie gefunden.

»Haben Sie den Täter gefasst?«, fragte Margo jetzt den Officer, der ihr in einer Art Verhörraum gegenübersaß und gerade sein Handy zuklappte.

»Ja«, erwiderte er. »Der Mann sitzt bereits in der Arrestzelle, die Lage ist unter Kontrolle.«

»Und die Bombe?«

»Auch die Sicherheit an Bord ist nach dem neuesten Wissensstand wieder gewährleistet.« Der kühle Mittvierziger war zu Margos Bewachung abgestellt, sah mittlerweile aber offenbar ein, dass sie wirklich nur Opfer war und von ihr keine Gefahr ausging. Da er gelöster schien, versuchte sie, ein Gespräch anzuknüpfen, um mehr zu erfahren. »Wie haben Sie uns gefunden?«

»Sie waren nicht zu dem Nordkap-Ausflug erschienen. Das hat die Reiseleitung bei der Gästekontrolle im Bus festgestellt. Daraufhin haben wir Sie an Bord ausrufen lassen. Aber Sie waren unauffindbar. Der Bus konnte natürlich nicht länger warten. Als die Servicecrew später Ihre Kabine öffnete, fiel ihnen die große Unordnung auf, als hätte ein Kampf stattgefunden. Daraufhin haben wir die Aufnahmen der Kamera auf dem Gang gecheckt, wobei uns der Wäschewagen vor Ihrer Kabine aufgefallen ist. Ungewöhnlich mitten in der Nacht …«

»Und dann beschlossen Sie, das ganze Schiff auf den Kopf zu stellen?«

»So ungefähr, ja.«

»Und wie haben es die Gäste oben im Saal aufgenommen?«

Der Officer seufzte. »Ich sitze hier unten und warte auf Infos, genau wie Sie.«

»Aber Officer, stellen Sie sich bitte nicht so an! Ihr Kollege am Telefon hat doch sicher …«

»Also gut«, gab er sich geschlagen, »der Kapitän hat die Gäste beruhigt, sich für den Zwischenfall entschuldigt und alles getan, um eine Panik zu verhindern. Offenbar ist es noch einmal gut gegangen, weil eine Frau rechtzeitig eingegriffen hat.«

»Und die anderen? – Ich meine, so einen Anschlag plant man doch nicht einfach allein.«

»Der Mann, der mit Ihnen im Lagerraum eingesperrt war, hat alles gestanden. Wir konnten sofort reagieren und die Verdächtigen in Gewahrsam nehmen.«

Sie ließ die Luft heraus. Es war verdammt knapp gewesen. Wahrscheinlich würde sie in ihrem restlichen Leben nicht mehr ruhig schlafen können.

»Ich will persönlich Sorge tragen, dass Sie sich für den Rest der Reise sicher und geborgen fühlen, liebe Frau Sebald.« Sie standen auf der Brücke, und der Kapitän erhob sein Glas. »Leider hört auf einem Traumschiff die reale Welt nicht auf, sosehr ich das bedaure. Doch der Himmel hat es heute gleich in doppelter Hinsicht gut mit uns allen gemeint.« Über ihnen glitzerte das Polarlicht, auf das alle so sehnsüchtig gewartet hatten, in violetten und grünen Leuchtfarben, während vom großen Aussichtsdeck die Klänge der Peer-Gynt-Suite herüberwehten.

»Die Sicherheitscrew hat Bemerkenswertes geleistet«, erwiderte Margo. Sie respektierte sehr, dass es sich der Kapitän, dieser vielbeschäftigte Mann, nicht nehmen ließ, trotz der Hektik der Situation einige Minuten mit ihr zu verbringen.

»Aber wir wären zu spät gekommen, wenn sich nicht diese Lady todesmutig auf den Terroristen gestürzt und ihm das Handy aus der Hand geschlagen hätte. Gar nicht auszudenken, was dann … Silvia Cantelli ist ihr Name, eine ehemalige Sängerin. Kennen Sie sie vielleicht? Ich habe sie vor vielen Jahren an der Wiener Staatsoper gehört. Eine göttliche Stimme …« Der Kapitän schien noch in Erinnerungen zu schwelgen, als ein junger Offizier mit ernster Miene direkt auf sie zukam und ihm etwas ins Ohr flüsterte. »Bitte entschuldigen Sie mich, Frau Sebald. Die Pflicht ruft. Wir sehen uns.«

Margo schmiegte sich fester in ihren Mantel, trank noch einen Schluck von dem Champagner und starrte in den endlosen Himmel, in dem die strahlenden Girlanden des Nordlichts trieben. Vom Aussichtsdeck schallte Gelächter herüber und das silbrige Klirren von Gläsern. Vielleicht hatten nicht einmal alle Passagiere erfahren, was geschehen war. Und wer konnte schon ein Interesse daran haben, dass der Vorfall publik wurde?

Allmählich fröstelte sie und beschloss, sich in ihre Kabine zurückziehen. Durch den Gang hallte eine Durchsage: … Herr Weißweiler bitte, Herr André Weißweiler wird von seiner Frau gesucht. Bitte melden Sie sich doch an der Rezeption auf Deck drei. Herr André Weißweiler, bitte …«

Margo dachte an Nils. Trotz allem hatte er sich vor sie gestellt. So wie er sie hineingezogen hatte, so hatte er sie wieder herausgezogen …

Jetzt behaupte nur noch, dass er kein schlechter Mensch ist. Dass er eingesehen hat, dass sein Weg der falsche war. Der Terrorist, den die Liebe bekehrte – Mir kommen die Tränen …

Natürlich *Anders*. Doch sie war gerüstet, eine neue Zeit war angebrochen. Die alte Margo gab es nicht mehr. »Spiel dich nicht auf!«, erwiderte sie, sodass ein älterer Herr, der an ihr vorüberging, zusammenzuckte. »Nils bleibt der Mann meines Lebens, und wenn es nur für diese Nacht gewesen sein sollte, daran wirst *du* nichts ändern.«

Plötzlich war Stille in ihrem Kopf. Während sie auf den Lift wartete, gab sich ihrem neuen Gefühl von Freiheit hin. Und durch die Gänge hallte: »Herr André Weißweiler. Bitte melden Sie sich! Ihre Frau sucht nach Ihnen …«

EIN HERZLICHES DANKESCHÖN

dem gesamten Gmeiner-Team für den vollen Einsatz und die Zuwendung

Sven Lang für sein feinsinniges Lektorat und den berühmten »letzten Schliff«

Anna für mehr als Management

Sonja auch dieses Mal für deinen unersetzlichen Rat

© miket / Fotolia.com

Mick Schulz
Nenn es Schicksal
Zeitgeschichtlicher Krimi
320 Seiten, 12 x 20 cm
Paperback
ISBN 978-3-8392-2326-0
€ 12,00 [D] / € 12,40 [A]

Nach Vertreibung und Jugend im Thüringen der
Nachkriegszeit findet Sonja in Hanno die große Liebe.
Beide wollen im Westen eine gemeinsame Zukunft
aufbauen. Doch ihre Familie bindet Sonja an den
Osten, sie heiratet einen Stasioffizier. Hanno kehrt der
DDR den Rücken und macht Karriere als Banker im
Westen. Jeder für sich erlebt Illusion und Enttäuschung
in den beiden deutschen Welten. Als sie sich im März
1990 – nach über 30 Jahren – in Berlin wieder begeg-
nen, stehen auch sie vor einer Wende ihres Lebens.

GMEINER SPANNUNG

WWW.GMEINER-VERLAG.DE
Wir machen's spannend

Mick Schulz
MS Mord
Kriminalroman
278 Seiten, 13,5 x 21 cm
Premium-Klappenbroschur
ISBN 978-3-8392-2237-9
€ 15,00 [D] / € 15,50 [A]

Das Kreuzfahrtschiff »MS Mythos« ist auf dem Weg von
Kiel nach Norwegen – die unbewältigte Vergangenheit
der Passagiere im Gepäck. An Bord befinden sich der
Verleger Holk Sonntag, der glaubt, schuld am Tod seiner
Tochter zu sein, Guntram Fellner, ehemaliger Soldat der
Wehrmacht, der ein finsteres Geheimnis hat, und Rent-
ner Jürgen Wörner, der sicher ist, in einem der Passagiere
seinen Stasi-Peiniger wiedererkannt zu haben. Margo
Sebald will sich nur erholen. Doch als der junge Joan
von der Service Crew plötzlich verschwindet, heftet sie
sich an seine Spuren. Die Lage an Bord spitzt sich zu …

SPANNUNG

GMEINER

WWW.GMEINER-VERLAG.DE
Wir machen's spannend

Betreten **verboten**

Regine Seemann
Elbleichen
Kriminalroman
281 Seiten, 12 x 20 cm
Paperback
ISBN 978-3-8392-2526-4
€ 12,00 [D] / € 12,40 [A]

Auf der kleinen Elbinsel Neßsand werden zwei stark verweste Leichen gefunden. Die Untersuchung des Mordfalls gestaltet sich schwierig, denn in dem vornehmen Hamburger Stadtteil Blankenese stoßen die Kommissarinnen Stella Brandes und Banu Kurtoğlu auf eine Mauer des Schweigens und der Gleichgültigkeit. Als die Ermittlungen endlich vorankommen, geschieht ein weiterer Mord. Dieser führt Stella und Banu zu einem Geheimnis, das nie ans Licht der Öffentlichkeit hätte kommen sollen.

GMEINER SPANNUNG

WWW.GMEINER-VERLAG.DE
Wir machen's spannend